71.06.04

金英夏

黑色花

검은꽃

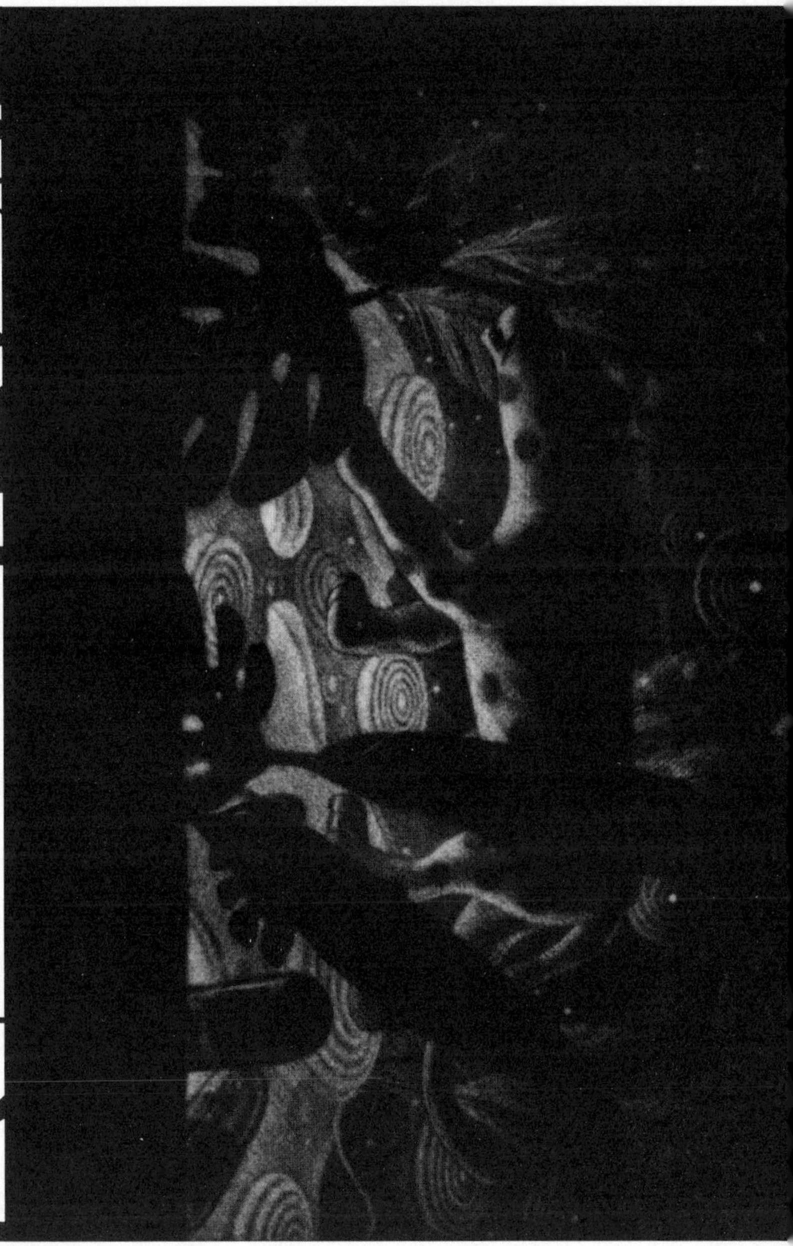

金英夏 김영하 著
盧鴻金 譯

《黑色花》媒體好評

「國家可以永遠消失嗎？」……探討集體失落、政治革命和個體追尋自我決定的故事……金英夏描繪了在這部大時代劇裡起伏的靈魂們。——《明尼亞波利明星論壇報》（*Minneapolis Star Tribune*）

《黑色花》這部史詩故事，取材自過往少有人知的片刻，描述時運不濟的戀情，政治動亂，和在新世界追求自由的風險。——費城城市報（*Philadelphia City Paper*）

無論是寬廣的歷史格局，還是具有洞察、說服力的個人自我發現旅程，這部作品探討了多個層次，關注了性別、階級、宗教和種族衝突，還有各種文化衝突和偶爾的融合……若喜歡湯瑪斯・B・科斯坦（Thomas B. Costain）、柔伊・奧爾登堡（Zoe Oldenbourg）和安雅・塞頓（Anya Seton）等人的歷史小說，也會欣賞這部小說投注的翔實研究，和深富同理的想像力。——科克斯評論（*Kirkus*）

金英夏巧妙地將墨西哥的歷史和社會結構，與韓國人的故事編織在一起，這部小說談論剝削與貪婪，也帶出幾位韓國主人翁用盡氣力適應嚴酷生存條件，展現出的韌性和尊嚴……金英夏取材之廣、探索之深，他的創作才情在這部令人屏息的故事獲得充分證明……這部小說用一種卡夫卡的風格，召喚、告知，並打破了我們內在的凍結之海。——List Magazine

美國
特雷
墨西哥灣
坦皮科
普羅格雷索
梅里達
坎昆
雷塔羅
墨西哥城
坎佩切
維拉克魯茲
猶加敦
半島
普埃布拉
夸察夸爾克斯
蒂卡爾
貝
里
斯
潘辛戈
特萬特佩克地峽
佩騰伊察湖
特萬特佩克
薩利納克魯斯
瓜地馬拉
宏都拉斯
特萬特佩克灣
薩爾瓦多

埃莫西約
奇瓦瓦
奧夫雷貢城
墨西哥
托
庫利亞坎
馬薩特蘭
阿瓜斯卡連特
瓜達拉哈拉
伊拉普
太平洋
朝鮮最初的墨西哥移民者移動路線

如果死亡不過就是死亡，
那詩人會變得如何？
無法記憶的事物又會變得如何？

——菲德里科·賈西亞·羅卡《秋天之歌》

第一部

1

二正的頭被壓進水草搖曳的沼澤裡，許多往事同時湧向眼前。那是發生在濟物浦[1]，原本以為早已遺忘，但往事依舊歷歷在目。吹著笛子的太監、逃亡中的神父、一口內斜牙的巫師、身上泛著鹿血氣味的少女、貧窮的王族、飢餓的退伍軍人，以及身為革命家的理髮師，這些人面容開朗，聚集在濟物浦山丘上的日式建築前，等候著二正。

二正緊閉雙眼，為何一切事物都如此鮮明？他太過訝異而睜開眼睛，所有的景物於焉消失。髒水和浮游生物湧進他的肺裡，穿著軍靴的腳踩住他的後頸，將他的頭按向沼澤更深的底部。

2

他們來自非常遙遠的地方，粗沙在嘴裡喀喳作響，乾燥的風吹進沒有牆壁的帳棚。在他們離開的國家，戰爭依舊持續。一九〇四年二月，日本向俄羅斯宣戰。戰爭一開始，日軍就登陸朝鮮，

1　即現今的仁川港。

掌控漢城[2]，並且攻擊了旅順的俄羅斯艦隊。翌年三月，大山巖率領二十五萬名日本陸軍在滿州奉天展開會戰，雖折損七萬兵力，但最終獲得勝利。

東鄉平八郎提督率領的日本聯合艦隊，悄無聲息地等候齊諾維・羅傑斯特文斯基（Zinovy Rozhestvensky）麾下的波羅的海艦隊。未曾預料到會在歷史上留下全軍覆沒紀錄的波羅的海艦隊，此刻正繞過好望角，航向遠東地區。

這年春天，人們湧向濟物浦港。人群中有要飯的乞丐、短髮男人、穿著韓服的女人，以及流著鼻涕的孩子。高宗[3]在十年前剪掉長髮，頒布斷髮令之後，短髮盛行一時。一八九五年，朝鮮王迫於日本的壓力，剪掉自己的髮髻，甚至因為日本和父親派來的刺客，失去了王后，日本浪人把被亂刀刺死的王后屍體燒成灰燼。高宗同時失去從小留蓄的頭髮，以及結褵多年的妻子之後，遷居到俄羅斯公使館，圖謀再次崛起，但終究毫無所成。數年之後，王朝變為帝國，君王變成皇帝，但他並無任何實權。一八九八年，美國在與西班牙的戰爭中獲得勝利，得到菲律賓的統治權。列強意圖染指亞洲的欲望看不到盡頭，無力的皇帝為失眠症所擾。

開港之後，濟物浦變成西洋、日本、中國的新式文物爭相湧入的忙碌港口。用英文、中文、日文標示的招牌，顯示此地是朝鮮最大的國際港。日本人居留地和充滿文藝復興氣息的日本領事

---

2 即現今的首爾。

3 朝鮮高宗，1852~1919。李氏朝鮮第二十六代君王，一八六三年十二月到一九〇七年七月在位。一八九七年宣布脫離清朝的朝貢體系，建立大韓帝國，改元光武。

館建立在傾斜的山坡上，但沿海的島嶼和內陸的山地沒有樹木，看起來就像露天堆放泥炭的土地。雖然有不少的民家，但因為稻草編織的屋頂低矮且渾圓，靠近地面，所以看來並不顯眼。每當頭上綁著白色粗布的朝鮮挑夫排隊路過時，後面總是跟著一群打赤腳的孩子。在日本領事館附近，能看到日本女人奮力踩著小碎步，春天的陽光雖然耀眼，她們只是低頭行走。日本軍人手持上刺刀的步槍、穿著黑色制服站哨，側目偷窺女人前行。和服行列經過歐洲風格的木造建築物，建築物正面掛著寫有「英國領事館」字樣的小型木製招牌。一個西方人從裡面走出來，往下走向碼頭。

遠處能看到曾參與旅順港包圍攻擊的日本帝國艦隊，艦身上高懸旭日昇天旗，正往南方航行，艦艇前方的黑色艦砲用銅油擦得閃閃發亮。

3

少年在船底的艙間找尋適合的空間，幸好角落裡還有空位。他極力蜷縮身體後，用幾件衣服充當被子蓋在身上，然後環視像洞窟一樣陰暗的船艙內部。乘客以家族為單位圍成小圈，聚在一起。有些男人因為帶著胸部開始隆起的女兒而神經敏感，充血的眼珠子四處張望。一望即知男人的數量比女人多出五倍，因此女人一走動，男人的視線就會隱祕而執著地追逐她們的身影。她們是未來四年要一起度過的人，最重要的是，她們是女人。有些少女已到適婚年齡，單身漢偷偷想著，也許她們會成為自己的另一半也未可知。少年的心思雖然沒有想到那裡去，但因為正處於熱血沸騰的年紀，對於所有事情都十分敏感。少年已經心煩意亂了好幾天，一名少女不時出現在夢裡，攪亂他的心思。少女用纖纖玉手撫摸他的耳垂和頭髮，這還不算什麼，有時竟夢到女孩全身赤裸地奔向他的懷抱，讓他從睡夢中驚醒。每當此時，他的心臟總會狂跳，不得不穿過正酣睡的人群，到甲板上吹涼冽的海風。

伊爾福特號停泊在港口，猶如小島一般。到底要開多久，才能到達那個溫暖的國度？沒有任何人明確知道，有人說起碼得航行半年，還有人說最慢十天就會到了。因為沒有人實際去過，自然眾說紛紜。所有人都處於不明確的期待與不安中，心情就像鐘擺一樣搖盪不定。

少年靠在船頭，他拿出放在口袋裡的鑿子，在橡木欄杆上刻下金二正三個字。他在濟物浦碼頭上得到這個名字。一個長得高大魁梧、手臂上有著長傷疤的男人，問他姓什麼？少年猶猶豫豫的，男人似乎瞭然於心地點點頭。名字呢？少年回答說，大家叫我長鐵。男人又問父母去哪裡了？少年並不確定，有人說他父親死於壬午年的軍亂[4]或東學之亂[5]，母親則在父親死了之後不知去向。他連自己姓什麼都不知道，就被一個四處叫賣的小販抓走，在他手下成長。小販除了長鐵這個名

4 朝鮮軍隊在一八八二年六月九日發起的兵變。相對於當時接受日本訓練的新式軍隊，原有的軍隊稱為舊式軍隊。

5 又稱東學農民運動或東學革命，是十九世紀下半葉在朝鮮發生的農民武裝起義運動，反抗兩班貴族和日本等外國勢力，也是中日甲午戰爭的導火線。

字以外，什麼都沒有給他。他們一到漢城，少年就趁著小販睡著的時候逃走。

墨西哥是怎樣的土地？在鍾路皇城基督教學生會，黑色鬍鬚遮住喉結的美國宣教士說道，墨西哥很遠，非常遠。少年瞇著眼睛又問，那墨西哥離哪裡比較近呢？宣教士笑說，就在美國下方，而且非常熱，你問墨西哥做什麼？少年讓宣教士看了《皇城新聞》的廣告。宣教士看不懂漢字，自然無法閱讀廣告，站在身邊的朝鮮青年用英語向他說明廣告的內容，宣教士這才點點頭。少年問道，如果我是你的孩子，你會讓我去嗎？宣教士剛開始聽不懂，少年又重覆問題。宣教士面露嚴肅的表情，緩緩搖頭。那如果你是我的話，你會去嗎？宣教士陷入真摯的思考中，這個孩子雖然進學校沒有多久，但與其他孩子不同，他的理解力好又很聰穎，雖然是個孤兒，但他並不畏縮，在處境類似的學生當中，顯得十分突出。

蓄著鬍鬚的宣教士遞給少年咖啡和瑪芬蛋糕，他咽了一口口水。以前帶他周遊全國的小販曾經教導他，如果有人給你食物，你就數到一百再吃；如果有人要買你的東西，你得說出腦海裡浮現價格的兩倍，那麼絕對不會有人藐視你。少年雖然想那麼做，但始終沒有機會，因為既沒有人給他東西吃，也沒有人要買他的東西。宣教士睜大眼睛，似乎在問，你肚子不餓嗎？少年的嘴巴掀動了一下。八十二、八十三、八十四，實在數不下去了，他拿起香噴噴的葡萄乾瑪芬蛋糕，一把塞進嘴裡。吃了蛋糕、喝完咖啡以後，宣教士帶他去到有很多書的房間，讓他看世界地圖。有一個形狀很像餓癟肚子模樣的國家，那就是墨西哥。宣教士問他，你真的想去嗎？才上了三個月的學，多學一些再去吧？少年搖搖頭，大家都說這樣的機會難得，特別歡迎像我這樣沒有父母的少年。宣教士知道他心意已決，於是給了他一本英文《聖經》，告訴他將來總有一天能讀得上，如果在墨西哥賺了錢，就去美國吧！上帝會帶領你的。他擁抱了少年，少年也緊緊抱著宣教士。他的鬍鬚輕拂過少年的後頸。

少年去了濟物浦，站在長隊伍的最後面，他在那個隊伍裡遇到高大魁梧的男人。他撫摸少年的頭，說每個人都要有名字，把長鐵這種名字忘了吧！你從此就姓金，名字叫二正，一二三的二，正道的正，很容易寫。在隊伍逐漸縮短的期間，他用漢字寫名字給少年看，總共只有七劃。

男人的名字是趙章潤，大韓帝國新式軍隊的工兵下士，日俄戰爭爆發後，他就脫下了軍服。還有不少人和他處境相同，他們一起打著綁腿，拿著新式長槍，接受俄羅斯顧問團的訓練。他們當中有兩百多名湧向濟物浦，僅憑他們就足以編列一個大隊。他們沒有能力租借土地，也沒有可以照顧他們生活的親戚。這個虛弱的帝國比任何國家都迫切需要軍隊，可是帝國的糧倉裡已經沒有可以養活他們的糧食，而且日本強烈要求帝國刪減軍費並減少兵力。戍守邊防的軍人開始離開部隊，四處流浪。

他們之中有不少人後來成為攪亂日軍後方的主力，可是在一九〇五年二月退伍的軍人，看到了《皇城新聞》刊登的大陸殖民公司廣告，於是爭先恐後地奔向濟物浦。他們渴望能到有工作、金錢、可以獲得溫飽的墨西哥去，趙章潤也是其中一人。

他的父親原本是黃海道的獵人，前往中國以後杳無音訊。有人曾在上海看到他和中國女人另組家庭，一起生活，但是趙章潤沒有去上海，而是選擇一年四季都很炎熱的墨西哥。去哪裡又如何呢？而且不是說給的錢比軍隊俸祿多數十倍？他沒有什麼好猶豫的，還會有什麼地方的生活比軍隊更苦？

少年再次把視線投向海上，三隻黑嘴海鷗在頭頂上盤旋。有人說墨西哥產黃金，挖出大量黃燦燦的金子，很多人瞬間成為暴發戶。又有人說，不，那是美國，但是也不確定。少年反覆說著自己的新名字，金二正，我是金二正，我要去遙遠的國度，長大成人以後要帶著名字和金錢回來買地，在地上種稻。擁有土地的人會獲得尊敬，這是少年在路上學到的單純真理。那不能是墨西哥的土地，一定要是朝鮮的土地，而且還得是農田。另一個想法也在少年的心裡悄悄萌芽，那是朝向名為美國的另一個未知的國度。

海鷗在海面上翩翩飛舞，幾隻動作迅速的海鷗已經叼著大魚飛遠。不知不覺間夕陽西斜，海鷗的翅膀被染成紅色，少年回到船艙下方，重新蜷縮在角落裡。小孩的哭聲中夾雜著低沉的男人聲音，因為無法預知未來，男人的聲音裡缺乏自信。眾人的話語就像撞擊船頭的水泡，四處消散，終究無法形成任何定論。少年閉上眼睛，他的心願只是希望在吃早飯之前不要醒來。

4

隔天，船長約翰．邁爾斯要大家到甲板上集合，他的英語有濃重的荷蘭腔。一名個子矮小、眼皮下垂的年輕男人擔任翻譯。

出航時間要延期了，駐韓英國公使高登爵士不允許伊爾福特號出航。因為這艘船屬於英國，只有得到高登爵士的許可，我們才能出發。出水痘的孩子雖然已經隔離，但有可能發生別的感染者，因此命令船隻在此地停泊兩個星期。大家就再等一下吧，到了墨西哥以後，就會有美麗的家和熱騰騰的飯菜等著你們。

權容俊翻譯完後，和邁爾斯一起走向碼頭。剩下的人聚在一起嘟嘟囔囔地發牢騷，他們說要有護照什麼的，去了釜山又回來這裡，怎麼還要再等兩星期？再這樣下去，今年內可能都去不了。

5

唐津邑入口的一個小村子裡，低矮的茅草屋頂連綿不絕，村民一大早就開始聚集。從叼著菸袋的老人到流著鼻涕的孩子，不分男女老少，村裡只要是還走得動的人，大概都全部出動了。他們看著一棵樹，樹齡超過三百年的樹枝上掛滿紅色、藍色的布條。村裡每年都會擺桌祭祀這棵樹木，沒有孩子或者丈夫遠在他鄉的女人，也會來這裡奉獻祭品。人們現在望著那棵樹，看到的是一具女人的屍體，宛如果實懸吊在樹上一般。屍體的上身是白色短衣，下身的藍色裙子正隨風飄蕩，地面上的髮簪似乎是從她頭上掉下來的。一個男人爬上樹枝上端，用刀子砍斷粗布繩索後，屍體掉落地面，揚起乾燥的塵土。一個年輕女人跑上前去，試圖解開女人脖子上纏繞的布條，但是並不容易。從樹上下來的男人，撣掉手上沾染的灰塵，退到離屍體稍遠的地方。纏繞在女人脖子上的布條終於解開了，有人走過去將布條拿走、丟進火堆裡。

有人拿來一個麻袋，把女人的屍體放進去。一個男人熟練地把麻袋綁起來，在推斷是脖子、腰部和腳踝的部位，用稻草緊緊地固定後，裝上牛車。走！牛連自己拉的是什麼都不知道，只是向前走著。鞭打牛背的聲音漸行漸遠，剩下的男人都走向一個地方，腳步雖然緩慢，但十分堅定有力。他們走著走著，手上陸續多出了長棍、鐵耙等農具。過了片刻，男人在某個地方停下腳步，那個場面看起來像是描繪農民叛亂開始的一幅歷史畫作。

他們面前的房子有著白牆和鐘塔，與村子裡低矮的茅草屋頂很不協調。鐘塔的木製十字架和男人手上的尖銳鐵器形成奇妙的對比。一個男人挽起袖子，走向教堂。他原本想走進陰暗的入口，卻突然躊躇不前，將右手拿著的鐵耙靠在白色的牆上，才空著手猶猶豫豫地走進教堂。過了好一陣子，他再次出現，其他男人爭先恐後地衝進教堂裡。

那傢伙跑了！有人大喊道。根本沒人！三個壯漢從教堂後面的棚子裡抓出一名拿著掃帚的瘸子，他是負責教堂雜務的伙夫。瘸子舉起手，指向海邊。一個戴著斗笠的男人抄起長棍，洩恨似的狠狠打了瘸子的背脊，另一個戴著紗帽的長鬚男子用乾咳聲制止。瘸子就像扔進火堆裡的蟲子，身體蜷縮成一團。他沒有罪，紗帽男子無力說道。放把火燒了！一個身材魁梧的男人指著教堂。紗帽男子似乎想顯示自己話語的威嚴，猶豫了好一陣子之後，搖了搖頭。算了！洋鬼子的道德本來就是這樣，既不祭祖，父母過世了也不哭，老婆的貞操又算得了什麼？你們去把洋鬼子的教堂大門釘起來，不要再讓別人進去。憤怒的男人一齊動手，用木板把教堂門釘起來，因為木板不夠，又把屋頂的十字架拆下來，分成兩塊，把窗戶釘上。

那些男人吃完飯後，在村子的後山上挖了個淺坑，將包在麻袋裡的女人屍體放進去，用泥土覆蓋，然後默默下山。站在後山之間的南瓜田裡能看見大海，海面上依稀瀰漫著煙霧，男人「咳！」一聲，朝著大海長長地吐出一口濃痰。

6

朴光洙．保羅神父跪在西門．布朗索主教面前，他抬起頭，露出白色羅馬領。主教的表情痛苦，看著年輕神父的眼睛。你應該回去，那是你的使命，就算會被石頭砸死，用草蓆捲起來，你也應該把該說的話說清楚，告訴他們教會的立場，掌管萬物的上帝終究會引導一切。

主教在一八八〇年離開中國天津，從白翎島上岸從事宣教活動，後來在黃海道白川被逮捕，因為閔妃政權的開放政策而獲釋，隨後受命為第八任朝鮮教區長。他的前輩神父在西小門外的刑場被斬首，相較之下，他的運氣實在是太好了。布朗索主教將少年朴光洙送往馬來西亞檳城神學校就讀，讓他成為司鐸。他比誰都清楚在朝鮮傳教有多麼辛苦，保羅神父自然也必須經歷和當地住民的矛盾洗禮。你該不會連這個都不懂，就成為司鐸吧？

年輕人再次低下頭，主教要他下決心。我知道這很困難，但請告訴我你會這麼做。那個地方是我們教會用鮮血守護的聖地，上帝饒恕了高喊著要將自己釘死在十字架上的群眾和羅馬總督彼拉多，保羅你也這麼做吧！

保羅神父在胸前畫十字聖號，站起身來。年邁的主教擁抱了他，保羅神父腳步沉重地離開了主教館。太陽眩目，他瞇起眼睛。如同幻影一般，他看見垂掛在樹上的女人屍體，他舉起手來遮擋陽光，喃喃自語說我沒有罪，我們的主終究會知道的。背負瘋女人自殺的罪，把我的肉身獻給狂暴百姓，這難道是司鐸的職責嗎？如果是抵抗叛教的強大壓力而壯烈殉教還能理解，但這實在太不像話了。

他放下遮擋陽光的手，用力搖了搖頭。我不會去那個地方的，無論您說什麼，主啊，我是不會去那個盲目的地方的。那只是毫無意義的死亡罷了，您絕對不是因為要如此使用我，而將我差遣到這裡來的。

那你打算怎麼辦？他的內心深處傳來疑問。你打算違背主教的命令嗎？你不是曾向主教宣誓順從的司鐸嗎？保羅神父抱住頭，啊！我不知道。我怎麼會如此懦弱？是不是一開始就不應該成為司鐸？

他踉踉蹌蹌地走著，走了好久以後，蜷縮身體蹲坐在某一戶人家的門檻上。在低處所看到的視野很不一樣，他只看到人們的腳和小腿。他看著只有肢體沒有人格的畫面，腦子一沉，進入了夢鄉，而且還做了夢。他夢見自己走在一個奇特的地方，四處都是未曾見過的樹木、花和鳥。樹葉太過茂盛，以至於白天也像黑夜一樣陰暗。他汗如雨下，走過那個地方後，登上陡峭的山坡，只見方圓數十里地豁然開朗，連座小山都沒有。那個杳無人煙的怪異山坡，彷彿是神與人可以直接進行溝通之地，周圍布滿奇特的文字和雕刻，一匹白馬從天而降，張大嘴巴，似乎要將他吞噬。

7

朝鮮王朝支撐了五百年。建國初期，由於在北方建立的強大軍事力量，以及性理學的政治思想，周邊任何民族都無法輕視這個全新登場的國家。但是自從豐臣秀吉的軍隊渡海而來，朝鮮的國力開始動搖。擊退日本武士後過沒多久，女真族的軍隊又突然來襲，君王只能磕頭求饒，額頭上流下的血染紅了鋪地石。

那段歲月，朝鮮王朝所遺留的並不僅止於《朝鮮王朝實錄》[6]，還有王族誕生、成長，後嗣開枝散葉。在安東金氏和閔氏的權勢壓迫下，雖然不太可能期待恢復過去的榮華富貴，但他們畢竟還是王族，他們的身分不容許他們種田，也不容許他們去市場做買賣。光武年間，他們的身分雖然從王族提升到皇族，但是其中一部分人還是得餓肚子。皇帝後宮所穿的衣服還是得靠自己縫補，皇族血統沒帶來什麼好處，反而增添許多牽絆。高貴的血統並非榮光，而是咒詛。對於即將吞噬大韓帝國的日本而言，皇族簡直就是他們的眼中釘。日本公使向來致力於派人監視皇帝近親，尤其是未來有可能繼承帝位的人選。俄羅斯和中國勢力漸失、敗退之後，沒有人知道日本會對高貴的血統做出什麼樣的事來，畢竟連皇帝的妃子都已被亂刀刺死。

李宗道把家人叫來聚集在一起，簡短地傳達自己的決定。日本已勝利在望，皇帝陛下夜不成眠。他一提到尊貴者的稱呼，所有家人都趴在地上行大禮。他流下眼淚說，我們得離開了。尚未成婚的兒子和女兒沒有抬起頭，只有妻子坡平尹氏坐到他的身邊問說，您想去哪裡？妻子和家人的腦海裡想得到的，只有全羅道的幾個地名而已。五百年來的朝鮮儒生如果遭逢政治危機，就會歸鄉培養後進之士，等待適當時機再返回京城。只要中央的政治情況改變，過去的逆賊仍能成為忠臣，光明正大地重返朝廷，這正是朝鮮王朝的政治史。可是李宗道這個皇帝的堂弟，嘴裡迸出前所未聞的地名——墨西哥。妻子問道，那是在哪裡？他回答是在美國下面的遙遠國家。他接著

---

6 《朝鮮王朝實錄》是李氏朝鮮建國四百七十二年、二十七代君主的史料紀錄，包括政治、外交、軍事、經濟等各方面，共一八九三卷，八八八冊，約六千四百萬字。

以悲痛的語調補充說，帝國已經維持不久了，我們絕對不能被抓到日本去度過餘生吧？我們必須儘快學習西方文明，在那裡培養實力。我們在天亮之前去宗廟叩拜社稷，然後收拾好牌位，前往濟物浦。我希望你們遵循我這個父親的決定。他接著用低沉的聲音喊道，皇帝陛下萬歲。家人都跟著他喊道：萬歲，萬歲，萬萬歲。然而，他們呼喊的萬歲聲沒能跨越門檻。

年幼的兒子流下眼淚，這對正讀著《小學》、《論語》的十四歲年幼皇族而言，是一件難以承受的大事。即將接近婚齡的姊姊李妍秀則與弟弟不同，臉上的表情沒有什麼變化，她對於時代潮流正在改變的事實，至少比她的家人清楚。女人也剪掉頭髮，學習新學問，包括英語、地理、數學和法律，女人和男人比肩齊步的時代已經來臨。當然，那不是針對一般人家的女孩。宣教士首先把被社會孤立的女孩拉進學校，他們只能從這些人開始。屠夫、妓女的女兒，和孤苦無親的孤兒被編在同一班，學校提供她們衣服、書本和住處。賤貨！雖然李妍秀的母親如此咒詛那些穿著短裙，昂首闊步走在大街上的女學生，披著長衣[7]的妍秀卻很羨慕她們。她不清楚墨西哥是什麼樣的國家，對美國卻耳熟能詳。如果是美國的鄰國，那麼墨西哥應該也是發展到某種程度的文明國家吧？那裡的女人應該也像男人一樣，能夠學習、工作、發表自己的意見。最重要的是，那裡絕對不會像朝鮮一樣，把人捆綁在虛有其表的皇族桎梏裡。而且那裡應該很開明吧？她緊閉雙唇不說話，家人認為她的沉默等同接受。

兩天後，他們一家四口丟下房子，背著祖先的牌位，出發前往濟物浦。

7 朝鮮時期婦女外出時披掛的外衣，用以遮蓋頭臉，避免在異性前顯露容貌。

8

保羅神父感覺到有人在摸他的身體，睜開眼睛赫然發現眼前有張男人的臉。你在幹什麼？喊叫的那一瞬間，男人抓住他的領口，用額頭撞他的臉，又用拳頭揍了他的臉孔好幾下。他像稻草一樣無力倒下。男人從神父的懷裡搜出東西和錢，好整以暇地跑掉了。這傢伙是不是瘋了？在驚蟄都還沒過的這個時節，竟然躺在路邊睡覺。

男人解開偷來的小包袱，掂量了一下，只覺沉甸甸的。他把手伸進去，將裡面的東西一樣一樣拿出來。雖然有各種東西，但其中最稀奇的是一個銀製十字架，上面陰刻著看不懂的文字，表面布滿細緻的花紋。這絕非朝鮮的工藝，一定是清國或西洋人的東西。幹嘛把銀子搞成這副模樣？他搖搖頭，這又不是戒指，也不是飾物。十字架的尾部繫著一條皮繩子，看起來應該是項鍊。既然是銀器，可以熔掉之後再賣出去。小偷把十字架項鍊收了起來。布朗索主教為了紀念司鐸任命而送給保羅神父的十字架，就這樣在大白天落入在街頭遊蕩的小偷之手。除此之外，小包袱裡面還有一點錢，幾張用他無法理解的文字寫成的文件，以及一本小書。他只把錢收好，其餘的東西全都扔進路邊的水溝。他輕甩著火辣辣的拳頭，重新走回街上。接下來幾天的食宿費用有了著落，他輕輕地哼著歌，彎進一個小巷子裡，卻不小心和某人撞了正著。肩膀被撞到的他習慣性地瞪著對方，對方即使知道不是自己的錯，仍然低頭表示歉意。兩人的眼神暫時交會，但也僅止於此。神父沒認出小偷，街頭的小偷安心了。他注視陰沉著臉、腳步沉重，不知要去何處的神父背影良久。真是個傻瓜啊！

小偷遠遠地跟在神父後面，只見他不知問了路人什麼事情，撫摸著自己挨打的臉孔，然後走上山坡。神父走過中國人和日本人的居留地，停在一棟漂亮的兩層建築前面，建築物正面用漢字寫著「大陸殖民公司」。門前有數百個人排著隊，等候自己的順序。小偷問人，這個隊伍是在排什麼？他聽了回答之後，先去附近市集吃了一碗熱湯飯，然後又回到那裡。

不久前被他偷光所有東西的奇怪男人，此時正在列隊的最後面，小偷站到那個之前人稱保羅神父的男人身後。他們的眼神交會了幾次，小偷發現神父顯然沒有認出自己，於是開始向神父搭話。神父說自己是忠清道的讀書人，小偷指了指他臉上的傷口，神父回答是被小偷打的。哎呀！小偷拍了拍自己的膝蓋，然後向神父提出忠告，像濟物浦這種開港地，有很多手腳不乾淨的人，一定要小心。神父看來似乎不怎麼在意自己被偷走的東西，只是把臉埋在膝蓋中間，等候著列隊縮短。

大陸殖民公司的人非常勤奮地工作，在帝國政府和日本公使改變心意之前，他們必須把人載滿，然後啟航。他們記錄下人們的名字、家人的人數和故鄉所在地，然後說船票、餐費和衣服費用都由墨西哥的農場主人支付，所以不必擔心。那是事實，大家當場不必付任何錢。

那個小偷，人稱崔善吉的男人，當天晚上又將兩個人的錢財洗劫一空。那些第一次來到城市的人，還有因為想到要去遠方而內心激動的人，顧不上妥善保管好自己的錢財。興奮不已的崔善吉心想，乾脆跟這些人一起去墨西哥好了，這個念頭一起，似乎沒有理由不那麼做。就算只得手一次，也比留在這裡好。沒關係，不行的話再回來不就得了。

崔善吉還沒來得及處理掉贓物，就和神父一起搭上伊爾福特號。他覺得這艘巨大船舶與其說是客輪，不如說是耳聞過的軍艦。這不會就是那艘出現在日本、讓德川幕府一蹶不振的黑船吧？崔善吉張大了嘴巴，這艘巨大輪船所展現的西方國力、強權和威勢讓他歎為觀止，甚至隱約覺得這所有的一切都會保護自己，免於受到各種厄運和威脅侵害。他連第一次聞到的煤油氣味也覺得很芳香。他似乎覺得自己已經成為西方世界的一員，大大方方地走進船艙裡。來自德國、日本、英國的船員在船上努力工作，那裡自成一個世界，正如英國公使高登所說的，這是漂浮在海上的英國領土。

崔善吉撇開那些以家族為單位、緩慢移動的人群，很快找到好位置躺了下來。旁邊已經躺著一個有青春痘疤痕的少年，用凹陷的雙眼直盯著黑暗船艙的每個角落，少年臉上的癬疥訴說了他家境如何貧寒。這裡還有一個動作快的傢伙啊！小偷一開始就覺得，如同神話中怪物內臟的船艙，像家一樣溫暖。他把德國船員分發的毯子拉到眉際，等待入睡。

9

李宗道帶著家小登上伊爾福特號，和以往一樣，他開始尋找有身分的人，但是他遇見的只有操著一口生硬西方語言的船員而已。眼明手快的人早已到下方船艙找到好位置，只有他筆直地站在海風吹襲的寒冷甲板上，等候聽得懂自己話的人到來。過了片刻，邁爾斯和翻譯權容俊出現了，權容俊問他為什麼還不下去？李宗道皺起眉頭，他原本想表明自己是哪一個大君的第幾代孫，和現今的皇帝有血緣關係，但是一看到權容俊旁邊站著大陸殖民公司派遣在濟物浦的職員日本人大庭寬一，隨即把話嚥了回去。他轉移話題，要求提供適合士大夫身分的船艙。我不能和他們待在同一個地方吧？李宗道用手指了指人們下去的地方。翻譯權容俊用耳語轉達他的意思，這時有幾名朝鮮人聚集在他的後方。他們雖然不像李宗道屬於皇族，但從衣服和紗帽的模樣來看，分明是貴族無誤。他們似乎在期待，如果李宗道的要求獲得同意，他們也可以得到相同的待遇。李宗道的妻兒，對於必須和平民、甚至乞丐寄居在同一個空間，感到驚恐萬分，只有女兒妍秀偷偷地打量周邊的人和風景。如果稍微拉開距離來看，被看笑話的其實是李宗道家族。披著長衣的兩個女人，以及戴著紗帽、虛張聲勢的貴族，與桅杆上飄揚的米字旗形成奇妙的對比。

邁爾斯終於開口了。這艘船本來就不是客輪，而是貨輪，船員也是使用極為狹窄的雙層吊床，實在無法為這麼多的朝鮮人安排船艙。李宗道因為邁爾斯無法正確理解自己的意思感到煩悶，他並不是要求為所有人安排房間，只是要求按照社會地位和身分給予合適的待遇罷了。權容俊傳達了邁爾斯的最終意見，很對不起，我們沒有如此充裕的空間，如果不喜歡的話就下船，還有很多人想要離開。對於自己這個再自然不過的要求遭到拒絕，李宗道的自尊心大受傷害。沒有知識的蠢貨！他向著走上艦橋的邁爾斯唾罵，然後對家人說，墨西哥一定有人能聽懂我的話，聽說那裡也有地主和享有權勢的貴族。使喚別人的人，一定知道人與人之間絕不相同，我們不是去那裡工作，而是作為大韓人的代表去的，這點絕對不能忘記。現在還有日本倭寇在看著，我們先忍耐一下，等開船以後我再找船長談談。

妍秀說，不要再找船長了，等到了墨西哥，再找那裡地位高的人，說明我們的情況比較好。她嘴上雖然這麼說，但心裡並不認為有這種可能性。其他家人都同意她的話，因為大家都很清楚，李宗道的固執會帶來什麼結果。李宗道假裝無可奈何，走下作為船室使用的貨艙。船艙裡已經擠滿人，李宗道乾咳了幾聲，但沒有任何人為他準備好位置。大家都蓋著毯子，伸長雙腿。早知道的話就帶上明植了，李宗道後悔沒有帶上家裡的僕人。

李宗道一家為了顧及體面，無法擠進任何地方，弓著腰站在船艙的角落好一陣子。尹氏夫人哭喪著臉，眼睛直朝下望，李宗道也只能望著天花板。如此站了大約一個小時，突然從船艙的一邊傳來哭聲，嗚……嗚……一個男人拿著大陸殖民公司職員帶來的白色紙張，然後他的家人都一起趴著痛哭，大概是家族中的長輩過世了吧。沒有眼淚的乾嚎就像是儀式一般進行著，然後他們開始收拾行李。既然已經得到通報，自然不能置之不理，他們臉色沉重地離開船艙。最年幼的鎮佑飛快地跑過去占據空位，李宗道不滿意似的乾咳一聲後，慢慢朝兒子走去。移動的距離雖然沒有幾步，但空位很快的縮小，幸好因為有五個人離開，剩餘的空間還夠李宗道四口人坐下。當然，對於恪守朱子禮儀的他們來說，這個空間並不充分，但是他們決定滿足現況，畢竟一定得去墨西哥。

10

啟航的日期一再延宕，伊爾福特號似乎從一開始就是濟物浦風景的一部分，看起來非常自然。前來送別親戚的人群中開始傳出各種消息。傳聞說全船的人都將死於傳染病，但是隨著邁爾斯允許乘客進出甲板，傳聞自然平息。不久之後又開始傳出大家都會被賣去當奴隸，他們簽署的是奴隸文件，要去的地方是黑人工作的棉花農場，因此伊爾福特號才無法離開濟物浦港。又有傳聞說大韓帝國外務部很晚才得知國民將被賣去當奴隸的事實，於是傳喚邁爾斯和大陸殖民公司的相關人士進行調查。雖然聚集到港口的圍觀者之間流傳著各種險惡的消息，未能獲得許可前往墨西哥的人當中，仍有人千方百計想加入這個隊伍。他們假扮成官吏，公然走進船裡，或者在夜晚游泳潛入船內。其中有很多人被發現，遣送回港口，但是他們仍不死心，一直在港口周圍徘徊。

人們即將被賣去當奴隸的消息，是否真的傳進帝國官吏的耳朵裡不得而知，但就算如此，政府對於這一千零三十三人的命運，至少在啟航當時是毫不關注的。三月二十五日，他們因為護照和傳染病等問題，往返於釜山和濟物浦時，高宗皇帝懇切地請求俄國沙皇牽制日本，但俄國並沒有給予答覆。

當時沙皇的命運也如風中殘燭，俄國在一月二十二日發生所謂的「血腥星期日」事件之後，陷入革命的漩渦中。尼古拉二世不明事理的叔叔弗拉基米爾·亞歷山德羅維奇大公，在聖彼得堡冬宮廣場朝和平示威的隊伍開槍，引發一百多人遭到射殺的悲劇。經濟鬥爭的時代宣告結束，取而代之的是政治性罷工、聯合停業和農民起義，甚至軍隊裡也發生暴動。俄國和日本的戰爭毫無勝算，只有行經麻六甲海峽、航向亞洲的波羅的海艦隊，是扭轉頹勢的唯一希望。如果艦隊能殲滅日本海軍，守住俄國在龍巖浦和旅順的優勢，那麼沙皇和高宗面臨的問題就能輕易獲得解決。

對於沙皇而言，那是提升民族自尊心的機會；對於高宗來說，那是暫時掙脫日本粗暴魔掌的契機，當時的日本掐著帝國脖子，意圖占領朝鮮。當然，尼古拉二世並沒有向高宗亮出自己的最後一張王牌。高宗只知道兩件事而已：在發出親筆書函的半個月前，日本在漫長的塹壕戰中擊潰俄國陸軍，占領了滿州奉天；以及日本在二月底強占獨島，並改名為竹島。

在列強的勢力平衡遊戲中，朝鮮皇帝勉強摸索生存之道。他派出尹秉和李承晚擔任密使，向美國羅斯福總統提交獨立宣言書，但也沒有收到答覆。令人憂鬱的消息持續傳來，五月，駐英國代理公使李漢應對於自己代表的國家主權不被其他國家承認，感到既訝異又悲傷，在英國自盡身亡。皇帝對於自己派遣的外交官無法獲得信任狀，因此結束自己性命之事鬱悶不已。半個月之後的五月二十七日，皇帝收到更驚人的消息。早在幾天之前，緊急報告就陸續送抵宮廷。首先是木浦漁民目睹來路不明的大船隊航經忠武海域，然後是捕撈鯷魚的漁船遇到經過麗水海域的艦隊（報告越來越明確）。五月二十六日，從遠處返航的俄國波羅的海艦隊通過朝鮮海峽，不希望俄國戰勝日本的英國，時時刻刻告知日方波羅的海艦隊的航路，這是一九〇三年締結的英日同盟的偉大力量。不僅如此，因為英國掌控的港灣拒絕供給煤炭，導致波羅的海艦隊在馬達加斯加等地困頓數月之久。得不到充分補給，勞累又疲倦的沙皇艦隊根本還沒有使上力氣，就向對他們的行動了如指掌，並且好整以暇等待的天皇海軍舉手投降。

一九〇五年五月二十七日，凌晨四點四十五分，日本聯合艦隊搶先攻擊，波羅的海艦隊在持續將近二十四小時的東海海戰中，遭受毀滅性的打擊而投降，齊諾維・羅傑斯特文斯基提督成為俘虜。日本聯合艦隊的勝利消息，澆熄了高宗皇帝茫然的期待。歷史不存在僥倖。沙皇體制此時也敲響喪鐘，沙皇的敵人不再是日本國，而是虎視眈眈注視自己咽喉的革命家列寧、托洛斯基和史達林。

周邊列強正圍繞著東亞的命運展開殊死戰，伊爾福特號上的一千零三十三人對此渾然不知，依舊做著關於墨西哥這個國家的美夢。四月的某個春日，從南中國海吹來的春風輕拂過甲板，伴隨著嘈雜的聲音，伊爾福特號終於起錨。一千零三十三人終於得到護照。邁爾斯因為得不到英國公使高登的協助，轉而向法國公使布朗西尋求幫忙，拜託他向大韓帝國政府表示關切。由於墨西哥和大韓帝國之間沒有外交關係，加上帝國政府為了夏威夷移民設立的綏民院[8]禁止以契約勞動為目的移民，所以邁爾斯的請求不僅非法，也不恰當。但是受惠於布朗西的努力，護照還是發下來了。一千零三十三名朝鮮人就向著沒有外交官，也沒有任何僑民的墨西哥出發。那是一九〇五年四月四日的事情。

11

起錨了，為了再看濟物浦一眼，人們紛紛湧上甲板，連舷梯上也擠滿了人。這是漫長等待之後的出航，因為出水痘的孩子、護照的問題，還有英國使館嚴格的檢查，在船上和港口之間幾乎耗掉兩個月。在這一瞬間，男女老少、不分尊卑，每個人都露出燦爛的笑容。比起停泊在港口裡，船隻還是應該乘風破浪，在茫茫大海中前行。李宗道一家人、金二正、崔善吉等人都到甲板上感受激動的心情。天氣晴朗，風力雖然稍微強勁，但蔚藍的天空恰到好處地飄過幾朵白雲，是天氣很好的一天。先前在伊爾福特號旁邊打轉的小舢板不想被捲進波浪中，全都划槳退去。就像搖晃身體、抖掉水滴的大狗一般，伊爾福特號推開周遭的一切，開始航向黃海。港口岸邊頭上圍著毛巾的朝鮮工人，向甲板上的移民揮手，他們之中有幾個人，直到最後仍希望能乘上伊爾福特號。

8 相當於現今的移民局。

英國輪船的汽笛聲響徹雲霄，從煙囪裡冒出的黑煙和海風混合在一起，在藍天裡留下長長的痕跡。穿著條紋襯衫的德國船員面無表情地做自己的工作，他們是生命從海上開始，也會在海上終結的人，身上特別有種玩世不恭的活力，毫不關心自己做的事情有什麼社會意義，只因為具有實用價值，而近乎受蠱惑地努力勞動。起錨、投置垂釣食用魚類的釣竿、清洗甲板、檢查纜繩等，所有工作都屬於這一類。

過沒多久，濟物浦的輪廓漸行漸遠，乘客一個個對眼前的風景失去興致，紛紛下去船艙。李宗道佇立良久，遠望海面彼端錯落彎曲的京畿道西部海岸線。他的歷代祖先，那些朝鮮君王很多人沒看過大海，每當出使日本的使臣回國，前往面君時，君王總會問他們：你們是怎麼去日本的？我們是搭乘殿下您的船艦去的。船上有多少人？每一艘船的士兵和船員加起來有三十多人。直到這時，君王才輕聲問道：寡人還是覺得好奇，那麼多人搭乘的沉重船隻，為什麼不會下沉，能夠浮在水面上？很多君王甚至連距離王宮只有十公里之遙的漢江都沒去過。使臣尋找既不會顯露君王的無知，又能讓其充分了解的說詞。臣等還沒能完全了解這個原理，但殿下的漁夫和海軍將士很早就領悟到原理，並且加以妥善運用。根據臣等推測，可能是利用質輕的木材和機油吧。他們都是文臣，無法理解事物與工具原理，並不會令他們感到羞愧。君王和臣下交換微妙的表情後，就將海洋與船艦之事置於腦後。

李宗道是他們的後裔，他已經開始覺得噁心想吐，這種感受和坐轎子行經險峻的道路時相似。他深深吸了一口氣，朝鮮的空氣充溢在他的肺臟裡，即便是這種時刻，他仍然援引杜甫的詩，吟誦與故鄉訣別的悲傷情懷。天涯春色催遲暮，別淚遙添錦水波。吟誦完後，他覺得王朝的命運正如同詩句的內容，心情更加悲傷，噁心的情況也更嚴重了。

儘管有些暈眩，但他不想回去船艙，貴族和乞丐、農民、賤民都在緊繃的氣氛中虎視眈眈。如同邁爾斯所說的，這裡不是大韓帝國，而是海上的英國領土。底層平民如同看好戲似的，大剌剌盯著他和他的家人已是常事，即使正面相對，也沒有人低下頭致意，在走道碰到了，也沒有人讓路退到旁邊去。獲得默許而遺留下來的朝鮮身分制度，在伊爾福特號船上已然了無痕跡。李宗道心情沉痛地仰望天空，我犯了太多愧對祖先的罪，現在的待遇正是報應。貴族將紗帽藏起來，農民則挺起胸膛。因為所說的話語和文句不同，只要聊上幾句，就能夠知道彼此的出身，農民卻若無其事地佯裝不知。

過沒多久，李宗道也領悟到，在船上主張自己的特權與地位有多麼愚蠢，只是他仍然堅信，在墨西哥絕對不會如此。事情有可能不太順利，那麼他只要向在漢城的皇帝提出請求即可。皇帝會用從燕京[9]進口的墨，以優美的字體寫信給墨西哥的統治者，鄭重要求他們好好照顧自己可憐的堂弟與家眷。

想到這裡，李宗道的心情逐漸開朗起來。到時候，這艘船上的百姓就會切實地感受到，像他這樣的人存在的必要性。好比在遭受農場主和管理者壓榨時，誰能夠代替他們義正詞嚴地指責那些墨西哥人？具有高貴的血統和學識，還能代表他們的人還有誰？李宗道睜大雙眼，查看船上的

9　即現今的北京。

乘客，沒有一張臉是他認識的。啊！百姓的愚昧是無止境的。他長吁短嘆地走下船艙，途中和別人碰撞了肩膀三次，這在漢城是絕對不可能發生的事。最後一個和他發生不愉快碰撞的人是崔善吉，他滿不在乎地環視周遭，然後繼續前行。小偷行事，第一是觀察四周，他們比任何犯罪者都更敏感與勤快。決定了要偷的地方和東西之後，必須先偵查周邊環境，確認逃逸路線與人車的運行時刻和頻率，最後還得檢查自己的衣著、姿態。對於崔善吉而言，這類意識已成習慣，沒有任何人教過他，全靠自己領悟而得。

他在船艙裡閒晃，仔細觀察人群。沒有人像他一樣能正確掌握乘客以前的職業和身分，甚至連他們所攜帶的現金和金飾分量，他都能夠猜個八九不離十。唯有那個引他上船、帶著十字架的男人還是個謎，不過他的東西已經被偷光，崔善吉對他毫無興趣。船艙裡瀰漫著類似馬肉腐爛的氣味，崔善吉在裡面慢悠悠地走動，發現了幾個自己的同行。就像只憑尿液的氣味，就能認出自己同族的動物一樣，小偷能夠很快地察覺彼此的存在，交換眼神，締結互不侵犯的默契。他們隱隱劃分出彼此的領域，不需任何隻字片語。

在濟物浦上船的朝鮮人飽受暈船之苦，臉色蒼白地躺在地上，面對生平第一次經歷的搖晃束手無策。很奇怪的，崔善吉不會暈船，他前生大概是船員或魚類吧？在吃水線底下的陰暗船艙裡，即便波濤洶湧，他也毫無感覺，反而吹著口哨，似乎很享受似的。他總是泰然地走動、觀察人們。

在他看來，乘客大致可以分為幾類。首先是沒落的貴族，他們在開埠以後急速變化的時代中，失去了土地和官職，甚至到連祭祀祖先都有困難的地步。即使是在船上，他們也經常拿書出來看，藉以排遣無聊的時間。他們的手白皙而柔軟，大都挽上髮髻，戴著網巾，看起來完全沒有與船艙裡其他階級往來的意思，只是無言地忍受狀況的發展。在乾巴巴的白菜葉上撒上鹽巴做成的泡菜，或是稀薄的日式味噌湯，以及粗糙的米飯，通常就是他們全部的飯菜。一到用餐時間，這個階級就陷入嚴重的苦悶中，他們以為自己會獲得禮讓，可是斯文等待的結果只是被嘲笑而已。即便如此，他們也做不到在每次用餐時，都像豬隻一樣，展開餓鬼一般的爭吵。

一名清州出身的貴族在忍無可忍之下，提議實施順序制度，他建議發給每個人一個號碼，第一次從前面開始，下一次從後面開始盛飯，以示公平，但是沒人理他。提案本身雖然合理，但是這些平民都很清楚，只要開始聽從貴族的話，那麼就會淪為所有事情都由他們主導的下場。就算有些不方便，但每餐飯都得排隊這件事，已足以羞辱那些愛擺臭架子的貴族。無奈之下，貴族也開始排隊，趾高氣揚的八字步伐自然改了過來，速度也變快了。

以人數來說，最多的是農民。其特徵是粗糙的雙手、晒得黝黑的臉頰，像中國的苦力一樣強健的肌肉和骨骼。相對於其他階層，他們對船上的生活感到滿意，不用工作，時間一到就有飯吃的生活，對他們來說簡直就像做夢。過去一年到頭辛勤工作，只要遇上乾旱或洪水，所有的努力就化為烏有，在收穫大麥的春季之前，只能挨餓，沒有其他辦法。就算翌年幸運豐收，也得償還地主債務，最終所剩無幾。聽說墨西哥沒有冬季，地廣人稀，農作物的價格如同黃金，簡直就是他們的夢土。反正無論在哪裡，務農的辛苦都一樣。

人數不亞於農民的，是像趙章潤一樣的大韓帝國軍人。兩百多名年輕健壯的男人，是大陸殖民公司最引以為傲的人力。他們的外表看起來雖與農民並無二致，其實大部分都是沒有農作經驗的城市人。與習慣無秩序的農民不同，他們在熱愛秩序與規律的組織下成長，早已習慣無意義的等待、飢餓和嚴酷的環境，對於政治問題十分敏感。他們當中有幾個人曾是壬午軍亂時襲擊宮廷、引發殺戮戰的舊式軍隊成員，但沒有暴露身分。他們支持大院君和他的鎖國政策，極度憤恨日本和西歐勢力，正因為如此，他們失去工作並且被趕出家國。

剩下的是像崔善吉、金二正這類的城市遊民。此外，沒有獨自上船的女人，因為殖民公司不接受，加上當時的社會氛圍也不容許女人獨自前往那麼遙遠的地方，女人都是與家族成員一起上船。大陸殖民公司曾經只向夏威夷輸送單身漢，結果導致性別比例出現嚴重的不均衡現象，引發不少議論。這次他們記取教訓，以家族為中心募集。在呼應這個目標之下，許多女性將自己的命運交給丈夫或父親。

12

航程十分漫長。伊爾福特號原本就沒有供旅客使用的設施，乘客都被當作貨物，加上人數是可容納人員的三倍，對於密閉的室內生活毫無經驗的朝鮮人來說，更是痛苦。他們聽到要橫渡的海洋名字，各自聯想到巨大而寧靜的海洋。很早以前，利瑪竇追隨麥哲倫的命名，將這片海洋稱為廣大（太）平和（平）的大海（洋）。但是這片海洋的性格與命名者的願望相違，十分凶險而且不可預測。每當巨浪撞擊船舷的時候，聚集在吃水線下方貨艙的朝鮮人也顧不上禮儀規矩、三綱五常，彼此挨在一起。男人和女人，貴族和賤民擠在角落，身體糾纏在一起的尷尬場面持續上演。夜壺打翻或破碎，裡面的嘔吐物和穢物潑灑到地面上。咒罵和悲嘆、責備和動粗已成家常便飯，惡臭味久久不散。沒有人奢望能換洗衣服或洗澡，只希望船隻能早日到達目的地，能夠踏上堅實的地面。

船員不會下來船艙裡面，只會在樓梯上下達指示，然後再由翻譯權容俊告知。他是一千零三十三人中唯一的掌權者，他的父親是中人[10]出身的譯官，經常往來於中國和朝鮮之間。富人和權貴的女兒結婚或納妾時所需的奢侈品，大部分都是向中國購買。綢緞、珠寶、香菸和酒類都是經由這種管道進入朝鮮，譯官擔任交易的仲介，賺取巨額的差價。當時的文人喜愛中國的書籍，不僅是古代經典著作，介紹西方思想的書籍也廣受文人歡迎，儘管這些書在朝鮮被列為禁書，也許正因為如此，在文人之間反而更受歡迎。宣揚在上帝面前萬民平等的天主教教義；主張地球是圓的，地球繞著太陽轉動的地動說；記錄大英帝國、法國、德國、美國歷史的書籍等等，只要裝上船、到達朝鮮的港口，轉眼間就會銷售一空。

朝鮮的人參，特別是紅參在中國廣受歡迎。女人的交易則不盛行，因為當時的中國認為纏足

10　中人是朝鮮王朝階級中的第二等人，介於貴族和平民之間。

的女性最美，但朝鮮完全沒有這種風俗。權容俊的父親出生於譯官世家，從小學習中文。他輕易通過譯官考試後經常前往中國，累積了大量財富，另一方面，他很清楚中國在經歷鴉片戰爭之後，國力明顯衰退。他在燕京親身體驗到，西方勢力進入東方的現象頗不尋常，他認為在不久之後，西方人或許會吞噬整個東方世界。

他有三個兒子，他教導老大和老二中文，卻給老么聘請了英語老師。老么小時候很遲才會說話，中文學習能力又極弱，未能學習《小學》以上的經學，讓父母很擔憂。作父親的認為，與其如此倒不如讓他學習其他語言。於是具有深厚傳統的譯官家裡，傳出數百年間未曾聽過的語言。

我是少年，我在學習英語，我是學生，我住在倫敦。老么的英語實力雖然不傑出，但在當時的朝鮮，幾乎沒有人會說英語。美國和英國在朝鮮建立公使館之後，凸顯了父親的先見之明。老么容俊去了美國公使館，表明自己希望當翻譯的願望。美國外交官在朝鮮這個語言不通的孤島上，數月間幾乎過著半啞巴的生活，當場就決定聘用他。

他去美國公使館工作後沒幾天，他的父親和兩個哥哥搭乘裝滿綢緞的船，從天津出發，平靜的波浪和柔和的陽光彷彿也在祝福他們的航程。父親說，如果開通連接中國、朝鮮、美國和英國的通路，他們家族就能與朝鮮的任何一個家門平起平坐。身分制度即將消失，以紗帽的大小區分優劣的時代已經結束。你們看看自己的頭髮，外人看不出你們是譯官子弟的日子終於到來了。兩個兒子似乎有點不好意思地輕輕撫摸自己抹油的頭髮，因為高宗的斷髮令和父親的命令，他們留了一輩子的長髮一下被剪掉，當時還曾感到似乎少了什麼的惆悵心情，應該要有髮髻的位置空無一物。這對我們來說是好事，反正不已經爭吵不休一陣子了嗎？父親擁有功利主義者特有的果斷，他領先其他譯官，最快遵從斷髮令。頭頂雖然有些空虛，但兩個兒子都覺得聽從父親的決定是正確的。

從那時開始，他們的事業興旺，大廳的地板擦得油光閃閃。這次的燕京之行結束之後，就讓你娶媳婦，父親悄聲對大兒子做出承諾。不知道是否因為這樣，長子一直望著甕津半島的方向，咧嘴笑著。就在此時，他看見一艘船以極快的速度靠近他們，艦橋很低、甲板寬敞，很適合航行於像黃海這樣水不深的淺海。從船上沒有漁網來看，那不是漁船，也不是官員搭乘的指揮艦。

不知不覺間，這艘來歷不明的船已經靠近他們的船舷，迅速拋出繩索將兩艘船綁在一起。有人大喊你們是誰？想幹什麼？但這人立刻就中了幾槍，掉進海裡去。十多名健壯的男人踩著繩索，高聲叫喊，跳進譯官那艘載滿綢緞的船，船上雖有十多名護衛兵拿著武器抵抗，但已喪失先機。入侵者操使廣東話，嫻熟地揮舞刀子，開始掌控船隻。譯官沉著地觀察四周，明白狀況已陷入絕望。不到五分鐘，受傷或死亡的士兵都成了魚飼料。入侵者如同熟練的魚販，面無表情地逐一進行所有工作。譯官和兩個兒子被拖過去，跪倒在地，一個從燕京回國述職的大韓帝國官員頭上流血，倒在地上。海賊嬉皮笑臉地將譯官帶到船首，讓他站直身子，用刀尖一推他的後背，譯官閉上眼睛墜入海裡。兩個兒子被帶到海賊的船上，扔進魚艙裡。遭刺傷的官吏命運也和譯官類似。兩艘船改變航向，駛向南方。

權容俊在幾天後得到消息，但他並沒有太過悲傷。他和家族長輩一起張羅盛大的葬禮，接待前來弔唁的賓客。朝鮮後期長子世襲的原則日漸鞏固，權容俊原本以為自己無緣繼承家產，但這件意外瞬時讓他成為大富翁。他當時只有二十歲，打開倉庫一看，堆積的綢緞和米糧比成人身高還高。他首先將以漢字寫成的難讀書籍賣掉，其餘值錢的東西也陸續拿到市場出售。即便他不想賣，仍有很多商人不知怎的得到消息，紛紛跑來和他交易。

有一天，一名別監[11]來找他，身穿華麗的綢緞官服，頭戴精美紗帽，說自己手下有三、四名京城最頂尖的藝妓，請公子賜給他接待的光榮。權容俊沒有理由拒絕，翌日別監差遣轎夫來接他，他故意炫耀地坐上轎子，前往位於南山山麓的妓院。浸泡白蛇的酒，中國生產的菸草，八歲起就在妓院接受舞蹈訓練的平壤藝妓，僅憑眼神交換就能接續下一曲調的三弦六角[12]樂師，短暫前來漢城遊歷的全羅道益山有名歌者，以及用德國麥森瓷盤裝盛的山珍海味，權容俊享受了不亞於中國皇帝的奢華。在他厭煩之時，藝妓又勸他試試上海的鴉片。在精神恍惚中，歲月於焉流逝。後來他乾脆不回家，就住在妓院裡。僕人從倉庫裡一點一點的偷出米糧和綢緞變賣，精明的別監甚至開始調漲他長期投宿的食宿費用。直到天地降霜，到了必須收穫作物的時節，權容俊被當初所坐的轎子送回家裡，這是別監最後的善心。他再次找去妓院的時候，別監乾脆就不開門了。

回到久違的家裡，他只覺得無比冷清。父親建立的通路與人脈，對這個把遺產耗盡在妓院的不孝子，態度十分冷淡。年輕的花花公子努力抵抗鴉片的戒斷症狀與寒冷，以及對未來的不安，

11 朝鮮時期的官職，負責調查、監督、聚斂財貨等任務。
12 由絃樂器和管樂器演奏，用於舞蹈伴奏的合奏音樂。

終究不得不承認自己已經成為窮光蛋的事實。藝妓、別監和奴僕帶不走的唯一財產，只剩下他的英語實力而已。他不想回到自己發下豪言壯語辭職的美國公使館，看到《皇城新聞》上刊載的廣告後，去了大陸殖民公司。他想到墨西哥那個黃金之地，在那個沒有人認識他的地方，開始新的人生。殖民公司裡擠滿蓬頭垢面的排隊人潮，他見到了邁爾斯。邁爾斯忠告道，你的英語程度已經足夠，但還得再學習西班牙語，然後給了他自己用過的西班牙語教材。在這個沒有人會講西班牙語的國家，邁爾斯除此之外別無選擇。

13

金二正睜開眼睛，船船很難得的在航行時幾乎沒有晃動。過去幾天，因為持續的暴風，伊爾福特號劇烈搖晃，船艙充滿酸臭的氣味。有人靠著帶來的人參汁苦撐，有人在額頭和手掌針灸，還有人乾脆用針刺進手指的末端放血。所有人都用自己獨門的方法，試圖熬過這段艱難的海上生活。金二正自然無法倖免於苦痛，他既沒有針灸的知識，也沒有帶人參汁。他去到甲板上，觀看德國船員忙碌的模樣，看著他們堅挺的鼻梁、稜角分明的下巴、高大的身軀，實在無法想像他們和自己是相同的人類。因為語言不通，二正遠遠地看著他們，然後又走下船艙。

他沿著像迷宮一樣的走道前進，先經過德國船員的船艙，然後是通往船長和航海士房間的走道。如果在那裡被撞見，可能會發生不愉快的事情，然而不知大家是不是都去了艦橋，走道上沒有任何人。他又沿著樓梯，走向飄出食物香氣的方向。

他從門縫中看到人們正在工作。那個地方正如他所預料，是廚房所在地。如果真有基督教所說的地獄的話，似乎就是那副模樣。熾盛的烈火，垂掛在天花板上哐噹作響的料理器具，廚師為了壓過機艙噪音，大聲吼叫，他們的衣服骯髒，頭髮過長而遮住眼睛。丟棄的食物和油漬讓地板顯得光亮油滑，可是卻沒有人跌倒。一千零三十三名朝鮮人、船長、航海士、船員以及他們自己要吃的飯菜，都在這個地方烹煮。

船身再次朝向一方傾斜，二正的身體也倒向同一邊，咚的一聲撞到牆壁，還好被其他嘈雜的噪音掩蓋，沒有人發現他。跌倒的同時，他還盯著那些廚師看，只見他們用一隻手熟練地抓住把手，維持身體的平衡，鍋裡的蔬菜完全沒有掉出。

有人發現了二正，並用日本語大叫。對方拿著菜刀走向二正，他趕忙蜷縮起身子。滿臉鬍鬚的肥胖日本人雙眼發光，眼神裡充滿不愉快的疑問。他又重覆相同的喊叫，但是二正聽不懂，只能拿起旁邊的掃帚，假裝打掃掉落在地板上的白菜葉和馬鈴薯皮。蓄鬍鬚的日本人搖搖頭，表示不需要那麼做，二正索性不再看他，繼續掃著地。日本人大聲喊了幾句之後，好像放棄似的，走向他的同事，然後用日語大聲喧嘩，二正還是聽不懂他們之間的對話。他以前曾經跟著小販前往港口的日本人聚居地，但沒學過日語。

之後，二正開始在食堂周圍做一些根本沒有人要他做的打掃等雜務，慢慢跟他們混熟了。廚師剛開始根本懶得理睬他，只是一味咒罵，慢慢地開始使喚他，讓他做一些雜活。有時叫他去倉庫搬幾袋洋蔥，有時叫他清掃烹飪完畢的廚房。

日本廚師在短暫的休息時間裡，都會去甲板上抽捲菸。其中有一個在日本人中較高的廚師，頭髮剪得像軍人一樣短，身材瘦長。他總會在二正打掃完後，教他日語。他說自己的名字是吉田，為了方便使喚二正，他告訴二正洋蔥、馬鈴薯、米、水等烹飪材料的日文。每當二正忘記或搞混單字時，他都會敲打二正的腦袋，但次數越來越少。二正算是學習很快的那一類型，過了三天，他至少不會再搞錯食材的名字。從此之後，二正能做的事情越來越多，廚師像市場商人一樣，不停地叫他的名字，他穿梭於倉庫、甲板和廚房，晚上才拖著累癱的身子倒下睡覺。他不必再為了吃一碗飯，排在漫長隊伍的最後。

他每天帶著油煙味回到船艙睡覺，旁邊的崔善吉總是捂著鼻子。一個平壤出身的年輕農夫罵他是倭寇走狗，朝他吐口水，二正等他睡著之後，拿著棒子狠打他。哎呀！年輕農夫抱著頭蜷縮身體，二正只是無言地猛打他的身體。最先察覺狀況的是崔善吉，他一睜開眼睛就立刻抱住二正的腰，把他推到牆壁邊。幾個被他們踩到的人也醒過來，勸住二正。挨打的農夫嚇壞了。二正大吼，被倭寇走狗痛打的感覺怎麼樣？倭寇走狗做的飯你不也吃得一口不剩嗎？大家讓他平靜下來，被打得頭破血流的平壤農夫抱著棉被，躲到離二正遠遠的地方。

比起其他發生過的事情，這場騷亂算是很快平息下來。在狹窄的船艙裡生活，經常會發生衝突。尚未發生拿刀砍人的事情，已經算是很神奇了。男人因為位子、一口飯、漂亮女人、不友善的眼神等小事，都會大打出手。該死的傢伙，我要把你丟到海裡！這雖然是最常聽到的威脅，卻未曾輕易發生。金二正直挺挺地躺下，想要平息心中的怒氣。對於飽經世故的他而言，這點事情根本沒什麼了不起，可是很奇怪的，憤怒無法輕易平息。他突然覺得這個世界上的所有雄性都是自己的敵人。他被莫名的怒火束縛，緊握住拳頭，並且用拳頭輕輕擦掉從眼角湧出的一滴清淚。

第二天清晨，金二正比任何人都早起，為了去廚房，他小心翼翼地走出船艙。平壤農夫會不會躲在什麼地方，準備襲擊我的後腦杓？想到這一點，他繃緊神經走在走道上。就在轉向通往廚房的舷梯時，他發現臨時搭建的女廁那邊有人。對方似乎也受到驚嚇，低低喊了一聲。少女來不及用長衣遮住眼睛，與二正四目相對。雖然只是極短暫的瞬間，已經足夠讓兩個十六歲的男女得知彼此的存在。少女向旁邊讓開空間，等待二正經過。二正經過妍秀身旁，然後停下腳步，偷看她走向轉角處的背影。少女稍微踮著後腳跟走路，再加上她披著長衣，看起來就好像在虛空中飄拂而過。二正還聞到她身上散發出的奇妙味道……

廚房裡沒有人，二正在整理打掃用具時，看見插在砧板上的菜刀。如果是平時，他可能會忽視，不加理會，但這天不知是不是鬼迷心竅，他竟然拿起菜刀。日本人的刀遠比朝鮮的刀細長，那是一把切魚的刀，泛出魚腥味。他又看到一把切肉的方刀，刀把上有厚厚的紅色血痕。他將那把刀拿在手上，他喜歡那種沉甸甸的感覺，似乎有某種銳利的東西從內心深處湧現。就在他身處對女人的渴望和鋒利金屬的原始魅力中，不知如何是好之際，從後方傳來雷聲一樣的叫喊。二正放下刀子，是吉田。他跑過來，一邊咒罵，一邊掌摑二正耳光。不是一下，而是來回打了數十下。二正被揍得頭暈目眩，癱軟地跪倒在地。其他廚師跑過來，詢問發生了什麼事，當他們看到吉田手上拿著的刀子時，立刻了解了。對於廚師而言，刀子是最神聖的物品。雖然是在外國貨輪上做著像豬食般的菜餚，但廚師之間依然等級森嚴。

二正退到廚房外面，像平常一樣開始打掃。我真的變成走狗了嗎？十六歲的少年流下眼淚。發生了這件事之後，如同戰爭般的早餐準備時間過去了，吉田帶著二正上了甲板。紅色的雲彩低低地鋪在海平線上，是好天氣的預兆。吉田輕輕撫摸二正紅腫的臉頰說，我原本是日本軍人。二正幾乎聽不懂他說的話，吉田仍然發牢騷似的，不停地訴說自己的過去。

他原本是日本海軍，一年前日俄戰爭爆發，當艦隊包圍旅順港時，他趁著黑夜逃走了。他表情悲傷地說，在故鄉鹿兒島的妻子和兩個女兒如果知道他逃兵的事實，一定會感到羞恥。他還說，如果自己戰死，反而會對家人更有幫助。二正勉強聽懂的，僅止於他以前是日本海軍而已。二正心想，日本海軍在英國的船上，那他一定是逃兵吧？吉田再次撫摸二正發紅的臉頰，他的眼睛濕潤，粗糙的雙手托起二正的臉孔，接著嘴唇很自然地靠了過去。二正猶豫不定的嘴唇碰到吉田的嘴唇，吉田的舌頭伸進二正的嘴裡，雙手抓住往後跌倒的二正。甲板上，粗重的纜繩像蛇一樣凌亂地散落，吉田的身體開始發熱，二正的心也澎湃不已。無論是男人或女人，這種事情對二正來說都是第一次。這個眼角流淚、將舌頭伸進二正嘴裡的人，是平常對他最親切，也是不久前把他的臉頰打腫的男人。如果只是其中一種面貌，那還比較容易判斷。就在二正感到混亂之際，吉田把手伸進二正的褲襠裡，輕柔地撫摸他逐漸脹大的生殖器。

這時，隱藏在海平面雲層裡的太陽出現，陽光如同鋒利的刀刃，將兩人的臉孔區分為光亮和陰暗。二正皺起眉頭，吃完早餐的朝鮮人即將上來甲板抽菸，他撥開吉田的手，並且搖頭。吉田用令人憐憫的眼神向二正求愛，二正急促喘息，再次搖頭。吉田的表情慢慢恢復到平時的冰冷模樣，卻沒有顯出敵意。就好像暫時將身體伸向外面的蝸牛，再次回到安穩的家。吉田向坐著的二正伸手，二正猶豫地伸出手，吉田強而有力的手立刻把他拉起身。吉田一鬆開手，二正就用那隻被他放開的手撣撣屁股。

兩人無言地回到廚房，吉田盡力以最嚴肅的表情向二正說道，跟我來。二正跟著他走下陰暗的倉庫，吉田遞給滿懷恐懼的他一顆新鮮的蘋果。雖然已經不是那個船員歷經長久航行之後，會罹患讓牙齦全部萎縮的壞血病年代，他們依舊很珍惜維生素C的供給來源。吉田一走上廚房，二正立刻坐在倉庫角落，將紅蘋果吃個精光。

二正走出倉庫，上去甲板。許久沒有這種清風徐徐吹來的好天氣了。厭倦船艙生活的朝鮮人紛紛走上甲板晒太陽，深呼吸新鮮的空氣。有人拍了二正一下，回頭一看，正是給他取名字的趙章潤。不辛苦嗎？他是問廚房的生活。二正搖搖頭，因為可以活動身體，反而不枯燥，很好。趙章潤也同意此話。應該有很多吃的東西吧？二正只是嘻嘻一笑。每天被關在艙底，誰能受得了啊？趙章潤伸了個懶腰。就算是地獄也沒關係，只要能在堅硬的地面走幾步，那就死而無憾了。他用腳踢了鐵欄杆。竟然有這麼大的海洋，天啊！怎麼走也走不到盡頭。聽說還要再航行一個月，這真的會讓人瘋掉。二正經常和船員在一起，趙章潤似乎想從他那裡聽到一些令人心生希望的消息，只是二正也所知不多。海洋太大，這片大海的盡頭就是終點。二正給船長送早餐的時候，有時會瞥一眼貼在牆上的世界地圖，但實在無法得知他們現在究竟是在哪裡，除了等待以外，別無他法。

看到軍隊時期的同僚上來甲板，趙章潤和他們一起在菸袋裡塞進菸絲，抽起菸來。巨大的貨輪、菸袋和熱帶海洋其實並不協調。他們之中沒有任何人提起過去，只是談著不確定的未來。有人提議，我們就算去了那裡也不要分開。當然，當然。大家都加以附和。要求讓我們待在同一個地方就行了。誰能說呢？翻譯會說。可是那傢伙長得一副不知廉恥的樣子。就算如此，傳話就是他分內的工作啊！是吧？大家都不安地點頭。

二正從他們身邊離開，再次下去廚房。不知不覺間，已經到了該準備午餐的時候。吉田依舊無語，只是默默把自己應該處理的蔬菜切成大塊。今天午飯上日式味噌湯，有人高喊。一大塊味噌豆醬被丟進湯鍋裡，香醇的氣味充滿整個廚房。當初一看到二正就對他大吼的蓄鬍廚師，敲了一下二正的腦袋，二正立刻把洋蔥搬來。廚房裡的熱氣讓廚師身上不停流汗。有人咕嚕咕嚕地猛喝藏起來的日本酒，有人扯著喉嚨唱著悲涼的日本歌。他們應該不全是逃兵，那為什麼會流落到這個地方？二正雖然好奇，但從未問過任何人。看到二正拿過來的食材不對，吉田只是低聲罵了一句混蛋，聲音有氣無力，感覺像是在咒罵自己。二正對於男人相愛的事情雖不明瞭，卻能感覺到吉田一連串的行動都是出自愛意。在外地長久生活的小販之間，這類事情也經常發生，只是二正在知曉內幕之前，就已經離開了那個世界。

二正曾經想過乾脆回船艙，再也不要去廚房了，可是他並沒有這麼做。比起一整天待在滿是酸臭氣味的船艙裡，充滿活力的地獄要好得太多。男人在狹窄的空間裡摩肩工作，這樣的世界充滿奇妙的魅力。他們雖然彼此辱罵、打耳光，但連這些都自然到像是生活中的一部分。每當二正被他們敲頭時，都覺得自己又更接近他們的世界。對於從小在外地流浪的二正而言，伊爾福特號的廚房就像溫馨的家，即使他們正航向遙遠得超乎想像之地，他卻完全感受不到。

吉田仍然與二正保持一定的距離。表情陰暗的吉田，只要有空就會嚴格教導二正日本話，好像在執行什麼崇高的義務；早晨的例行工作結束後，他會帶二正去倉庫，給他蘋果。陰暗倉庫裡的這個隱祕享受，讓先前因為吉田的突發行為而出現裂痕的兩人關係，慢慢地修復。二正聞一聞果肉散發出的甜蜜香味，用袖子稍加擦拭，嘎吱咬下一大口。吉田貪婪地望著二正啃咬蘋果的嘴唇，這就是全部了。等到二正把紅蘋果吃得乾乾淨淨，吉田才開始做自己的工作，整理倉庫、挑選午餐要用的食材，然後裝進袋子裡。他沒有使喚二正做任何事。二正總會上去甲板，回味舌尖留存的酸味。後來就算吉田沒說，他也會下去倉庫吃蘋果。只要二正一下去，吉田都會等在那裡，無言地遞給他蘋果。偶爾還有二正從未看過、聽過的水果，無論是什麼，他都吃得津津有味。他越來越覺得應該為吉田做些什麼，只是即便這麼想著，也不知道能做什麼，於是只能使勁搖頭，然後爬上甲板，將身體交給狂風巨浪。

14

在漢城司諫洞的家裡，李妍秀不曾對自己的身體感到苦悶，因為沒有必要。身體就在那裡，她只是加以使用而已。她所關注的反而是那些觀念性、抽象性的問題。我從哪裡來？為什麼活？會怎麼死？她的父母教導她，她來自祖先，活著是為了父母、丈夫和兒子，到生命結束的那一刻會變為魂魄。這些所有士大夫家門的女人所學習並接納的事情，她卻無法輕易接受。她不否認自己是由父母的血肉而形成，但對於為了什麼而活，卻有完全不同的想法。因為想法過於危險，她實在無法向人透露。

她內心深處的想法是，我要為自己而活。丈夫死了就被迫自殺，並以死亡為代價，獲得君王賞賜的貞節牌坊，這樣的時代雖已過去，但沒有任何人認為女人可以為自己而活。有什麼不可以呢？對於學習感到快樂，難道還有男女之分嗎？雖然她仍端莊地坐下來繡十長生的圖樣，但這個十六歲少女的腦海裡，無法為時代所接納的危險思考已然萌芽。由於沒有具體的實現方法，她的意志變得更加強烈。或許因為這樣，她盡可能地對自己身體的變化視若無睹：開始來月經，胸部大到可以授乳的程度，臉上的嬰兒肥也逐漸消退，但身體越成熟，她越關注那些觀念性問題。

在船上就不能這樣了。肉體片刻都離不開她的腦海，吃、喝、排泄等問題，隨時都在困擾船艙裡的女人。雖然有女人專用的廁所，但要擠過地上躺著的男人，前往廁所，對女人而言實在是一件羞恥的事情。男人則不加掩飾地嗤嗤笑著。必須和母親一起去的時候，動靜就更大了。

在司諫洞的家裡，有黃銅夜壺這種方便的東西，每天早晨讓下人清潔即可，在船上自然無法期待這種奢侈，所以她盡量少吃、少喝，以減少去廁所的次數。船的搖晃也不亞於上廁所的折磨，她在啟航沒多久就已經吐了三次，每當此時，她無法不思考肉體明顯存在的動物性。她也只是一個會飢餓、會噁心想吐、會被無法忍耐的尿意所困擾的生物罷了。

最令她痛苦的是，自己的肉體在沒有任何遮掩之下，暴露在眾人的視線中。那些視線不會跟她搭話，也不會親切對她微笑，不，笑容反而是最可怕的事情。每當無數的視線投射在她身上，她都會覺悟到自己只是一個柔弱、無力的存在，被囚禁在名為肉體的小型監獄裡。大家都看著她嘔吐、便溺、睡覺、吃喝的一切模樣。就這樣過了一個星期以後，她的痛苦反而開始逐漸消失，她終於能平靜地忍受男性的窺視和女性的嫉妒，同時生平第一次正視男人從上到下打量自己身體的眼睛。那雖然是令她心寒的經驗，但從另一方面來說，她也覺得那是開啟進入新世界之門的契機。

不知道從何時開始，她坐下來時就不披上掩蓋頭臉的長衣，母親一臉驚嚇地訓誡她，她則頑強地表達拒絕的意志。事到如今，想用長衣遮住什麼為時已晚。就在幾天前的清晨，她和一個男人正面遭遇，但她卻站在原地動彈不得。兩人之間雖然沒有發生任何事，但在那短暫瞬間所形成的性愛預兆，即使是妍秀也察覺到了。她和同時代的其他少女一樣，從古典小說裡培養對於戀愛的甜蜜幻想。如同《雲英傳》[13]裡的雲英，她對自己陷入禁忌之愛的模樣並不感到陌生。對方分明不像小說裡的年少金進士，出生自貴族世家，自然不可能了解詩文，並以詩文傳達戀慕之情，然而他的臉上具有令人想要久久凝視，柔和且印象深刻的強烈魅力。有時候，她坐在位子上時會尋找他的蹤影，但卻幾乎找不到他。

航程持續，味道越來越重。味道無分貴族或平民，船艙裡沒有水井，也沒有現代化的衛生設施，自然會發出惡臭。人們經由身體的所有孔竅和汗腺，顯示自己的存在。女人散發女人的氣味，男人散發男人的氣味。隨時間經過，性別的區分比階級更明顯，原因完全出自身上發出的味道。男人即便躺下閉上眼睛，培養睡意，只要女人經過，立刻就會睜開眼睛；女人也能聞到從背後傳來的男人味道。不能洗澡、洗衣服的情況持續著，陰暗的船艙內部與家禽的圈舍並無二致。在此混亂中，仍有人散發特別而強烈的味道。那種極具誘惑力的味道從持有者身上擴散到非常遠的地方，凡是聞過一次的人都不會輕易忘記。體味與持有者的人格或風采完全無關，因此當人們轉頭尋找味道來源時，經常會對出乎意料的結果感到震驚。

妍秀正是如此。經過十天、半個月之後，從她身上開始散發出的特殊體味，任誰都能加以分辨。只要她從身邊經過，睡著的人會起身，孩子會停止哭泣，數年間未曾勃起的男人會夢遺，年輕的男人會睡不安穩。女人竊竊私語，男人則痛苦地轉過頭去。她的家人當然不可能不知道，李

13 朝鮮時期的愛情小說，作者、年代不詳，描寫宮女雲英和年輕書生金進士的愛情故事。作者以書生和宮女的自由戀愛，為愛情雙雙殉情的悲劇，表現年輕人對自由戀愛的渴望，以及對封建專制的批判。

宗道經常上去甲板，母親尹氏在女人簡單搭設的帳幕後面給女兒換衣服，感嘆在上船之前，應該先把她嫁出去。弟弟李鎮佑每天清晨從睡夢中醒來時，總會對自己充血的下體無可奈何，但也只能對著船艙地板上的草席不斷磨蹭。只有妍秀自己有好一段時間都不知情。不只是味道，她的臉上也開始散發光彩，與生俱來的貴氣和與眾不同的傲慢，讓她在髒亂中更顯突出。男人的情慾和女人的嫉妒都為之沸騰。

15

濟物浦的小偷崔善吉整夜都被噩夢糾纏，在半夢半醒之際，旁邊的少年起來了，那是金二正。他和平常一樣，該去廚房了。崔善吉想跟他搭話，卻開不了口，直到這時，他才知道自己的身體無法動彈。身體發抖，雙腿也如同痲痺一樣沉重不已。他想伸手抓住二正，不知情的少年逕自起身，走向外面。過了一段時間之後，崔善吉開始陷入對死亡的恐懼中。在沒有家人、朋友的茫茫大海上，可不能就這樣死去啊！他這麼一想，父親的臉孔突然在虛空中浮現。父親好像喝了一杯酒似的，看起來十分舒適。好，真好。父親坐在水流細長的瀑布邊，不知道喝著什麼，看起來非常愉悅。世上的窮困都已結束，這裡正是樂園啊！你也快來吧！有人在父親的身後唱著歌，黑狗啊，白狗啊，不要再叫了。白狗啊，黑狗啊，不要再叫了。接著，白狗和黑狗真的出現，歡迎他的到來。他如果想去父親那裡，必須乘坐繫在江邊的小船，渡過碧綠的河流才行。白狗和黑狗在小船上興奮地搖著尾巴。崔善吉這一輩子從來沒有喜歡過父親，但是因為那裡的風景實在太美，他覺得應該要趕快去那個有美食、好酒和清涼江水的地方。他一靠近小船，白狗就從船上跳下來，沿著江邊走去，黑狗則依舊在小船上吐舌頭。

16

從緊咬的嘴唇之間滲出的呻吟聲，到了下午變成哀嚎，彷彿有數千條布料同時撕裂，沒有人能對那個聲音無動於衷。那是來自漢城的女人。丈夫向即將臨盆的同齡妻子再三央求，他原本想移民到夏威夷，大陸殖民公司卻說服他前往墨西哥，理由是想去夏威夷的人已經額滿，而且墨西哥絕不亞於夏威夷。下定決心要離開的人終究會離開，丈夫的內心已經飛越到海洋的彼端。他為了說服妻子，前往妻子的娘家，妻子挺著大肚子，正跟他冷戰中。我不能去，父親、母親，請阻止孩子的爹吧！然而，她最終沒能阻擋丈夫的執拗心意。妻子心想總比當寡婦好吧，沒料到在船上羊水破了。丈夫什麼事都做不了，只能不停地抽菸。

翻譯上去告知邁爾斯一行人孕婦即將生產，雖然叫來日籍醫師，但他沒有接生孩子的經驗。更不幸的是，這個靜岡出身的年輕日本人，事實上根本不是醫師，他只在農業學校學過獸醫，被大陸殖民公司的廣告所迷惑，於是說謊上了這艘船。只要搭乘舒適的英國貨輪，大約航行一個月左右，一起到墨西哥即可，而且還能收到相當於東京醫師兩倍的薪水，他心想除了暈船，還會有什麼大病？於是欣然同意。只是他一上船，想法立刻改變，在超過人員定額三倍的船上，如果沒有人生病的話，那才是怪事。他每天晚上捧著醫學詞典，研讀船上可能發生的疾病。幸好他的第一個任務是接生，因為在獸醫學中，為動物接生正是基本中的基本。

他下去船艙，惡臭味撲鼻而來。孕婦即便在極度的痛苦中，還是強烈抗拒靠近自己下體的男人，圍繞孕婦的女人也毫無讓開的打算。當他的嘴裡冒出日本話，抗拒的意志更加強烈。他雖然表明自己是醫師，但根本沒有用。孕婦的陣痛持續，從女人身體裡不斷湧出的羊水、汗水和血液，使得骯髒的地板變得濕滑。啊！啊！啊！孕婦的慘叫未曾停歇，充當接生婆的老婦人也開始同聲大喊。幾名孩子將腦袋伸進帳幕裡看熱鬧，來自靜岡的獸醫為難地站在帳幕外面，等候嬰兒誕生。一接生婆和產婦吵架似的大呼小叫，但嬰兒就是不出來。一名滿頭大汗的接生婆跑到帳幕外面，一臉即將哭出來的表情，拉著靜岡的獸醫進去。產婦的陰道口隱約可以看見嬰兒的腳，獸醫跪下來，這是小馬，這是小牛，好像念著咒語般將自己催眠，並且頻頻擦拭流下的汗水。至於接下來發生了什麼事，事後他完全記不得。總之，嬰兒的腳再次縮回去，產婦又扯破嗓子大叫。過了一會兒，開始看見孩子的頭，他急忙將變得青紫的嬰兒拉出來。一個女人拿來不知從何而來的缸子，將胎盤和臍帶放進去，拿到外面。終於來到人世間的嬰兒，有好一陣子沒有呼吸，直到臉頰被打了一下之後，才大聲哭出來。產婦精疲力竭地倒下，女人將靜岡獸醫趕到外面。

您辛苦了，田邊先生，有人向他致謝。男人在帳幕外面給孩子取名字。要給一個大韓帝國成立後，在韓半島境外誕生的第一個孩子取名字，可不是一件容易的事。雖然大家提了幾個名字，最終還是由孩子的父親林民秀，將孩子取名為太平。這不但是他們正橫渡的海洋名字，同時也是一種願望。如果生為女孩，可能會被父親丟到海裡的林太平，就在所有乘客的祝福中誕生。

17

他們出發一個月後，最後一艘移民船蒙古利亞號，搭載二百八十八名朝鮮移民前往夏威夷。當時，日本強制執行的移民保護法，事實上是禁止將朝鮮人送到海外的法令，因為日本不希望朝鮮移民成為日本移民的競爭對象。移民公司結束營業，類似邁爾斯的移民仲介，也被禁止再次入境。大韓帝國短暫的移民史，從一九〇二年夏威夷蔗糖農場的勞工開始，在一九〇五年畫上句點。《乙巳保護條約》締結之後，大韓帝國的外交權移交給日本，美國、德國和法國的外交使館依次從漢城撤離。同年七月，美國的陸軍部長威廉．霍華德．泰福德（William Howard Taft）與日本首相桂太郎，互換祕密備忘錄，確認由日本支配韓國，美國支配菲律賓的協議。他們離開的國家正如滴在水裡的墨汁一般，緩緩地失去蹤影。

18

腹瀉的人開始增加，有人發高燒、夢囈，還有人劇烈嘔吐。區區的幾間廁所開始溢出排泄物，症狀嚴重的人乾脆就躺在地上直接排泄。他們全身發抖，嘴裡呼喊著已經死去的親人。

靜岡的獸醫再次被叫來，他用毛巾捂住口鼻，進入惡臭的船艙。症狀毫無疑問是痢疾，由於是傳染性極強的疾病，病患必須加以隔離，但船艙裡沒有足夠的空間。洗手雖然非常重要，但也沒有充足的用水。當下只能勉強將感染的群體和未感染的群體分開，持續觀察病情的發展。伊爾福特號上幾乎沒有治療痢疾的抗生素，患者的自然治癒能力成為唯一的希望。

船艙裡發生痢疾，金二正被暫時禁止進入廚房。他坐在角落，觀察周邊發生的事情。他突然像被火燒到一樣，驚嚇地彈跳起身，稀軟的東西流進他坐著的位子下面。崔善吉抓住二正的腳踝，二正拚命想掙脫，但卻無法甩開。救救我！二正掀開被子，看到崔善吉的臉，眼睛凹陷，臉上只剩下一層皮，嘴角留有嘔吐物的痕跡，被子裡散發出惡臭。二正和其他人合力將他搬移到患者區，被擔架抬走的時候，崔善吉哭喊著我不想死在這裡啊！

屍體被發現是在夜深之後，那是第一個死者。人們用麻袋將屍體包起來，搬到甲板上。邁爾斯用毛巾捂著口鼻站在遠處，反覆催促不知如何是好的群眾趕快舉行水葬。浦項出身的四個捕鯨漁夫附和邁爾斯的話，向不懂船上規矩的乘客說道，那是理所當然的慣例。但是怎麼可以沒有任何儀式，就把人的身體當作飼料，丟給萬里之外的異國魚群吃呢？人們在屍體旁邊畫上圓圈，遠遠地站著，不知如何是好。屍體上已經有蒼蠅飛來飛去，眼見沒有任何人想出面主持葬禮儀式，捕鯨漁夫彼此交換眼神，各自抓住裝有屍體的麻袋四個角，丟到海裡面。他們嘴裡發出意義不明的聲音，既非念經，也非船歌。死者隨之消失在輪船的螺旋槳下方。四個小時後，第二個死者出現了。按照相同的程序，屍體又被搬到甲板上。捕鯨漁夫這次也準備抬起麻袋四個角的時候，有人挺身而出。他們又不是豬狗，到底是在幹什麼呀？一個中年農夫高聲說道。

在短暫的騷動過後，一個男人被推到前邊。男人緊閉雙唇，努力不理會腳下的屍體，但是當他看見懇求獲得救贖的群眾視線，內心不禁開始動搖。他是巫師，人們竊竊私語。他反駁說，我不是巫師。他一張嘴，密密麻麻的內斜牙在黑暗中發亮。人們瞪大眼睛說，住在仁川海邊的都知道你是巫師。趕快驅除煞神吧，要不然我們都得死，我們親眼見過你在法事上驅魔。有人拿來長木棍，交給巫師。木棍的長度超過成人身高的兩倍，有人已經在末端繫上白布。那是神竿，人們相信魂魄會降臨在上面。

被指認為巫師的男子似乎放棄掙扎，摸了摸木棍，然後還給群眾說，我不需要，那些沒能力招神的南方巫師才需要這種東西。巫師閉上眼睛，嘴裡開始喃喃自語，不知在誦讀什麼。一個男人似乎等待已久，從口袋裡拿出笛子，用舌頭沾濕乾燥的簧片後，貼近嘴邊。強風吹來，人們掖好衣服的下襬，傾聽巫師的聲音。巫師再次陷入自己痛苦的命運之中，他突然變成另一個人，身體抖動，似乎忘記亡者是死於傳染病，抓著屍體痛哭。他拿出幾枚已成廢物的大韓帝國銅板，撒在甲板上。群眾被死亡的恐怖所感染，因著他的每一句話或哭、或笑、或歌唱，於是甲板上瞬間升起如同嘉年華會的騰騰熱氣。笛子的散調彷彿從幽谷傳出，堅定不搖地與內燃機引擎聲、波浪聲和海風聲相對抗，直到法事結束的瞬間。樂師皮膚白皙，臉頰如同青蛙般鼓起，臉色逐漸變紅。日本船員丟過來一隻綁著雙腳，養在廚房裡的公雞。巫師似乎無法壓抑興奮之情，用嘴巴咬噬雞脖子，最後用刀砍斷雞頭。雞血沾染衣袖，流進腋下，手臂上冒起裊裊的熱氣。

巫師流下眼淚，娘啊，娘啊，我的娘啊，連口熱飯都不給我吃，也不拉我一把，您真惡毒啊，我的娘啊，這樣送走孩子，我倒要看看您能否過得稱心如意。不，不，我錯了，我錯了，我的娘啊，您得好好活著，我的娘啊，一定要長命百歲，連我的壽命也加添給您，您可得長命百歲啊！唉，好冷，好冷，冷到活不下去了。我肚子餓了跑出來，現在得了怪病就要死了。斷頭雞在地板上撲跳著，然後走上屍體的肚子上，卻又一頭栽下來，雙腳掙扎著。

法事沒有祭品，也沒有哀樂，自然不可能進行太久。德國船員點亮的煤氣燈懸掛在上方，隱隱約約照射著，整個場面看起來要比實際更加殘酷。鮮血和黑暗、舞蹈和歌聲、屍體和巫師，由這些融合而成的混亂法事，使得面對傳染病的農耕民族血液為之沸騰。那是流淌在血液裡的韻律，他們流著眼淚，沉浸在法事的過程中，接連有人哭泣和昏厥。艦橋上的德國船員嬉皮笑臉地俯視甲板上的騷動。

魂魄出竅的巫師終於癱坐在地上，調節自己的呼吸，這時，捕鯨漁夫舉起裝著屍體的麻袋，來回搖晃兩三次後，用力丟進太平洋。沒有人敢說這種事不會再發生，只是俯視將屍體吞噬的黑色大海。

19

並不是所有人都在看著法事。伊爾福特號上，以倉促進行的法事撫慰亡者魂魄之時，李宗道的女兒妍秀披著長衣，緊盯著坐在對面的少年，那個先前在清晨見到的男子。少年很早就坐在那裡，下巴靠在膝蓋上，默默聽著巫師的祭辭。他緊閉雙唇，碩大的瞳孔一動也不動地凝視某個地方。他沒有看向巫師，每當火光偶爾照射到少年的臉孔時，他的臉就像流星一樣，閃閃發光之後消失不見。這是她生平第一次久久注視一個連名字都不知道的男人臉孔，也許是因為少年只注視暗處，才可能如此。

巫師的祭辭和觀眾的應和、陰暗的夜空和火炬、歌聲和鮮血的交錯，讓她心緒變得混亂，將只露出眼睛的長衣拉得更緊。少年終於起身，背對法事現場、拍拍屁股，反正他和死者連一面之緣都沒有，不管是北邙山還是黃泉路，對他來說只不過是抽象的概念罷了。他的年紀對死亡沒有實際感受，拙劣的法事自然吸引不了他。即便現在直接跳到海裡，似乎也不會輕易死亡，如何想得到染上痢疾而腹瀉的話就會死？真正讓他心亂的，反而是他和吉田似乎永遠到不了的墨西哥，還有心裡燃燒的熱火。沒有讀過書的他，不知道該怎麼表達在心裡燃燒的這些苦惱。

二正起身遠離人群，突然被某個味道所吸引，於是停下腳步。分明是在何處聞過的味道，卻怎麼都想不起來。他在廚房聞過所有味道，但這種感覺還是第一次。把他知道的所有香料都混合在一起，似乎也無法重現這個味道。他環視周圍，妍秀就在那裡。她的黑色眼珠閃閃發光，又再次沒入黑暗之中，味道也隨之消失不見。

濕鹹的海風灌滿二正的胸腔，一個渾厚的聲音問說，有人殺了野鹿嗎？二正轉頭一看，發現是趙章潤。把野鹿的頭砍下來，喝鹿血的話，就會散發這種味道。趙章潤舔舔嘴唇繼續說道，我們部隊裡獵人出身的特別多，如果懷念那個味道，就會上山砰砰幾槍，把鹿頭砍下來，當場用大碗盛上還冒著熱氣的鮮血喝掉。二正搖搖頭，那多腥啊？趙章潤嘻嘻一笑，用大手撥亂二正的頭髮，一邊說我想去看看法事，就消失在人群裡。

一千零三十三人，不，死了兩人，還有一個嬰兒出生，所以這條船上有一千零三十二人。法事周邊擠滿了人，連腳都伸不進去。趙章潤走開以後，二正再次轉頭尋找，但女人已經不知去向。

他找遍甲板上每個地方，都看不到她的蹤影。二正的內心空虛不已，再也沒有辦法待在那裡。走下船艙一看，她和家人坐在一起，正做著針線活。

20

甲板上的爭吵正難分難解。有人主張應該在疾病蔓延之前，把嚴重病患丟到海裡；有人主張白天把這些人搬到甲板上晒太陽；還有人主張讓他們在最靠近的陸地下船。各種主張此起彼落、眾說紛紜，可是未能獲得任何結論。不但根本沒有最靠近的陸地，連天氣都很陰沉。當然也不可能將一息尚存的人丟到海裡，他們的家人正瞪大眼睛盯著。既然如此，那就不能只針對沒有家人的病患進行水葬。

甲板上正在燃燒死者的物品，準備之後丟到海裡，保羅經過該處，走下散發出惡臭的船艙。他在檳城的時候，神學院曾經教導學生醫術，因為若想獲得土著的信賴，強化彼此的關係，再也沒有比西洋醫術更好的方法了。他雖然不認為那點醫術能對抗這種傳染病，但應該多少會有幫助。船艙裡有很多因為出現脫水症狀而找水喝的人。他帶了水下去。可是比起物理性治療，給予病患安慰的事情更適合他。他傾聽他們說話。有不少病患產生幻覺而胡言亂語。或許病患當中有天主教徒也未可知，那麼，他是否應該為他們主持聖事？如果有人認出他是神父，要求他舉行傅油聖事[14]，他又該怎麼辦？對於違背主教的命令，丟棄自己的羊群逃跑的神父而言，是否仍有這樣的資格？

保羅總是在病患的呻吟中睡著，沒有做任何夢。到了清晨，當微光照進船艙，立刻起身照顧病患。他覺得這樣的生活比在煩悶中蒙頭大睡的時間好過多了，有人等待他幫助，從他們懇切的眼神中，他感到隱祕的快感。病魔似乎也避開他，他原本想不如因此死去的期待也平靜地消失。

一天又過去了。

田邊用布捂住口鼻，下來船艙幫助保羅神父。兩人正在確認某個人是否還活著，那是個健壯的男人，但卻一動也不動。如果死了的話，就得把他扔進海裡。保羅神父掀開蓋住頭臉的棉被一看，瞇起了眼睛。那張臉很面熟，在濟物浦時曾經提醒他要當心小偷。雖然消瘦許多，但很輕易就能認出來。原本以為他老是哼著歌，應該適應得很好，沒想到他正與死神搏鬥。保羅搖了搖男人的身體，男人的嘴唇動了一下，他還活著。保羅神父向靜岡的獸醫點了點頭，正想把棉被蓋回去之際，啪，有個東西從他的胸口滑到地上。田邊把東西撿起來，是一條項鍊。保羅拿走項鍊，田邊的目光似乎想查探保羅有什麼意圖，但保羅只是反覆看著十字架項鍊和崔善吉。這分明是布朗索主教的項鍊。保羅閉上眼睛，把項鍊再次遞給田邊，田邊將鬆開的扣環扣好，掛回崔善吉的

---

14 源自司鐸在病危者身上塗抹經過祝聖的橄欖油這個儀式，象徵將病人付託給基督並求賜與安慰和拯救，是天主教、東正教等傳統基督教派的七大聖事之一。

脖子上。崔善吉不知道是不是因此感到不舒服，翻了個身。

保羅走到船尾甲板上，出神地望著被巨大螺旋槳捲起的水流。火紅的夕陽如同未及收拾的衣物，掛在西邊的天空。南太平洋颳來的海風充滿濕氣，身上的衣服很快就變得潮濕。

21

幾天後，二正重新回去廚房。為了在清晨去廚房，他起身後小心翼翼地走過濕滑的走道。經過階梯，準備往下走的時候，他的心跳莫名其妙變快。他突然間確信沿著螺旋形階梯往下走，他日思夜盼、急欲尋找的人一定會在盡頭，不只是因為那獨特的氣味之故。他沒有去廚房，而是朝機房的方向走去，而她就在那裡。

兩人面對面站著，無言地凝視彼此的眼睛。沒有人告訴他們不應該這樣，他們在內心容許的範圍內，在肉體能夠忍受的最大限度內，熱烈地凝望彼此，然後不知道從何時開始，一把握住彼此的雙手。如果是在朝鮮，這種事情絕對不可能發生，只是身處傳染病猖獗的大海中，自然另當別論。金二正生平第一次握住女人的手，不知如何是好，只好低下頭。他不知道該怎麼繼續，只能結結巴巴說出自己的名字。一二三的二，正直的正，我叫金二正。她也低下頭，噗嗤笑出聲，然後抬起頭，終於露出被長衣遮住的臉孔。走道的煤氣燈照亮她的臉龐，二正仔細端詳，她的臉上散發出神祕的氣質，不受任何俗事汙染；臉頰因為緊張而略顯僵硬，眼睛卻帶著笑意，迎接新生的愛情；彷彿浸泡在鹿血裡的麝香味道，也一如從前。二正摸著自己的臉，火辣辣的，好像被火燙到，手臂上的肌肉像是剛結束辛苦的勞動，不住發抖。我是全州李氏，名字是妍秀。走道彼端傳來嘈雜的聲音，兩個人找不到話題，只是凝望彼此的眼睛，最終鬆開雙手。妍秀回去船艙，二正站在原地不動，等待激動的興奮平息下來。他從小沒有媽媽，也沒有姊姊，在小販粗糙的手裡長大，因此覺得一切都很神奇，但之後到底應該做什麼、怎麼做，他一無所知，這更讓他心旌搖蕩。

22

大概是兩個犧牲者就已經足夠了吧？痢疾的氣焰消退，腹瀉開始停止、高燒也退了下來。曾經身處死亡邊緣的人還沒有恢復氣力，應該是因為脫水症狀和發高燒，沒能好好吃飯所致。崔善吉卻不一樣，早上一醒來，他的手就往胯下伸去。性器官漲紅勃起，大腿雖然冰涼，性器官卻十分滾燙。那一瞬間，他知道病魔已經完全退去。他的手從胯下往上移動，順著凹陷的肚子來到胸前，這段期間遺忘了的東西就在胸前。他睜開眼睛，出神地望著手裡的十字架。他心想，就像故鄉村子入口的長竿似的，說不定是這個符咒般的十字架保護了自己。

他的左手拿著胸前的十字架，右手則抓著滾燙的性器官，在大腿上摩擦。幸福感油然而升，我還活著。他緊閉雙眼，用力自慰。坐在旁邊的人乾咳了幾聲，但他全然不在乎。過了片刻，些許精液沾濕他的褲襠，流了下來。他用右邊的衣袖擦掉精液，再用左邊的袖子擦乾眼淚，然後霍然起身。雖然有點發暈，但馬上就恢復了平衡。他抱著蓋了將近一個星期的被子，走上甲板。保羅神父的眼神一直跟隨著他的身影。崔善吉來到甲板上，將潮濕的被子在陽光下攤開，然後坐在旁邊抽菸。陽光溫暖，海風輕拂過耳際，一群小男孩踢著用銅板包在一起做成的毽子，大聲喊叫。

保羅神父走上前說，您痊癒了，真是太好了。他一邊說，一邊遞給崔善吉麵包，這是洋鬼子的年糕，味道還可以，我留了一點昨天出爐的，您嚐嚐看。崔善吉狼吞虎咽地吞下麵包，剛開始感覺好像在咬布，但越嚼越有味道。病患一個接一個來到甲板上，雖然還有人躺著，但分明已經脫離險境。死了幾個人？崔善吉問道。兩個，還做了法事，雖然您沒看到。哪來的巫師？神明都已經附身在他身上了，他還假裝自己不是巫師。他大概是厭倦了巫師的身分，所以才上了船，一旦拿起神竿，還真像回事。崔善吉表情冷漠，用力在肚子上搔癢。保羅神父看得到崔善吉脖子上的十字架繩子，但什麼話都沒說。崔善吉分明是小偷，但即便他拿回十字架，又能做什麼？我不是已經背叛教會和天主了嗎？只是十字架似乎有某種吸引力，保羅一直在崔善吉身邊打轉。崔善吉似乎覺得面對贓物的主人很彆扭，好幾次故意打斷他的話，但保羅沒有回去船艙，而是沉默地坐在旁邊。

那天晚上，天候非常惡劣。滿天烏雲黑壓壓地低垂，開始下起熱帶性暴雨，整夜狂打雷。崔善吉特意上去甲板淋雨，在淡水極為珍貴的船上，那是清洗身體最簡單的方法。在漆黑的甲板上，他把衣服脫光，把身體交給傾盆大雨。閃電在烏雲之間出沒，像是毒蛇吞吐蛇信，還打著響雷，他認為那是祝賀他死而復生的煙火表演。他嘻嘻笑著，在甲板上奔跑。差一點就死在這個鬼地方了。他把衣服胡亂披在濕透的身上，走向廚房，心裡想著如果金二正在的話，就向他要點東西吃，如果他不在，就去偷點什麼東西來吃。從死亡邊緣回來之後，貪婪的食慾一直徘徊不去。他流著口水走下鐵樓梯，突然有個黑色形體擋在他的前面。是誰？黑色形體沒有出聲。他身體下蹲，做好攻擊的姿勢，可是黑色形體並不畏懼，反而靠近他。黑色形體的臉孔無法辨識，像是抹上墨水一般。崔善吉身體發抖問說，你是誰？黑色形體的聲音低沉，似乎來自深井，我是代替你死去的人，黑色形體伸手掐住崔善吉的脖子，我要你償命！

23

吉田像往常一樣，帶著二正去倉庫。他把蘋果遞給二正，說道馬上就要到墨西哥了，那個地方只有蜥蜴和仙人掌。你可以留在伊爾福特號，船長會同意的。你不是沒有家人嗎？學做菜、環遊世界，那也不是壞事。吉田的眼神很懇切，二正則掉過頭去。此刻他的身心完全被李妍秀的容貌俘虜，和逃兵廚師的愛情反而成為累贅。二正蹲下來，咬了一口蘋果。沉默持續著。

這時二正倚靠的馬鈴薯箱子歪斜地倒下來，這似乎成為信號，吉田彈起身子，雙手抓住二正的肩膀，貼上嘴唇。吉田的舌頭伸進二正的嘴裡，尋找他的舌根。二正無法抗拒吉田的力氣，同時也覺得沒有必要。心情雖然奇怪，卻沒有理由非拒絕不可。吉田以為二正沒有抵抗的態度是表示同意，動作變得更加大膽。他瘋狂地愛撫少年的胸部、性器官和屁股，體溫隨之上升。二正閉上眼睛，就以這個做了結吧，他這麼懇切地需要我，就一下子，除了這個我還有什麼可以給他的？胃裡的酸水逆流而上，二正嚥下口水。一個多月來，渴望二正愛情的廚師身體滾燙，瞬間就到達頂點。吉田的舌頭舔著二正耳垂時，滾燙的東西穿透二正的後方。二正緊閉雙眼，下方傳來豬油的味道。吉田油膩的大手死命抓住二正，好像要把他的肩膀捏碎。

吉田離開二正的身體，直到那時，二正才把一直拿在右手上的蘋果吃掉。對不起，吉田說道。二正搖搖頭，說道我會在墨西哥下船，和朝鮮人一起離開。吉田跪下來，握住二正的手。二正無情地甩掉吉田油膩的手。謝謝你的幫助，但是我希望就此結束，一到港口，我會去我原本就想去的地方。吉田雙手掩面，癱坐在地上。

二正冷漠地俯視吉田。過了一會兒，吉田恢復正常後起身，以受傷的眼神短暫凝視二正後，默默離開倉庫。二正跟在他身後，走向廚房，然後發狂地工作。一千多人要吃的食物一下就完成了，二正在那短暫的時間裡忘記一切。然而，工作一結束，他又想起妍秀藏在長衣裡的閃爍眼睛和白皙皮膚，心情難以平靜。

24

沒有人死，也沒有人出生，就這樣過了幾天。有個男人調戲別人家的女人，被刀刺成輕傷，除此以外沒有發生任何事情。天氣逐漸變熱，有人提到赤道，但是幾乎沒有人知道那是什麼。大家對地球的概念都很陌生，更何況是赤道？枯燥無趣的航程似乎永無止境。那時，有人用手指著天空，一隻張開翅膀的大鳥在伊爾福特號上空盤旋，另一隻鳥隨即出現。紅色的脖子、黑色的身體，大家開始擠到甲板觀看這種從未見過的怪鳥。鳥類出現意味著陸地已經不遠了，浦項的漁夫說道。大家用手遮住陽光眺望周遭，但是到處都看不到海岸線。對於無力躺在地上的人而言，兩隻軍艦鳥就像魔法一樣，喚醒大家沉睡已久的活力。甲板和船艙突然開始喧囂起來，大家津津有味地看著軍艦鳥翺翔，這鳥尾巴像燕子、飛翔的模樣像老鷹，眾人七嘴八舌。這時，又有一群鳥從西邊飛過來。

又過了一天，他們目擊更多的鳥類。青足鸕鶿飛來，停在旗杆上休息，然後再次飛走，嘴巴像水瓢的褐色鵜鶘也從上空飛過，這一切都被朝鮮男人解釋為豐饒的徵兆。魚鷹潛到水裡，叼起大如手臂的魚；鸕鶿也不住鼓著脖子，吞下小魚。這段時間以來越吃越少的乘客，食量突然開始增加，恢復食慾的人三三五五地聚在一起，談論未來的日子。

拜人們議論紛紛之賜，一直待在吃水線下方的李妍秀，也了解到外面的情況。只是她內心深處燃起的火焰，不是為了即將抵達的未知國度，而是因為一名男子。兩天沒有見到他的身影，她的焦躁不安到達頂點。他去哪裡了？在廚房裡度過一整天嗎？各種猜測漫無邊際地蔓延開來。他是怎樣的人？靠什麼維生？讀過多少書？妍秀只知道他的名字，這更讓她心急如焚。不能繼續這麼下去，她站起身來，坐在旁邊的弟弟李鎮佑好像患了憂鬱症似的，好幾天不說一句話。即便姊姊站起來，他仍然像靈魂出竅一般，沒有任何反應。喂，你怎麼不去外面吹吹風？李鎮佑搖搖頭，陽光太刺眼了，我頭好暈。妍秀就像等待已久一般，從人群腿部與腿部之間的狹窄空隙走出去。她一走過，身上獨特的味道就開始飄散。睡著的人睜開眼睛，醒著的人閉上眼睛。

她一走到船艙外的走道，立即發現在黑暗中閃爍的眼睛。他在那裡。她走上前去，可是對方的眼睛好像在逗弄她似的，一直往後退。他開始跑起來，她則在後面追逐。轉變了幾次方向，又下了兩個旋梯之後，他終於再次出現。他用鑰匙打開不知道是什麼地方的門，她彷彿中了魔，跟隨他走進裡面。他把門關上，但妍秀一點都不害怕。屋子裡瀰漫腐爛的水果和蔬菜的味道，上層還飄散大蒜味。你一直站在那裡嗎？在等我出來？他點點頭。我這兩天都在那裡，連動都沒動。啊啊，兩人的嘴唇碰在一起，過沒多久，兩個髒兮兮的身體就合而為一。咕嚕嚕，幾粒粗大的東雙手捧住二正的臉孔，發出一聲長長的尖叫。在漆黑的倉庫裡，妍秀清晰，妍秀只覺得神奇。痛苦雖然從身體的最深處湧現，卻又如此甘甜。在漆黑的倉庫裡，妍秀雙手捧住二正的臉孔，發出一聲長長的尖叫。

溫熱的體液嘩嘩地從大腿流下。妍秀依舊躺著，回想剛才拂過自己的命運。她收攏張開的雙腿，骨盆痠痛，皮膚也被衣角摩擦得有些疼痛。二正說道，我是趕集的商販，也是卑賤的孤兒，但是在即將到達的墨西哥，這些都不成問題。無論如何，我會賺大錢，然後和妳結婚，妳一定要等我。妍秀躺在那裡，噗哧笑了出來。她不是想嘲笑他，只是忍不住笑出來。也許我會被處死也說不定，你別看我們在這裡穿著髒衣服，像豬一樣吃喝拉撒睡，但我們是皇族，我父親是皇帝的血親，可不是那種買不起笠帽的琥珀帶子，只戴著網巾閒逛的乞丐貴族。要不是李昰應耍詭計，登上王位的或許是我父親。我父親那種人，別說是你，任何人他都不會接納的。

二正說，難道墨西哥也跟朝鮮一樣，貴賤、老幼、男女的區分那麼嚴格嗎？看看我們坐的這艘船，不管是貴族或賤民，只要想吃飯就得排隊。他指了指頭上說，在上面那些洋鬼子的眼裡，我們所有人都只是朝鮮人而已。他們只是數我們的人頭，對家譜毫不關心，而且在這條船上，沒有任何人能和你們家門當戶對。他抱緊她，鹿血味猛然撲鼻而來。妍秀沒有反駁，她的預感也大同小異。那個地方的生命將會與朝鮮截然不同，我會去學校和教會，靠自己的手賺錢，不依賴任何人，那時父親和母親也會無可奈何。年輕的他們再次交合，一切都比第一次更加順利。他們乾脆脫光衣服，相互擁抱，一粒在地上滾來滾去的腐爛馬鈴薯，在他們的身體下方被壓爛。

25

崔善吉在意想不到的地方醒過來，不是他平常睡覺的角落，而是船艙中央。怎麼回事？他一起身，從耳蝸管內部傳來「我要你償命」的聲音，雞皮疙瘩似乎從大腿根部開始往上冒。到底是誰？更奇怪的是，我為什麼會躺在這裡？他看了看周圍，沒有一張熟悉的臉孔。那時有人向他走來問說，你醒了嗎？是那個被自己偷光財物的忠清道男人。崔善吉悄悄摸了摸胸部，確認一下從他那裡偷來的十字架項鍊是否還在。沒有異常。保羅遞給他一瓢水，喝口水吧！有人看到你昏倒在外面的地板上，把你背過來這邊躺著，你的身體大概還沒完全康復吧！崔善吉搖搖頭，不是那樣的，難道我做夢了嗎？喂，忠清道老兄，你會不會解夢？保羅連忙搖手，可是崔善吉沒有停下來，繼續說道，怎麼想都像是做夢，我在走道上遇到奇怪的人，臉上好像用墨水塗抹過，五官完全看不見。他突然冒出來，說的話好像現在還在我耳邊一樣清晰，我是代替你死去的人，我要你償命。究竟是做夢還是現實，我也搞不清楚。這條船上有誰會跟我說那種話呢？他們應該不會讓瘋子上船的啊！

保羅神父熟知那位代替人類死去的人，托那一位的福，他才得以保存性命，也是為了那一位，他才去了馬來西亞檳城。他跪在地上，接受聖職的任命，誓言要成為像他一樣的人。

第一次聽到他的故事，是在層巒疊嶂的山中煤炭村裡，他當場就被那個奇異宗教誕生的故事所吸引。那實在是很奇怪的故事，他可以理解神藉由人的身體誕生，因為在他的故鄉蝟島，這種事情太平常了。在那裡，每年都有數十起神藉由人的身體顯靈的事件。然而，這個神再也沒有離開人的身體，甚至還活了一輩子，這就前所未聞了。在活人的手心和腳背釘上長釘，釘在木頭上，無法動彈地等待死亡，這種殘酷的處刑方式並不新鮮，保羅驚訝的是，經由人類身體降臨的神被釘在十字架上，最終無力死去的這件事，而且是為了救贖所有人類的罪而死，更令人難以理解。好不容易死了，卻又在三天後復活，帶著原來的身體升天。

或許是故事裡充滿矛盾，才讓他深受吸引也未可知。既是神又是人，既全能又無能，既淒慘又神祕；他說他愛世人，卻又將自己愛的世人變成永遠的罪人。那位高貴的人子，竟然向眼前這個下賤的小偷顯示自己的形象，對他說我是代替你死去的人，這是不是他準備的另一個矛盾？不會的，一定是輕蔑耶穌和宗教的某個朝鮮人，或者是過去曾經砍掉天主教徒腦袋的某個軍人，放眼望去，船上不正好有許多軍人嗎？一定是他們當中某個人，為了玩弄虛弱的崔善吉而模仿耶穌，耶穌才不會到處要人償命呢！

你一定是做了荒唐的夢，保羅神父拍了拍崔善吉的背，站了起來，可是心裡並不痛快。

26

砰砰砰，有人神經質地敲打倉庫的門。二正整理好衣服後，前去開門。是吉田，煤氣燈在他臉上投下深沉的陰影。趁著兩人互相怒視之際，李姸秀蓋上長衣，溜了出去。女人身上散發的刺鼻味道，讓吉田的臉色更加陰暗，他的嘴唇上下抖動。巴格耶魯！他的聲音顫抖，就好像小心遞出禮物的青春期少年的嗓音。懦弱的髒話只招來反感。我能做的不都已經做了嗎？讓開！二正往前跨出一步，令他意外的是，吉田竟然無力地往後退。二正心想，吉田說不定會從後方攻擊，於是一步一步緊張地向前走去。

不久之後，從背後傳來倉庫門關上的聲音，看樣子，吉田進到裡面去了。二正走上船艙躺下，從此以後，他再也不會去廚房了，不是說明天就能抵達港口嗎？心裡雖然這麼想，但他已經開始懷念在大型船舶廚房體驗到的火熱激烈氛圍。這和吉田無關，只是十分惋惜那種熱烈的氣氛，那種流著汗水的肌膚彼此碰撞產生的激情。那裡是只有男人的世界，所以更加不真實。任何東西都無法滲進那裡，對於家人的煩惱，自己的過去，對於未來的擔憂，都是遠之又遠的事情。對於即將抵達的新世界，二正何嘗沒有恐懼？另一方面，這種恐懼讓他產生留在熟悉世界的衝動。如果未來完全不可知，他或許會猶豫不決，但他的未來已經帶著清楚的形體和味道向他走來。霧氣散去，墨西哥的西海岸隱約呈現。灰白的懸崖和沙灘輪流出現，像似壁櫥裡的霉斑。朝鮮人為了觀賞新大陸迷人的輪廓，一起湧上甲板。有人搖著頭說，陸地上怎麼毫無綠意？有人駁斥說，海邊當然如此。

趙章潤和另外三名軍人爬上船首的起重機，用手遮陽，遠望墨西哥的海岸。應該快到了。聽到趙章潤的話，金錫哲和徐基中舔舔嘴唇。金錫哲顴骨突出，眼睛幾乎貼近額頭，因此外號叫金剛力士，他沒頭沒尾的突然提起結婚的事情。如果掙了錢回到大韓，一定要先結婚。徐基中因為個子太矮，在帝國軍隊裡總是被取笑，他故意頂撞比他高一個頭的金錫哲說，五年後豈止結婚啊，我看你都可以納妾了。金錫哲哈哈大笑說，這話聽來順耳，像你這種矮冬瓜都能結婚，我難道結不了？要不然掙了錢幹什麼？徐基中望著妻子和孩子所在的故土方向，有點不好意思地低聲說道，得買田啊！原本喧鬧的氣氛突然平息下來，流瀉著短暫的沉默。天啊，鬼魂跑過去了。趙章潤雖然開了個玩笑，但沒有出現哄笑聲。如果有田的話，大概沒有任何人會上這條船。正因為沒有田，所以才會去當兵；正因為沒有田，才討不到老婆；正因為沒有田，才會無家可歸，躲進那嚴格的軍營。金錫哲好像做夢似的說道，我想起在鎮衛隊[15]的時期，回頭想想，還是那時候最好。那時候有什麼好？累死人了。

他們三人都自願參加了一八九六年改編為俄國式編制的新式軍隊，趙章潤、金錫哲和徐基中都是工兵，階級是下士。高宗到俄國公使館尋求庇護，為了與日本展開對決，從俄國聘請教官，並將年度預算的百分之四十投入到組織軍隊上。選拔軍人的消息傳開後，全國有千餘名青年志願

15 高宗三十二年（西元一八九五年）為了維持地方與邊境秩序和守備任務所創設，是韓國最初的近代化地方軍隊。

參加，鎮衛隊的前院人滿為患，最後只選拔了兩百名壯丁。趙章潤和金錫哲被分發到第五聯隊第二大隊，因為部隊駐屯在北廳，所以又稱北廳鎮衛隊。徐基中雖然一起接受訓練，但被分發到名為鍾城鎮衛隊的第三大隊。一九〇四年十月十八日，日軍進駐親俄傾向極強的咸鏡道，實施軍政，他們所屬的北廳鎮衛隊和鍾城鎮衛隊也隨之解散，原因是沒有理由在與俄國接壤地帶最前線的咸鏡道，留下可疑的大韓帝國軍隊。

反正也是好事一件，事實上，我們除了追逐那些反對斷髮令的義兵以外，什麼事都沒做。你幹嘛說那件事?那不是事實嗎？砍掉那些不剪頭髮的人的頭？我沒做。我也沒做。話雖如此，但每個人的心情都很不是滋味。

一直沒說任何話的朴正勳突然開了口。他向來口風極緊，平時的外號叫石佛，也正因此，如果他想說什麼，大家都會仔細聆聽。他雖然沉默寡言，但槍法很準，即便是使用日製舊式手槍，也能百發百中。有傳聞說他在參軍之前，曾經在九月山打死老虎，也曾在長白山打死熊，但他本人卻不置可否。他在守衛漢城和宮城的中央軍砲兵部隊服務過，妻子病故的時候，親手將屍體放進草袋裡，背到後山上埋葬，之後立即回到部隊，足見是個非常有責任感、公私分明的人，卻因此遭到腐敗軍官的排擠。日本軍司令官長谷川在一九〇四年十二月二十六日提出大韓帝國軍制改革案，朴正勳率先脫下軍服，三個月後便在濟物浦上了船。他原本就沉默寡言，加上突如其來的退役，讓他心情變得更加憂鬱，上船以後幾乎沒說過一句話。他看著海岸線，突然開了口。那個……我不想回去了。所有人都睜大眼睛看著他，自從上船之後，還是第一次聽到這種話。那種國家，究竟為我們做了什麼？為什麼要回去？小的時候挨餓，大了以後就對我們拳打腳踢，等到日子過得還可以了，又把我們趕走。北邊有中國、俄國折騰，南邊得向倭寇卑躬屈膝。對待自己的百姓，就像寒冬臘月的冰霜一樣冷酷無情，對外國軍隊則像中暑的老狗一樣低聲下氣，這種沒有骨氣的國家，我是絕對不會回去的。只要不餓肚子，不管如何，我都會在那裡熬下去，我要買地。不知是嚥下口水還是眼淚，他接著說道，當然還要娶老婆、生孩子。

另外三名退伍軍人都很清楚他的妻子和孩子發生了什麼事，因此沉默不語。只有金錫哲低聲喃喃自語說，那也該回去啊，祖先都還在呢。隨著海岸線的輪廓越發清晰，他們開始意識到可能再也無法回去的現實，只是沒有人說出口罷了。他們沒有繼續那沒有結論的爭論，將目光固定在必須要去的國土，盡力睜大眼睛，甚至連海岸邊停泊的漁船上，正在工作的漁夫有幾人都能數得出來。他們的手心冒出冷汗。

27

船與海岸維持一定的距離，繼續向南航行。不知不覺間，夜晚降臨，因為長久的等待而疲憊的人們，一個接一個進入夢鄉。原本難以捉摸的太平洋海面，平靜無波，似乎在迎接著伊爾福特號。清晨時分，蘊含鹽分的冰涼露水浸濕整條船，如同用濕抹布擦拭過。二正在甲板上望著漆黑的四周，雖然沒有需要早起的理由，但只要一到清晨，他就習慣性睜開眼睛。去打最後一次招呼是做人的基本道理吧？二正穿上衣服，原本想下去廚房，但轉而一想，也許就這麼離開更好。於是他上了甲板，身體靠在欄杆上，視線轉向怎麼看也看不膩的墨西哥西海岸。如果沒有吉田，如果沒有在廚房工作，這次航海也許會更無聊。他們雖然粗魯，但只要接受自己是他們之中的一員，就會付出濃濃的情誼。他懷念拿起整瓶日本清酒灌入喉嚨的味道。吉田那雙因為豬油而滑膩的手讓他不舒服，但也不能因此捨棄對他的憐憫之情。沒有家人、朋友和國家，獨自在茫茫大海上流浪的逃兵吉田，身上有著很早就在人生的戰鬥中敗陣，失敗者的所有特質。

二正茫然又恐懼，吉田的晦氣會不會轉移到自己身上？小販曾經教導他辨別晦氣的徵兆，以及擊退的方法。如果在吃飯前遇見癱子、瘸子、瞎子和聾子，趕快撒鹽，絕對別心疼；如果這些人靠近自己，就揍他們；如果他們跟你要飯，就踢翻他們的飯缽。不要覺得自己無情，如果你靠近身上長瘡的人，你也會跟著長瘡，如果你站在拉屎的人旁邊，你渾身上下就會是大便味，所謂近墨者黑。生意人和漁夫一樣，運氣占一半啊。

二正最終沒下去廚房，留在甲板觀賞日出。太陽從他們航行過的方向升起，光芒耀眼。太陽從艦橋和救生艇之間升起，逐漸照射二正的臉龐。二正瞇起眼睛，看著墨西哥不尋常的太陽。同時間，太陽和船隻的角度一點一點變換。伊爾福特號畫著弧線，改變航道。二正跑到上甲板，船隻此刻完全改變方向，朝海岸前進。

港口終於到了，貨輪、軍艦和客輪熙來攘往，真正的港口終於呈現在眼前。遠非濟物浦可以比擬的活力，從一大清早就散發開來，小船在大船之間來回穿梭，搬運貨物或者運送人員。每當臉色黝黑的男人輕輕地搖著船槳，小船就如同落葉一般搖晃。不知不覺間，乘客開始聚集在二正身邊，人群之中響起驚嘆。

有人靠近二正的背後，並用力抓住他的手。二正臉色歡快地回頭一看，身後站著一名陌生的男人。短髮抹著髮油，梳理得整整齊齊，身上穿著灰色西裝，顯得十分幹練。他抓著二正的手，穿過群眾，直到快靠近救生艇時才轉過身來，是吉田。模樣全然不同的他，與二正維持適當的距離，面對面站著，然後用莊重的日語說道，這段時間給你添麻煩了，如果你覺得不愉快，我向你道歉。能和你一起共度這段日子十分愉快，我不會忘記這次航行的。他以西洋的禮儀請求握手，二正握住他的手，然後用日本的禮儀深深鞠躬，接著用日語說道，我才給您添了很多麻煩，再見，吉田先生。吉田嘴角擠出微笑說，今天我的船員契約到期了，我可以自由決定要不要續約，我決定上岸，然後去向墨西哥領事自首，等候處分，我不想再這樣活下去了。

吉田原本是渾身充滿食物味道的廚師，在穿上合身的西裝之後，看起來更像是出來度假的海軍軍官。二正仔細端詳變化程度令人驚訝的吉田，他不僅止於洗得乾乾淨淨，換上合適的衣服而已，簡直就是變成另一個人。

吉田和二正再次握手道別。朝鮮人已經整理好行李，上來甲板。二正也下去船艙，收拾好自己那不能稱之為行李的小包袱。李妍秀一家人似乎已經登上甲板。

他們到達的港口，是面向太平洋的墨西哥南部港口——薩利納克魯斯，日期是一九〇五年五月十五日。邁爾斯和權容俊指揮朝鮮人下船，因為船隻太大，無法停靠登陸用棧橋，只能讓小艇前來運送人和行李。人們的臉因興奮而發紅，抓住陌生人種伸過來的手，登上小艇，航向未知的大陸。二正和那群軍人一起登艇，到了海岸才發現先行上岸的李妍秀一家人，但他並沒有過去那邊。稍頃，所有朝鮮人終於在薩利納克魯斯港的空地上集合好，墨西哥海關官員走向邁爾斯和船長，接過文件，開始檢查移民的護照。氣氛友好，沒有任何摩擦發生。他們還發給朝鮮人捲菸，男人很自然地三三五五聚在一起，抽著香菸，鬧哄哄地談論著未來。

不知從哪裡運來了給朝鮮人的食物，是飯糰，大概是在船裡事先做好的。官員結束了所有審查後，邁爾斯就像前往西奈半島的摩西一樣，帶領千餘人走向前去。過沒多久，火車站於焉出現，但沒有看到火車。權容俊對大家說，火車明天才會到，所以要在這裡過一夜。原來剛才到達的港口不是最終目的地，他們將搭乘火車橫越北美大陸細如蟻腰的特萬特佩克地峽，移動到夸察夸爾克斯港，然後再坐船到猶加敦半島的門戶普羅格雷索港，從那裡到猶加敦半島的中心都市梅里達還需幾個小時的路程。

幾年後，貫穿巴拿馬地峽的巴拿馬運河開通，薩利納克魯斯的港口功能幾乎完全喪失。橫渡太平洋的船隻不再停泊於薩利納克魯斯，而是直接通過巴拿馬運河前往墨西哥最大的港口維拉克魯茲，或者猶加敦半島的門戶普羅格雷索。如果他們晚幾年到達墨西哥，或許能更舒適地抵達目的地，但連這樣的幸運也沒有他們的份。他們當中沒有任何人想得到，不到十年，他們上陸的這個宏偉港口就會淪落為荒涼的內港。小男孩跑跑跳跳，似乎非常喜歡許久沒踩到的土地觸感。要走的路途看來還很漫長，但大家仍然很開心。繞過半個地球後到達的這片土地，讓他們感到非常親切。墨西哥西海岸的五月非常溫暖而柔和，再加上他們到達的那天，天氣特別和煦晴朗，即便到了晚上，氣溫也沒有下降太多，雖然歇腳處沒有屋頂，但還可以忍受。比起狹窄而陰暗的伊爾福特號，這裡簡直是天堂。孩子盡情跑跳，大人終於可以伸直雙腿。

28

火車一大早就到了，卸完貨之後，才讓朝鮮人乘坐。有很多人都是第一次坐火車，有人伸長脖子欣賞外面的風景，也有人打盹。正當大家嘀咕著肚子餓的時候，火車在一個幽靜的村落停了下來，他們在這個似乎連小鳥都睡著了的安靜村子下車，並且吃午飯。臉孔黝黑的馬雅人蜂擁而來，圍觀這群朝鮮人。在互相觀看之際，他們吃完飯，火車又再次出發。到了晚上，火車完全停下，不再前行。翻譯權容俊要所有人都下車。朝鮮人依序下車，在火車站前面排隊。迎面吹來的風混雜著鹹味，周圍十分陰暗，難以分辨，但人們很快就知道那裡是港口。遠處依稀有燈光搖曳，黑狗吠叫。人們移動到原野上，在那裡過了一夜。他們度過第二個沒有屋頂的夜晚，咳嗽的人越來越多，上了陸地的興奮退卻之後，他們感到凌晨的露水更加冰涼。有人抱怨說，我們又不是野獸，但這番話沒能得到多大回響。掉毛的狗在人的周圍打轉，嗅聞人們的味道。

早餐是米飯和醃漬白菜。所有人排隊登上等候著他們的貨輪，航行時間達三天兩夜，比預期的漫長。很多人以為馬上可以下船，所以在甲板上等候，但一到晚上，所有人都受不了了，於是下去貨艙睡覺。貨輪橫越墨西哥灣，到達猶加敦半島的門戶普羅格雷索港。由於水深太淺，船隻無法靠岸，只好在距離海岸線七公里的海上下錨，小型運輸船就像發現甜食的螞蟻群，蜂擁駛近。運輸船不停地將乘客運送到上陸用棧橋，大家在船上和岸邊持續打量周邊環境。普羅格雷索港很冷清，看不到什麼人，村落看起來也很小。遠處能看到燈塔，但也不是很高。墨西哥灣暖流帶來的海水十分渾濁，看不清海底。海邊有一整排生平第一次看到的熱帶樹木，先下船的人在樹蔭下等待其他人。

突然傳來嘈雜的聲音，吸引大家的注意力。閃亮的銅管樂器正演奏著樂曲，安東寧・德弗札克的《新世界交響曲》響徹雲霄，但對朝鮮人來說，那只是嘈雜的噪音罷了。這是地方政府動員的歡迎活動，移民心裡想著，低音管和伸縮喇叭等銅管樂器是不是用黃金製造的？樂隊的服裝看起來像軍服，這些演奏者是軍人吧？衣服看起來這麼華麗，一定是地位很高的人吧？樂隊的出現給他們枯燥的旅行帶來短暫的活力，同時也讓他們對猶加敦半島和墨西哥的財富產生誤解。一個肥胖的墨西哥人站上講臺，用西班牙語歡迎他們到來，移民一頭霧水地拍手。氣氛沒有理由不好，因為從這些活動可以知道墨西哥人非常期待朝鮮勞工移民到來，不論是出自什麼理由。進行曲再次響起，簡短的歡迎儀式結束，大家開始移動。

鐵軌延伸到碼頭附近，那裡有一列黑色的貨運火車正在等候他們。這次只花了一個小時，火車就抵達梅里達市。他們走向廣袤的平原，一排排的帳篷正等候著他們。乾燥的風吹進沒有牆壁的帳篷，他們在那裡獲得玉米、小麥和一些豆子，還領到鐵鍋和木柴，男人生火，女人煮飯。嘴裡經常感覺有沙子，大家的話越來越少，就這樣平靜地過了幾天，不安的情緒慢慢開始在帳篷與帳篷之間蔓延。有人目睹邁爾斯和權容俊表情嚴肅地和幾個墨西哥人交談。凶狠的蚊子不分晝夜飛來，吸著陌生人種的血，並且在帳篷之間的坑洞裡產卵。螞蟻也叮咬他們的屁股。梅里達和一開始到達的薩利納克魯斯不同，像個大火爐，每個人都口乾舌燥。五月是一年中最熱的月分，朝鮮潮濕的夏天根本無法和這裡的炎熱相比。如果連帳篷都沒有，肯定會有人中暑而死。

每到黃昏時分，天空就像愛耍心眼的孩子一樣，一下子就把殷紅的景色收回，可能因為四周沒有山的緣故，才特別明顯。在猶加敦半島可以看到夕陽的時間極短，似乎才剛坐下，夕陽就在轉瞬間消失無蹤。對於一輩子沒看過地平線的朝鮮人而言，更加強烈感受到這片平原帶來的荒涼感。直到這時，人們才領悟到自己是出生在山與山之間，望著山長大成人，看著日落山脊的情景入睡的民族。一望無際的平原沒有可翻越的阿里郎山崗，這種陌生的風景讓他們輾轉反側，不是因為地上堅硬，而是地平線所帶來的孤寂和空虛。從墨西哥灣吹來的風，不間斷地吹過數十公里之遙的移民帳篷，在猶加敦半島內陸揚起塵埃。

到目前為止，沒有任何人看到和朝鮮一樣的農田，這加深了人們的不安。墨西哥不產稻米嗎？

他們已經有好幾天只分配到煮玉米，沒有味道的玉米煎餅，或是墨西哥薄餅。從普羅格雷索到梅里達的路上，他們只看到貧瘠的土地上，按著一定的間距，成排種著不知名的植物。放眼望去，到處都是相同的作物，既像顛倒而立的惡魔腳爪，又像火焰，又像肆意生長的蘭草。坐火車過來的時候，他們偶爾看見穿著白色衣服的印第安人，拿著鐮刀收割那種植物的葉子。對於習慣穿白色衣服工作的朝鮮人來說，這種場景真是再熟悉不過了，一些反應快的人心想，也許那就是自己要做的工作。在似乎能蒸發掉地上所有水分的烈日下，馬雅印第安人緩緩地揮動鐮刀。乍看之下，他們正在做的事情一點都不費力，好像午後時分悠閒地在田間散步一樣，把葉片割下來，捆成堆後，搬到平板車上就可以了。偶爾會有騎馬的人向他們說什麼，但似乎不是什麼嚴重的事情。有人覺得平原上完全看不到牛是很奇怪。他們不會是想把我們當成搬運工差遣吧？各種猜測紛紛出爐。

在帳篷裡吞沙子的第三天，兩匹馬拉著馬車揚塵出現，除了握住韁繩的馬夫，還有兩名僕人護衛著穿白衣服的主人。馬車一停下，蓄著黑色鬍鬚的白衣男子下車，走向朝鮮人。但是朝鮮人反而覺得他是僕人，因為馬夫和僕人穿的制服更加華麗而講究。緊接著，幾輛馬車又陸續到達，像剛才一樣，穿著華麗衣服的馬夫坐在原位，主人則下車打招呼。他們看起來非常光鮮而爽朗，不知是不是有好事發生，頻頻笑著。最終來了六名農場主。殖民公司讓朝鮮人站起來排隊，農場主來回穿梭，用手杖指向他們看上的人，看來似乎是從健康、力氣大的人開始挑選，朝鮮人不自覺地挺直了腰。最先到達的農場主挑走了約百餘人，其餘的農場主挑選的人數較少，似乎是將優先權給了雇用最多人的農場。農場主在文件上簽名之後，遞交給邁爾斯。當天約有一半的人被帶走，經由分散於市內的三個火車站，載送到各個農場。

隔天又來了幾名農場主，他們並未提出異議，按照順序挑選朝鮮人後，帶回自己的農場。一千零三十二名朝鮮人分散到猶加敦半島境內的二十二個農場，選擇的過程花費一整個星期。最後到達的農場主沒有僕人，也沒有馬夫，獨自一人騎著馬過來。梅里達農場主協會代表正在收拾帳篷，看到他之後，非常高興地迎上前去。他把一個在馬車陰影底下躲太陽的朝鮮男人拉過來說，都選光了，只剩下最後一個。農場主協會代表把朝鮮人推上前，咧嘴一笑。對於這個在瓜地馬拉邊境經營農場的年輕農場主而言，根本沒有選擇的餘地。他在文件上簽名，看著那個朝鮮人。

又到了聽新歌曲的時候了。他的農場總是充滿歌聲，他讓黑人勞工唱非洲歌曲，那些黑人是從貝里斯買來的，這是中南美洲唯一使用英語、由英國海盜建立的殖民地。他又讓猶加敦半島的原住民馬雅人唱馬雅歌曲，讓中國苦力唱廣東的船歌，至於跨越海峽而來的古巴混血，則擅長舞蹈和打擊樂。他心想從現在起，可以聽到這個從朝鮮來的男人奇妙的新歌曲了。看他脖子又細又長，應該有副好歌喉。

農場主的運氣不錯，事實上，這個朝鮮男人擁有獨特的嗓音。權容俊讓男人唱首歌，他稍微猶豫之後，用顫抖的聲音唱起歌曲。在沒有樹木和岩石的山上，雌雉被老鷹追逐；在大川海洋中間，滿載千石糧食的船櫓槳丟失，風帆斷裂，舵也脫落；風狂雨驟，泛起浪濤，前路漫漫，四方漆黑……那是男腔歌曲的編樂，曲調出乎意料地緩慢，又非常奇特，年輕的農場主大為驚訝。朝鮮男人的歌喉非常獨特，像是還沒進入變聲期的少年嗓音，也像沉浸在悲傷裡的男人嗓音。農場主協會代表走上前去，揮揮手示意他別唱了，然後咧嘴一笑，飛快地將右手伸向他的胯下。接著他以一副果不其然的表情，在年輕的梅斯蒂索[16]耳際說悄悄話。農場主對著因屈辱而蹙眉不展的朝鮮男人呵呵大笑，讓他坐上馬車。他心想，如果因為少了那不需要的睪丸，而能便宜五十披索的話，當然沒有理由不把他帶走。

他的名字是金玉仙，直到七歲，他才知道自己褲襠裡沒有應該有的東西。家人告訴他是在蹲著拉屎的時候，被狗給咬掉了。他雖然年幼，也不相信那種理由。不久之後，他知道了是父親用皮繩緊緊綁住他的睪丸，不讓血液流通，然後把睪丸剪掉。他不到十歲就進宮，開始服侍太監。他哭著離開家的那一天，父親無情地拍打他的後腦杓說，又不能糊口，留著那東西要做什麼？那是他和家人最後一次見面。後來他成了樂師，學習玄鶴琴[17]和笛子，並背誦歌曲。王室如果有活動，他就會參與演唱，有時還會跳舞。在慶祝景福宮重建的宴會中，他還接過高宗賜下的扇子。但不知從何時起，王室的活動開始減少，王后被亂刀殺死，高宗到俄國公使館避難，甲午更張[18]、甲申政變[19]在宮闕內外掀起巨大波瀾，太監的命運也如風中殘燭，奄奄一息。太監還邊站在開化派

16 mestizo，指白人與印第安人的混血兒。
17 韓國傳統樂器之一，是高句麗人王山岳根據中國晉代的七弦古琴改製而成。
18 又名甲午改革，是指一八九四年朝鮮王朝進行的一系列近代化改革。
19 又名甲申革命，是指一八八四年十二月四日朝鮮發生的流血政變。激進派開化黨為了掌權，發兵挾持朝鮮高宗，並殺害溫和派的權貴。

或保守派的一方，但對金玉仙這種雅樂部的太監來說，這樣的爭論很奢侈。領不到俸給的日子越來越多，雅樂部的太監再也不回去宮裡。有人開始教導藝妓樂器和舞蹈，有人回到故鄉種田，但這也不太容易，因為家人不喜歡回家的太監，鄉人的指指點點令他們難以忍受。金玉仙和兩名太監希望去一個沒有人認識自己的地方，其中一人看到《皇城新聞》的廣告而聯絡另外兩個人，幾天之後，他們帶著自己所有的家當，去了濟物浦。在漫長的航行中，他們儘量少說話，也不跟別人打交道，幾乎沒有人知道他們過去是太監。當然，把他帶走的年輕農場主也一樣，因為農場主根本沒想過，世界上竟然有當權者可以讓宮裡所有男人都去勢。

29

在梅里達外圍的帳篷村裡，二正只關心一件事，那就是和哪些人去農場。在了解到所有人不會去同一個農場的事實後，二正只希望能和李妍秀一家人去同一個農場。如果還能有所求，那就是和在船上已經熟悉的退伍軍人在一起。但是，所有的一切都取決於農場主的手杖。認識的人一個接一個被挑走，各方面還略顯稚嫩的二正，遠遠晚於趙章潤和他的同儕。先行離開的趙章潤拍著二正的肩膀說道，沒事的，千萬別害怕，馬上會再見面的。

和形同父親一樣依賴的人離別，自然令他悲傷。您走好！二正深深地鞠躬，然後和默默站在趙章潤旁邊的朴正勳道別。朴正勳用力握了握二正的手，再見，雖然感覺世界很寬廣，但其實並非如此。

李宗道一家的處境也類似，沒有哪個農場主願意爽快地挑選這個由中年男性和年幼的姊弟所組成的家庭。不會把家人分開帶走吧？李宗道非常緊張，他早已放棄見墨西哥地位高的貴族，理直氣壯要求適合自己的待遇。他不是傻瓜，當他們淪落到像行李一樣被送來梅里達的時候，他就已經深深地覺悟，並後悔自己的選擇是多麼衝動。他越來越清楚這是身分、學識都沒有用的地方，現在剩下的只有家人而已。意志徹底消沉的他，只能翻看隨身攜帶的唯一一本書——《論語》，同時對妻子和女兒竟然去挑水做飯，並且艱辛地和周邊的女人交往，感到意外。如果不這樣的話，連一天都活不下去。然而越是這樣，他越覺得悲傷，自己竟然無能到讓家人和那些身分低賤的人搭話。

夕陽西沉之際，姍姍來遲的農場主不知是不是另有盤算，竟然專門挑選以家族為單位的移民。李妍秀順從地跟著父親，走到挑選他們的農場主前面，排成一列。她在尚未被挑選的人當中，看到二正那帥氣的額頭和眼睛。兩人的目光相遇，妍秀覺得自己全身無力，只能抓住走在前方的母親手臂。另一輛馬車到達，這次主要是選擇單身的男人。身材矮胖的農場主用手杖戳了戳站著的二正肚子，妍秀將臉埋在包袱裡，眼淚傾瀉而出，再也止不住。父親乾咳了幾聲，母親則用拳頭輕打她的腰，低聲說道，別哭了！鼻涕流經她骯髒的人中，流進嘴裡。

邁爾斯臉上露出滿意的笑容。扣除伊爾福特號船員和這些朝鮮人的伙食費、菸錢，即便再與大陸殖民公司分配收益，那也賺到了他在荷蘭工作三年才能掙到的巨款。因為勞動力嚴重不足，猶加敦半島的瓊麻農場主正面臨困難。這些朝鮮人不會說西班牙語，不用擔心他們逃跑；而且因為沒有外交官派駐，沒有人能干涉，所以農場主給了比較豐厚的價格。當時帝國主義列強的殖民地爭奪戰方興未艾，加上西歐資本主義的飛躍發展，導致貨物運送量大為增加，因此作為船舶用纜繩原料的瓊麻，出現短缺現象。從瓊麻莖葉提取纖維所製成的纜繩堅韌耐用，因此瓊麻纖維與菲律賓的馬尼拉麻纖維獨占全球纜繩市場。此刻的農場勞工短缺到即便是鬼魂也得抓來工作的地步，猶加敦的農場主簡直急死了。

瓊麻的原產地在墨西哥，高度和人的身高差不多。和樹木一樣堅硬的短莖上長著葉子，肉質的葉子十分厚實，白色的葉尖呈銳利的披針形，高度約一到兩公尺，中間部分的寬度約一到兩公分。短莖上數張葉子緊密排列，生長十到十五年後，高達三公尺左右的花葶便會伸展而出，然後開花，開花之後枯死。葉子一年會增加三十張左右，每棵瓊麻生產的葉子總計兩百張到三百張之間。如同仙人掌一樣，葉子邊緣有無數鋒利的硬刺。葉子的形狀像龍的舌頭，所以又稱龍舌蘭，但它並不是蘭花，而是單子葉植物，屬於百合目。瓊麻和同目的蘆薈模樣相似，很多人常常混淆，但兩者的用途完全不同，瓊麻等龍舌蘭屬的植物可釀造龍舌蘭酒。瓊麻不但可以抽取纖維、釀造酒類，還可以做染料，用途十分廣泛。由於耐旱能力強，適合種植於像猶加敦半島一樣炎熱乾燥的地形。從十九世紀中期開始，瓊麻和劍麻就成為猶加敦半島的主要作物。

猶加敦半島的面積約為南韓的兩倍，比韓半島整體面積略小。東邊隔著猶加敦海峽和古巴毗鄰，猶加敦海峽連接加勒比海和墨西哥灣，墨西哥灣暖流以極快速度流往西北方。猶加敦半島南部與瓜地馬拉接壤，東南方有一部分屬於貝里斯。除了處於英國海軍和海盜影響範圍之下的貝里斯以外，幾乎半島全域都受西班牙的殖民統治。

一千零三十二名朝鮮人抵達墨西哥時，猶加敦人口大部分都是馬雅族。馬雅帝國崩潰雖已經過數百年，但人民仍使用馬雅語，並按照馬雅月曆生活。馬雅帝國已經消失，僅留下巨大的金字塔，但馬雅人仍代替帝國，與墨西哥聯邦政府、大農場的地主展開抗爭。馬雅人的獨立戰爭在一八四七年到達頂點，數萬名馬雅人為了躲避鎮壓而逃到英屬貝里斯，被逮捕的馬雅人則被賣到古巴和多明尼加當奴隸。從一八五八年到一八六四年間，總共發生三十三次暴動，主力甚至曾經占領猶加敦的中心城市梅里達。猶加敦半島的馬雅人向曾經掌控貝里斯的英國海盜購買武器，在白人占領區域展開游擊戰，獲得極大戰果。但是那些馬雅人缺乏組織，只要一下雨，就會回到自己的玉米田工作，因此在決勝戰上失利。這正是農民的局限性。最終，古巴的傭兵和美國派遣的百人軍事顧問團登陸，展開大屠殺。

一九〇一年，得到美國支援的聯邦軍隊完全鎮壓猶加敦的馬雅人，這不過發生在朝鮮移民到達猶加敦半島的四年之前。經過漫長的抗爭之後，馬雅族的人口大幅減少，但瓊麻繩索的需求卻大幅增加，農場主無可奈何之下，只能選擇進口外國勞工。

猶加敦半島以沒有河流聞名，大部分是低矮又平坦的石灰岩地帶，即便下雨也無法蓄水。高大的樹木也不多，綿延不斷的只有低矮的雜木和灌木叢。用水只能從地下數十公尺的深井裡汲取，因此馬雅古代遺跡附近經常能發現許多大型深井，直徑達數十公尺，由於面積巨大，那些深井其實可以說是地下湖。當地人打水時，必須順著梯子下到石灰岩層下方。瓊麻農場的情況也一樣，極少數情況比較好的農場附近，就有猶加敦半島特有的石灰岩井，其餘農場就沒有那麼幸運，通常在一公里遠以外的地方才有石灰岩井。水濺落到地面，立刻就會蒸發或滲入地裡。朝鮮移民來自水量充裕、地盤堅實的地方，到這裡感到最困擾的就是水量不足。朝鮮人把天空和土地之間稱為江山，自然無法想像沒有江、沒有山的世界，然而在猶加敦半島，這兩樣東西都付之闕如。

30

二正去的是位於梅里達西南部的春楚庫米爾農場。農場入口裝飾有火焰模樣的獨特白色拱門，從入口進去之後，有幾條狹窄的鐵軌連接到農場內部，望不到盡頭。鐵軌進入類似倉庫的巨大建築內部，然後又連接出去，延伸到廣袤的田野盡頭。二正看到的那個巨大倉庫，是從瓊麻作物上抽取纖維的工廠，穿著白色衣服的馬雅人推著裝滿瓊麻捆的平板車，不停出入倉庫，漠不關心地看著新來的朝鮮人。二正覺悟到他們正在做的，正是自己即將要做的工作，走進農場內部時，他仍然留意觀察那些馬雅人。

工廠內部規律地傳出咔嚓咔嚓的機器運轉聲，但無法具體得知是什麼、如何進行，只看到穿著潔淨衣服的工人在工廠入口，檢查平板車載來的瓊麻捆數量，並且分發小木牌給工人。頂著幾乎要把皮膚烤焦的大太陽，二正和三十五名朝鮮人沿著鐵軌，走進農場內部。

瓊麻農場和古巴、夏威夷的農園不同，農園按資本主義大量生產的精神設計，以黑人奴隸為中心，至於西班牙征服者的大農場，則帶有濃厚的封建色彩。來自西班牙的征服者，希望自己能像本土的貴族一樣作威作福，因此修建富麗堂皇的宅邸，四周有高聳的圍牆，身邊有僕人和奴隸供他們使喚，像國王一樣君臨天下，是他們的目標。農場主將子女送往歐洲留學，自己則住在梅里達或墨西哥城的舒適富人村，然後偶爾來農場享受國王的待遇。

二正一行人在巨大的宅邸前停下腳步，一個不知道是農場主還是管理人的男性，戴著寬簷帽走出來，用西班牙語簡短地轉達幾句話之後，又走了進去。宅邸十分宏偉，正面用大理石和石灰岩裝飾，如實呈現了農場主用瓊麻所累積的財富規模。裝飾華麗的窗戶和陽臺上，開滿紅色的花朵，建築物各處都是吹著喇叭的天使，天使身上鍍有金箔。二正一行人再次向前走去，移動腳步時總會揚起灰塵。最終，他們在馬雅傳統住宅——帕哈前面停下腳步。這種房子讓人聯想到朝鮮的小草屋，屋頂用棕櫚樹葉編製而成，以圓木為骨架，牆上塗以泥土和草屑，地板略低於地表，晚上很涼快。帕哈沒有窗戶，即便有也非常小，進到屋裡就只是泥土地板。有一家人一走進帕哈裡，就從裡面鑽出一頭小豬。據說馬雅人在帕哈裡面做飯、睡覺，有時候還養家畜。

每一個家庭都分配到一間帕哈，像二正這樣的單身男性則是四人一間。類似草屋的帕哈對某些人來說，很快就能適應，沒有任何抗拒心理，但並不是所有的人都如此，有很多男人到屋子外面抽菸，一臉憂鬱。二正在帕哈的角落找到寢具，馬雅人將這種吊床稱為阿馬卡。這種猶加敦半島傳統的寢具，後來經由加勒比海的船工廣為世界所熟悉，名字則改為海默克。在不知如何是好的夥伴面前，二正順利地在帕哈裡面綁好阿馬卡，試了幾次之後，安穩地躺在上面。其餘三人學他掛好阿馬卡，然後互通姓名，並討論未來可能會發生什麼事情。

不給我們飯吃嗎？有人問道。的確到肚子餓的時間了。他在門口伸頭張望外部的情況，只見一名馬雅人正挨家挨戶地分發什麼東西。是玉米。有人打水、生火，把水煮沸，然後把玉米放進去煮熟，接著把玉米啃得乾乾淨淨，只剩下玉米芯。二正嚼著玉米，突然覺悟到這裡就是最後的目的地，學校、市場、城市，直到與大陸殖民公司結束契約的一九〇九年五月，這四年中是不可能見到那些地方了。飄洋過海、走過如此危險的迢迢遠路，難道只是為了來這個比濟物浦更差的地方嗎？二正的心情憂鬱而寂寥，他仰望天空，想起了李妍秀和她的家人。會不會四年間都無法見面？不會吧？這裡不是文明的國家嗎？一定會有休假日的，更何況哪個國家沒有節日呢？到那個時候，分散到各地的朝鮮人一定會聚在一起的。

四個男人躺在自己的阿馬卡上，等待入睡。這一天雖然很疲累，但大家都無法輕易入眠。不會有什麼事啦！故鄉在水原的十八歲小伙子，滿臉都是青春痘，他努力裝出不在乎的樣子，安慰在陌生的床上翻來覆去睡不著的夥伴。種田都差不多，沒有任何人反駁他的話。一個少年想起在故鄉常吃的食物，煎餅、麵條、泡菜、辣椒醬、白菜……食物比任何幻想都更強烈地糾纏著他。另一個青年想起留在故鄉的年幼新娘，岳家堅持新娘太過年幼，絕對不能到墨西哥來，他說服不了，只好說一定要等他四年，然後就離開家。可是即便他努力回想，除了新娘紅通通的臉頰外，什麼都不記得了。如果回去，他們還能認得彼此嗎？他忽然擔心起來，不過他很快就進入甜美的夢鄉。朝鮮勞工的帕哈村裡寂靜無聲。

似乎沒睡多久，一下子就到了凌晨四點。隨著如同敲打鍋蓋的嘈雜聲，整個農場開始人聲鼎沸。幾個在阿馬卡上睡覺的朝鮮人被聲音嚇到，驚慌失措地從吊在半空中的阿馬卡上，哐的一聲翻滾而下，掉在地上。在這種情況下，還是有一些機靈的人已經穿好鞋子，跑到外面察看狀況。幾個騎馬的人在空中揮著皮鞭，大聲叫喊。馬雅人居住的帕哈前面已經有人攜帶工具，排好隊伍。過了一會兒，一個男人推著獨輪手推車，在朝鮮人帕哈前面丟下工具後離去，那是切割瓊麻葉子時使用的彎刀，名為馬切鐵。女人和小孩留在帕哈裡，男人表情生硬地拿起馬切鐵，到處都籠罩著緊張的氛圍。開始從事全新工作的興奮，加上即將前往陌生地方的恐懼，讓男人的心頭發熱。當他們握住刀柄，感覺就像要前往戰場一樣，腎上腺素的分泌緩緩增加。這些男人在將近兩個月的時間裡，什麼事都沒做，此刻似乎覺得無論是什麼事，自己都能完成。此外，他們也想向那些語言不通的墨西哥人展示，自己是多麼了不起的工人。

緊接著，一個看似監工的男人騎馬過來，舉著火把，率領眾人出發。馬雅人走在最前面，朝鮮人跟在後面。他們的腳步十分輕快，幾隻村裡的狗也跟在後面。周圍還是一片黑暗，走了大約十分鐘，那片他們坐火車來此地的路上看到的廣袤田野在眼前呈現，種植的作物正是長得像惡魔腳爪的瓊麻。到處都是熊熊的火把，馬雅人開始工作，朝鮮人靜靜地站在旁邊，看著他們工作的模樣。馬雅人用馬切鐵砍斷瓊麻的底部，然後以五十片為單位綁成一捆，堆在旁邊。就是這樣而已。朝鮮的農夫一下就明白那和收割稻米差不多，馬切鐵就是鐮刀，瓊麻就是水稻。如此一想，工作好像並不太難，使力割斷水稻的尾部，堆成稻草堆就行了。有幾個人用舌頭舔了舔嘴唇，似乎已經想大展身手了。

馬雅人簡短的示範一結束，朝鮮人就開始投入到瓊麻田裡。二正勁頭十足地衝上前去，為了割下瓊麻，用左手抓住莖部，哎呀，尖銳的刺扎進他的手裡，鮮紅的血滴落，染紅了乾涸的土地。不只二正，空手衝上前的朝鮮人手上幾乎都被刺傷，大家都不知所措。瓊麻絕非好對付的植物，和數千年間不斷改良品種的水稻不同，瓊麻幾近於野生狀態。二正再次小心翼翼地用左手抓住瓊麻，右手揮舞著馬切鐵，由於沒能立即砍斷，左手再次被瓊麻的刺刮到。最後雖然用馬切鐵割斷瓊麻葉，但這次劃到了他的小腿，留下傷口。儘管還是凌晨，他們已經汗流浹背。騎馬的男人走過來，咧嘴一笑，用腳踢了二正的後背說，嘿，察列斯！這在西班牙語裡是懶惰鬼的意思，但二正聽不懂，以為是讓他趕緊工作。直到這時，二正和朝鮮人才明白，從普羅格雷索港來到梅里達的途中看到的馬雅人，為何工作如此緩慢，因為瓊麻尖銳的刺，導致他們無法提升工作速度。

全身傷痕累累，汗流浹背，朝鮮人雖然跟著馬雅人割瓊麻葉，但時間實在過得太慢了。大家的話越來越少。到了中午時分，比起瓊麻，陽光更令人難以忍受。大汗淋漓，弄濕了他們骯髒的衣服，而汗水滲入傷口，苦痛更是加倍。瓊麻田裡沒有樹蔭，從這一點來看，墨西哥的瓊麻田遠比夏威夷的甘蔗農場或加州的柳橙農場更加殘酷。到了下午四點，馬雅人推著裝滿成捆瓊麻的平板車，回去倉庫，朝鮮人這時才知道自己的工作量。瓊麻葉三十捆，每一捆是五十片，所以他們一天必須割的瓊麻葉最少是一千五百片。可是直到下午四點為止，他們割下來的瓊麻葉不到五百片。

監工開始揮動鞭子，四處傳來察列斯、察列斯的咒罵聲。監工的鞭子開始抽打他們大汗淋漓的後背。二正回過頭，只見馬背上的男人咧嘴大笑，鞭子又揮了過來。痛苦的不止是二正，幾乎所有工人都遭受鞭打的洗禮。對於沒有鞭打文化的朝鮮人而言，在感到羞辱之前，更感到驚嚇。換言之，他們過了一會兒才明白那是一種屈辱。如果有人朝他們臉上吐口水，也許他們當場就會拿起馬切鐵，砍向對方，但是當鞭打牛馬的鞭子抽向他們之際，幾乎沒有人知道應該如何回應。

太陽雖已西沉，朝鮮人仍然持續工作。當天，他們勉強割下平均七百片瓊麻葉，可是他們不懂得怎麼捆綁，也不知道每一捆應該是五十片，毫無章法地隨便捆綁，因此花了更多時間才完成。他們像馬雅人一樣，把瓊麻束裝上平板車，沿著鐵軌走向瓊麻倉庫。大家餓著肚子，兩腿顫抖，因為作業很晚才結束，早已錯過晚餐時間。

倉庫前面坐著一個看起來像是會計的男人，檢查他們送來的瓊麻捆數，並且按照數量，發小木牌給完成檢查的人。男人可以拿著小木牌，去農場內的商店換取食物。他們很快就知道，照這種方式工作，不但沒辦法賺錢回朝鮮，甚至有可能餓死在這裡。單身的男人還好，家長買了連自己吃都不夠的食物回去帕哈，家人正等待著他們。當孩子看到傷痕累累的父親時，忍不住啜泣起來；女人則把丈夫帶回來的玉米粒放進白天打來的水裡泡開，熬成玉米粥。男人喝了粥，無言地爬上阿馬卡躺平，雖然疲倦，但因為傷口刺痛，無法安然入睡。滲進瓊麻汁的傷口痛得更厲害，男人不得不爬下阿馬卡對家人說，再這樣下去大家都會死掉，明天開始，大家都一起去農場吧！

二正用從商店買來的食物填飽肚子後，立刻躺了下來。當初邁爾斯說每天給壯丁三十五分，較大的孩子二十五分，小孩子十二分。可是在商店購買一個人每日所需的食物就得花二十五分，也就是說，每天賺的錢幾乎都要花在食物上面。如果有人生病必須向商店賒帳的話，也許永遠沒有辦法離開農場。傻瓜也能很快知道這是十分不公平的。幾年後，墨西哥革命的英雄埃米利亞諾．薩帕塔（Emiliano Zapata）起義的主因，就在於這些大農場內部結構的剝削問題。農場主將農民當作事實上的債務奴隸，剝削他們至死。農場主給農民微薄的工資，又在農場內部的商店販賣比市價更高的食物和貨品，變相地把工資再收回去。農民結婚的時候，農場主擔任證婚人，並要求昂貴的費用。遇到家人生病需要醫療費，或者死亡舉行葬禮，乃至於發生刑事案件，急需用錢的情況，農民不得不向農場主借貸，從而徹底淪為債務奴隸。

雖然有程度上的差異，但分散在二十二個農場的朝鮮移民，很快就察覺自己陷入一個多麼不合理、多麼不當的體制當中。他們徹底被邁爾斯和大陸殖民公司欺騙，可以自由工作，賺大錢之後衣錦還鄉的說詞，只是花言巧語罷了。幾百年來，大農場把原住民變為農奴的體制越發鞏固，在這種體制下，懵懂的東亞移民沒有任何希望。這是墨西哥所有弱者共同經歷的現實，朝鮮人對於這個現實完全不了解，被困在對外通信和交通幾乎斷絕的猶加敦半島農場裡，如同驚恐的老鼠一樣，轉動著眼珠，絕望地思考該如何掙脫這個可怕的夢魘。

31

李宗道無法入眠，他被分配到的亞斯徹農場住房並不是馬雅式帕哈，而是簡陋的公共住宅，由鐵皮屋頂、空心薄磚所砌成，專門供移民居住。這種房子很容易搭建，但白天就像鍋蓋一樣炙熱，如果挺直身子，頭頂幾乎就會碰到鐵皮屋頂。李宗道在這樣的屋頂下緊閉雙唇，苦思如何才能從這幾天目睹的農場現實中掙脫。對於向來養尊處優的他而言，農場的工作無論如何是幹不了的，他這輩子做過的只有讀書、寫文章。他的朋友中，雖然有因為家道中落，無可奈何從事農務的，但絕非這種粗活。被逼到絕境時，朝鮮儒生特有的倔強性格便凸顯出來。

第一天當大家開始笨手笨腳地割瓊麻葉時，他緊閉雙唇站著，什麼事都沒做。這裡出現貴族了！出現貴族了！移民輕蔑地嘲笑他，但他並不想躲避頭頂上直晒下來的陽光，固執地站著不動。翻譯權容俊也在亞斯徹農場，他過來問李宗道為什麼不幹活？李宗道緊閉雙唇，根本不回話。權容俊在船上就對李宗道十分熟悉，以為自己是貴族，到這裡仍然要求貴族的待遇是吧？權容俊打起了壞主意。他把臉湊近流著汗的李宗道面前，再次問道，不想工作嗎？李宗道還是沒有回話。一群騎馬的警衛聚集到李宗道身邊，他抬頭挺胸，向權容俊說道，這裡應該也有地方官或農場主吧？帶我去見他們。權容俊聽到這話，咧嘴一笑說，好，走吧！他用夾雜英語和西班牙語的奇怪語言，向警衛轉達李宗道的意思。警衛點點頭，要兩人坐上馬車，前往農場入口的大宅邸。

農場管理人正坐在宅邸前的樹蔭下喝酒。什麼事？權容俊用不流暢的西班牙語，結結巴巴轉述了李宗道的意思，他是朝鮮身分高的人，不想幹活，他有話想對您說。管理人表情十分不耐煩，用西班牙語嘀咕說，不想幹活為什麼來這裡呀？李宗道站出來說，我是大韓帝國的皇族，也是士大夫，我不是來這裡工作的，是代替皇帝管理這些移民的，也是他們的代表。請你向墨西哥皇帝轉達我的意思，並且告知大韓帝國皇帝說我在這裡，我會寫信跟他說明。還有，現在的住處不適合我和家人居住，請另外安排。

權容俊用英語翻譯了這段話，有人再用西班牙語翻譯給管理人聽。管理人似乎覺得有點意思，他問權容俊，這傢伙說的話是真的嗎？權容俊卑躬屈膝笑著說道，我也不太清楚，他這麼說的話，應該是吧！管理人看了看李宗道身上破舊的衣服，然後從抽屜裡拿出什麼東西來，在李宗道面前晃了晃。這是合約書，你是以在這裡工作四年的條件來的。管理人指了指文件上書寫的名字，我給了約翰．邁爾斯錢，買下你和你的家人，因此無論如何，你都應該在這裡割四年的瓊麻，你如果違反合約，我會立刻向墨西哥警察舉報。皇帝？墨西哥沒有皇帝，你最好把這些都忘了，回去割瓊麻葉吧！管理人順一順鬍鬚，啜飲擺在面前的龍舌蘭酒。

權容俊把他的話翻譯給李宗道聽。李宗道不是沒有想過會有這樣的結果，在走進塵土飛揚的農場時，他已經將希望完全捨棄。可是即便如此，他還是不能和其他人一起在瓊麻田裡工作，這不是自尊心的問題，而是能力問題。他沒有去瓊麻田，而是回到住處。躺在麻布蓆子上的夫人尹氏和妍秀、鎮佑立刻站起來迎接他。發生什麼事了？李宗道緊閉雙唇，盤腿坐在地上，翻起了書，意思是他什麼也不想說。權容俊探進頭來，瞥了他們家人一眼，並且和妍秀目光相遇。他嘴角上揚，笑得不懷好意。

尹氏全身痠痛，正躺著休息，她看到跟過來的權容俊，大致猜到了事情的原委。權容俊告訴她在農場主宅邸發生的事，還不忘給予警告，如果再不工作的話，那就是違反契約，農場主的忍耐也是有極限的，投資的金錢雖然有些可惜，但他一定會把你們趕走，到時，連話都說不清楚的你們會有什麼下場？除了成為老鷹的吃食，還有第二條路嗎？念在我們都是朝鮮人的分上，我奉勸你們趕緊清醒過來吧！我雖然不知道你們為什麼上了船，但這裡可不是你們過去耀武揚威的大韓，而是墨西哥啊！一不小心，餓死也是很正常的事。

權容俊走了以後，尹氏拉著李宗道，冷靜說道，你得想想辦法啊，我們都已經餓了兩天了。李宗道不置可否。妍秀從蓆子上起身，走到外面去。男人都去工作了，只剩下女人和孩子，裹著毛巾的女人瞪著呆呆望向天空的李妍秀。在船上的時候就是如此，李宗道家人徹底被孤立，誰也不願意跟他們說話。大家都知道他們不工作的事，於是都警戒著，生怕他們來向自己借幾根玉米。還有，男人只要看到早晚不經意出現的妍秀臉龐，都會呆立在原地，不知所措，女人很清楚自家男人的那副德性。

李鎮佑因為憂鬱症，從來不跟人交談，他突然起身說道，我去工作。尹氏制止兒子，然後再次向丈夫請求，孩子的爹，我們回去大韓吧！還是回去比較好。李宗道突然大發雷霆說，不是已經簽了契約？現在要怎麼回去？還有，那千里萬里迢迢遠路，誰要負擔我們船和火車的費用啊？我們根本身無分文！尹氏連大氣都不敢出，就好像有人不斷把紙張塞進她的喉嚨裡一樣。無路可走了。然而，年幼的鎮佑要遠比父母親務實，他之前有時憂鬱症狀結束後，會接連出現躁鬱症狀，現在正是那個時刻。他心想自己什麼事情都可以做，父母何必想得這麼嚴重？不管是收割瓊麻葉還是做其他事，反正不都得活下去？而且除此之外，再也沒有別的活路了，更何況他對什麼都不會，只會像蝸牛一樣窩在家裡的父親十分不以為然。李宗道和那正走向滅亡的祖國太像了，不想工作、懶惰、沒有責任感。把家庭弄到這個地步，難道他不該負起責任嗎？

第二天，李宗道雖然很早就醒了，但卻一動也不動。鎮佑代替他坐上馬車，跟大家一起去田裡工作。人們用異樣的眼光看他，但他並不介意。尹氏在不到天亮就出門工作的兒子身後流著淚，這究竟是什麼地方啊？可是鎮佑看起來很快樂，看到比自己年紀大的人，他一律鞠躬問好，還緊跟著坐在最前面的權容俊身邊。

不用在瓊麻田裡工作的，只有翻譯權容俊一人。在搭船來墨西哥的期間，他學了幾句蹩腳的西班牙話，但已足以讓他在田裡對大家發號施令。大家都在他面前阿諛奉承，幾天之內，他就已經得到相當於中級監工的待遇。西班牙農場主也給予權容俊特殊待遇，不但工資多出好幾倍，住房也是用磚頭砌成的，配有單獨的床鋪和廁所，就算要馬上成家也沒問題。

李鎮佑想成為和他一樣的人，反正每個農場都需要翻譯，權容俊是絕對不能獨自來往於二十二個農場進行翻譯的，只要學了一點，就可以馬上去別的農場當翻譯，每天像他一樣無所事事，卻能領到更多的工資。他緊跟著權容俊，仔細聽著權容俊使用的西班牙語，努力加以背誦。

當然，農場的工作並不容易。李鎮佑第一天流血，第二天流膿，一個星期之後手掌上長了繭。每天回到家以後，都以驚人的速度倒頭就睡。李宗道依然成天坐著讀《論語》。他們之間不再交談。妍秀在弟弟手腳的傷口上塗抹從朝鮮帶來的藥膏，問說很累吧？鎮佑搖搖頭，眼神陰鬱卻閃耀。不全然是，也有有趣的一面，我也要當翻譯，然後去別的農場。翻譯？嗯，我正跟著權容俊學習，首先要熟悉數字，烏諾、都斯、特雷斯、加特勒，他屈指念出西班牙語的數字。妍秀輕輕拍了拍弟弟的肩膀說，他教得好嗎？聖賢不也說過要不恥下問嗎？然而，她覺得弟弟的學習不會那麼順利，翻譯的權勢來自說話，誰會平白無故地教人呢？

一到星期六，李鎮佑就把攢下的小木牌交給會計，拿到錢之後，去商店購買一個星期的食物。對一家四口人來說太不夠了，形同餓肚子的日子持續著，即便如此，李宗道依然無動於衷，他總是最先吃飯，也吃得最多，就好像那是自己崇高的義務一樣。每當吃飯的時候，他都會坐在最好的位子，最先拿起筷子。他不曾向兒子說聲辛苦了，也不曾向妻子和女兒說句抱歉。身為王朝的後裔，因為家長的緣故，全家遭到殺害的事情屢見不鮮。對他來說，也許被賜下毒藥心裡還比較舒坦，任何流放和歸鄉都不會比在這裡的生活更殘酷。何況即便家長被流放到絕海孤島，家人還是可以守在有宗親和奴僕的故鄉，等候君王的赦免。可是在這個地方，連士大夫最基本的尊嚴都無法持守。在朝鮮王朝，士大夫絕對不可能淪落到這種地步。

這一切都是李宗道的錯，因為他悲觀地誤判情況，而且他的悲劇還在於沒有任何人能夠分擔責任。他原以為至少還能經由筆談溝通，就如同他曾去過的燕京一樣，雖然彼此語言不通，但只要書寫偉大的文字——漢字，就能夠溝通。他一邊深切反省自己的錯誤，一邊又覺得應該持守父親的權威。那不是權利，而是義務，他不能教導孩子卑躬屈膝，士大夫絕不能做出那種事。如果家長因為犯錯而低頭，那麼當家人犯錯的時候，又由誰來原諒他們呢？李宗道慢慢地喝完玉米粥，然後開始訓誡兒子。

耕田、犁地並不丟臉，可是你跟在譯官身後，學習洋鬼子的語言，是想做什麼呢？李宗道的語調十分嚴厲。鎮佑依次看了看母親和姊姊，彷彿想尋求她們的支持，然後回答父親。他還沒過變聲期，聲音微微顫抖。那我應該怎麼辦呢？父親。他讓父親看自己血肉模糊的手和手臂說道，您看，才過了三天，大家的手腳都變成這樣，他們不是因為愚鈍，而是因為沒有辦法。我得學習，即便是洋鬼子的東西也得學，也得熟悉，這樣才能活下去。

大家都以為李宗道會勃然大怒，沒想到他反而緩緩地平靜下來。如同掀開已經滾了許久的鍋蓋後，原本沸騰的泡沫會停息一樣，李宗道的眼皮、肩膀、皺巴巴的臉頰、腰，不，整個身體突然像是屈服於重力作用，往地板沉下去。他閉上眼睛，然後轉過身坐下，對著兒子叫喚，鎮佑啊！不幸的王朝後裔豎起耳朵，傾聽父親的話語。李宗道說，也許你的話是對的，我現在什麼都不懂了，啊！真的什麼都不懂了。沒有任何家人回話。沒學過如何安慰父親的兒子和女兒走到外面去，倚著牆坐下，沒有交談。突然頹喪的父親令李鎮佑覺得心煩，該不會是要把所有責任都交給我吧？在這裡？十四歲少年的工資只有大人的一半，把撫養所有家人的責任交給他，是不是太不合理了？

姊姊說道，鎮佑啊，別擔心，我們不會一直這樣活下去的，一定會有辦法的。妍秀看著似乎要再次陷入憂鬱症的弟弟側影，突然想起分開的二正。他也像弟弟一樣，使出渾身的力量在苦撐吧？手腳傷痕累累，收割、捆綁、搬運瓊麻，晚上倒頭就睡。啊！他會不會想我？妍秀思念他那雙緊握自己乳房的手，以致渾身顫抖。弟弟輕輕拍著閉上眼睛、渾身顫抖的姊姊肩膀說，我知道了，我會趕快學習西班牙語，解決生存下去的問題，而且我其實不覺得有多辛苦，在船上的日子反而更痛苦。當時我害怕未來，覺得自己一無是處，我之所以不去甲板上，是因為害怕自己會不自覺地跳到海裡去。比起那個時候，現在好太多了，我覺得不管是什麼事，我都能夠解決。

姊弟回到屋裡，在母親兩側的地板睡下。這個農場還沒有分配阿馬卡，但他們睡得很香甜，無視燠熱的空氣和歹毒的蚊子，依舊睡得很沉。凌晨四點，嘈雜的鐘聲再次響起，男人起身走向外面的聲音傳來，還能聽到女人的話聲，那意味著開始有女人一起去瓊麻田工作。自從她們知道女人也可以賺錢的事實之後，就沒有理由一直待在家裡了。即便是個性保守的男人，在現實之前也無可奈何。如果女人不工作，他們將來絕對無法脫離這個農場，只靠著男人賺的錢，連在商店購買食品都很困難。對於工作還不熟練的朝鮮人，即便從凌晨四點工作到晚上七點，成果還是不及馬雅人的一半，也就是說，他們實際拿到的工資還不到約定工資的一半。女人背著孩子去田裡，在瓊麻樹叢之間攤開被褥，讓孩子躺在陰影底下。孩子因為痱子和螞蟻的緣故，不停哭泣，在哭累了之後才睡著。

女人從田裡回來之後，接著做飯、照顧孩子，縫補破掉的衣服和鞋子。男人為了保護小腿和手不讓瓊麻刺刮到，紛紛製作綁腿和手套。自從輔助工具出現之後，農務的效率提升不少。

鎮佑和權容俊走得越來越近，貴族家的子弟彬彬有禮地和自己套交情，容俊自然不討厭。他好像大發慈悲地教鎮佑幾個西班牙語單字，鎮佑滿頭大汗工作時，也不忘念念有詞地背誦學到的單字。農場監工來來去去的時候，都會說些早安、晚安、再見等問候語，每當此時，鎮佑都會仔細聽了以後記下來。

有一天，容俊在工作結束之後，把正要回家的鎮佑帶回自己家。他將龍舌蘭酒倒進杯子裡，讓鎮佑喝。鎮佑小口小口喝著龍舌蘭烈酒，容俊又教了他幾句西班牙語，喝醉之後開始說起英語。鎮佑眼神恍惚地望著他，想成為像他一樣的人。鎮佑的夢想不是政丞判書[20]，而是翻譯權容俊。容俊的個性固執又倔強，鎮佑不是不知道，也很清楚他靠著小小權力看不起別人，並且卑劣地加以利用。但正因為如此，他更想成為翻譯權容俊。容俊從鎮佑的眼神中，看到少年特有的不安和迷惑，他們很容易為比自己年長的男人著迷，被他們的力量、從容和虛張聲勢所眩惑，自願服從他們。權容俊將杯子裡的酒一飲而盡。

你知道我為什麼會來墨西哥這個窮鄉僻壤嗎？鎮佑望著容俊，眼神充滿好奇心。容俊加油添

20 朝鮮時代的一品官職，相當於中國的宰相。

醋地講述父親和哥哥的死亡，自己在妓院的放蕩生活等。失去家人的悲痛和虛華的墮落記憶，強烈震撼了少年的心扉，鎮佑當下發現這個世界比自己所了解的更加殘酷，因為太過震驚，以致身體有些搖晃。權容俊訴說往事時雲淡風輕的神情，也讓他覺得權容俊實在很了不起。不過，或許是因為空蕩蕩的胃裡灌進龍舌蘭酒，所產生的感覺也未可知。權容俊混雜著虛張聲勢的謊言，讓他的人生歷程看起來更加華麗，他像做夢一樣訴說自己的過去，卻突然望著李鎮佑，神情充滿孤獨。那是彷彿經歷過世間滄桑的男子，故作的孤寂，然而絢爛的落差徹底俘虜了年輕鎮佑的心。

就在那時，容俊小心吐露深藏在內心的慾望。

我雖然玩遍朝鮮八道的藝妓，但是從來沒見過像你姊姊一樣的女人。容俊如此說道，同時悄悄觀察鎮佑的神情。少年的面容微微變得黯淡，但並沒有流露出不悅。不，他看得出來鎮佑覺得容俊相信自己，反而有些高興。你讓我見見你姊姊吧！容俊從口袋裡拿出披索，然後遞給鎮佑五披索。有了這些錢，就可以不用再吃這幾天吃到厭煩的玉米稀粥，還可以買甘藍菜和辣椒一起攪拌，製作成像泡菜一樣的食物。更重要的是，鎮佑要連續工作二十天不休息，才能賺到五披索。

十四歲少年生平第一次發現金錢的威力，內心強烈動搖。容俊雖然沒提到付出代價的事，但意圖十分明顯。啊！不行，這太不像話了！他閉上眼睛。不，如果是姊姊的話，她一定可以理解的，為了家人，難道不能做這樣的犧牲嗎？我為了無能的父親和家人，可以從凌晨到晚上收割瓊麻葉，還經常被葉刺割傷，姊姊只要在大家都睡著的深夜來這裡一下就行了，權容俊不必然會對姊姊怎麼樣，也許他只是想跟姊姊說說話，而且那不見得是犧牲吧？鎮佑雖然清楚這些說詞都不像話，但他仍不停思索著，就因為那五披索。以前不是讀過朝鮮女人為了生病的父親，割下自己大腿的肉餵父親吃，還有女人為了讓孩子應試科舉而賣掉頭髮，比起那些，這事容易多了。啊，不行，這不是人做的事情，怎麼能出賣姊姊？這種事比禽獸還不如。如果姊姊把這件事情告訴父母親，我就死定了。可是真會這樣嗎？姊姊明明知道我會死在父親手裡，還會那麼做嗎？她只會嚴厲責備我，然後就此結束吧？

權容俊似乎對鎮佑內心的糾結瞭若指掌，又從口袋裡掏出一張五披索的紙幣遞給鎮佑。十四歲少年喝下最後的龍舌蘭酒，然後收下十披索，放進口袋裡，新契約就這樣完成了。鎮佑搖搖晃晃地離開容俊家，去農場的商店買了甘藍菜、少許牛肉、墨西哥薄餅和辣椒粉後走回家。在離家還有幾步距離的地方，他突然停下腳步，回想自己究竟做了什麼。事情已然發生，再也無法挽回了。他走進家裡，將買回來的東西打開。他進門之前還餓著肚子的家人，臉上露出燦爛的笑容，甚至連李宗道也是。姸秀蹲下來生火燒水，屁股真大啊，鎮佑看到了以前沒注意過的東西，從搧著扇子的手臂和腋下之間，隱約可見乳房。鎮佑閉上眼睛，吐了一口氣。母親輕輕打了一下他的後背，他嚇了一跳，轉過身去。尹氏瞪了他一眼問說，你喝酒了？母親啊，我犯了更嚴重的罪，可是我真的無可奈何，只要姊姊犧牲，我們一家人都能過上舒服的日子，您也會這麼做的吧？他走到屋子外面，仰望天空，又大又圓的月亮正怒視著他。

32

一八八三年，俄羅斯的聖彼得堡造船廠建造了五千八百噸級巡洋艦——德米特里·頓斯科伊號。德米特里·頓斯科伊是傳奇國王的名字，他擊敗韃靼族，將俄羅斯從蒙古軍隊手中解放。這艘巡洋艦與名聲相符，曾經裝載當時最強大的戰力，縱橫於波羅的海。二十年後的一九〇五年五月二十七日，作為波羅的海艦隊的屬艦之一，在東海上與日本海軍遭遇時，因為無法承受集中砲火的攻擊，駛向鬱陵島。艦長雷佩德夫在一九〇五年五月二十九日，決定讓艦上官兵登上救生艇，在鬱陵島登陸，並讓巡洋艦沉沒。副艦長代替艦長，與年輕軍官留在艦上，和頓斯科伊號共存亡。三百五十名官兵雖然在鬱陵島成為俘虜，但日本海軍對他們英雄式的行為讚譽有加，並給予鄭重的禮遇。

這也是波羅的海艦隊的終結。

33

同一天，在地球另一邊，鬱陵島出身的漁夫完全不知道故鄉海邊發生的事情，正在為攸關命運的決定而煩惱。拿槍的警衛一定會跑過來，我們赤手空拳的，真的不要緊嗎？臉上布滿皺紋的老單身漢崔春澤搓著手，察看退伍軍人的臉色。他的皮膚因為海風，黝黑又乾燥，厚實的雙手堅硬有力，雖然只有三十三歲，看起來卻像五十歲。

昔日的軍人訂立了具體的作戰計畫，他們趁著深夜，挨家挨戶傳達決定事項。隔天凌晨四點，一到起床時間，所有男人在趙章潤的帕哈集合。為了防範發生緊急事態，女人和孩子留在帕哈。如果武裝的警衛靠近，男人用石頭和馬切鐵抵抗，被叛者將予以嚴懲。

罷工前夜，男人輾轉難眠。崔春澤和浦項的漁夫聚在一起，討論隔天的舉事。真是無可奈何啊！再這樣下去，大家都會死的。已經過了半個月，農務都已上手，一天仍然只能掙三十五分，何年何月才能掙脫這片可怕的額則鬼田？不知從何時開始，他們把瓊麻叫做額則鬼，也有人稱為艾尼肯。每個農場、每個人都有自己的叫法。

漁夫也憤憤難平，他們所屬的千切農場有百餘名的朝鮮人，是二十二個農場中移民最多的地方，因此農場主能夠挑選最健壯的男人。然而，這對農場來說是雙刃刀，因為農場主不知道他們當中有許多人曾經是大韓帝國的軍人，擁有武裝與組織的能力。此外，農場主為了想擁有最多的勞工，一次支付了大筆款項，導致口袋裡沒有足夠的現金。農場監工深知主人的情況，以過去的老方法解決問題。他們抬高直營商店的食品價格，削減當初訂好的工資。朝鮮人剛開始搞不清楚狀況，順從地過了十天之後，慢慢察覺監工的不當行為，於是開始心懷憤怒。是不是要我們餓著肚子幹活啊？再這樣下去，我們會變成猶加敦的孤魂野鬼。

軍人按照過去所學，先行偵察農場的戰力。配槍騎馬的武裝警衛有五人，農場主身邊有一個配槍的監工，商店和工廠裡另有幾人，但他們並未持有武器，一旦發生衝突，必定會觀望或逃逸。最難對付的，其實就是農場主和六名武裝人員。軍人據此研判，對於超過百人的移民來說，是值得一拚的戰鬥，當然前提是不會有警察或軍人前來支援。千切農場的男人決議罷工，並且付諸實行。

隔天清晨，嘈雜的鐘聲雖然響起，但男人沒有坐上前往田地的馬車，而是聚集在趙章潤的家裡，把鍋蓋當作鑼鼓敲打，增加氣勢。女人剛開始留在帕哈裡，但後來一個接一個加入男人的行列，一起製造聲響。這個光景在朝鮮很突兀，在猶加敦卻很自然。不知不覺間，男女有別、異性迴避的觀念為之消失。有人高喊，去農場主的家，於是氣勢高漲的朝鮮人一起奔向農場主的宅邸。聲音越來越大，拿著長槍的武裝警衛騎著馬在他們周圍轉圈，有一個漁夫朝他丟石頭，但軍人旋即制止了漁夫。武裝警衛輕輕轉身，先行避開。移民到達農場主的宅邸前，乾脆坐了下來，扯喉大喊，可是因為沒有人會說西班牙語，無法正確傳達他們的要求。農場主唐・卡洛斯・梅內姆穿著耀眼的白襯衫出現在二樓陽臺，面無表情地俯視下方，並把會計叫來。這些傢伙的翻譯現在在哪裡？大概在亞斯徹農場。農場主草草寫了張便條，交待說拍電報去，讓他過來這裡。

權容俊到達時，太陽已經升至中天。五月是猶加敦最炎熱、最乾燥、最可怕的月分，即便如此，罷工的朝鮮人仍舊坐在那裡，苦苦堅持。容俊一出現，他們的表情豁然開朗，能傳達他們意見的人終於來了。容俊臉色疲憊地走下馬車，聽趙章潤和金錫哲說話。他們的要求很簡單，降低食品價格，我們不是牛馬，不可以鞭打，並且配給玉米。各種要求雖然此起彼落，但最終整理為兩項：給予人的待遇，玉米和玉米薄餅等主食由農場主負擔。在他們提出各種要求時，容俊心裡卻想著，趙章潤和金錫哲，這兩人是最大的問題，遲早一定會引發其他問題。不知不覺間，他開始站在農場主的立場自問自答。你們知道朝鮮人的問題是什麼嗎？一群懶惰、無能的人，整天只會抱怨。你們看，他環視千切農場，比起其他農場，這裡的環境好多了。牆是用磚頭砌成，道路也規畫得十分嚴整，你們還有什麼好不滿的？一群盲目相信自己的力量、不安分的蠢貨。他為自己和這些人是同一民族感到羞恥。他們毫無例外都穿著骯髒的衣服，滿頭蝨子，有人竟然還沒有剪掉髮髻。

權容俊和幾名代表一起去見農場主。梅內姆走到宅邸的入口，迎接權容俊和趙章潤等人，然後帶著他們進屋裡。走進大門，只見種滿花草樹木的四方形庭院和美麗的長廊，噴水池噴出的水柱上映照出小小的彩虹。只是經過一個門，陽光的感覺卻完全不同。外面的陽光似乎能把人烤焦，照射在噴水池和樹木上的陽光卻給人和煦、豐盛的感覺。雖然不是一開始就計畫好的，但把罷工代表拉進自己家裡，似乎是滿成功的戰術。第一次走進西班牙風格建築內部的趙章潤等人，看到比外表更加雄壯的華麗宅邸內部時，立刻就被震懾住了。這個宅邸按照拉丁美洲特有的建築樣式建造，四周環繞高聳的圍牆，從外面看不到內部。圍牆內部以宜人的庭院為中心，長廊和房間形成口字形，相對而立。經過長廊繼續前行，進入拱門後才是廂房，因此拉丁美洲的宅邸內部大部分比從外面看到的更加寬敞。

梅內姆坐在桃花心木椅上，嘴上咬著古巴生產的蒙特克里斯托雪茄。嗯，你們要求的是什麼？權容俊傳達了他們的要求。梅內姆點上雪茄，吸了一口，朝空中吐煙，煙霧在瞬間消散。就只有這些啊？梅內姆旁若無人似的，在書桌的紙張上不知寫著什麼，似乎不是寫字，而是塗鴉。過了好一會，他把紙張揉成一團，從座位上起身說道，我為了把你們帶來，花了很多錢，但是我不想讓人說我是個吝嗇的主人。站在旁邊的監工向梅內姆說悄悄話，梅內姆皺著眉頭，搖搖頭。沒這個必要，我會免費供應你們玉米和薄餅，但是，如果有不工作的懶惰鬼，或者有人違反合約逃跑，讓我遭受損失的話，就一定要接受懲罰，怎麼樣？

趙章潤和同僚聽完權容俊轉達的話之後，都懷疑自己的耳朵。光是能免費拿到玉米，生計就能大為改善，如果真是這樣，其他東西的價格也沒有降價的必要了。梅內姆起身打開鳥籠，在小巧的中國瓷碟裡加水。鸚鵡啾啾叫著，喜悅地迎接主人。趙章潤同意主人的條件，承諾立刻回到田裡工作。他們一離開，梅內姆立刻把監工叫來，交待每週發一次主食給他們。監工鄭重抗議道那樣太仁慈了，梅內姆重新點上已經熄滅的雪茄說，必須增加產量，總有一天，我會讓他們知道我的厲害，反正要跟這些傢伙一起生活四年。

梅內姆的父親出生在法國西南部與西班牙接壤的邊境城市巴斯克，年輕時是一個流氓，鎮日無所事事，唯一嗜好就是與不同女人同居。他在拿破崙三世治理下的法國成為軍人，受到深愛他的貴婦奧援，不費吹灰之力就當上軍官。成為拿破崙軍隊的軍官，是一件光榮的事，軍官經常和赴任地區的有力人士交流，戀愛的機會自然比一般民間人士多。

拿破崙三世為了重現叔叔拿破崙一世的榮光，可謂盡了自己最大的努力，他特別希望在軍事方面留下成就，結果卻導致拿破崙三世的軍隊無暇休養生息，梅內姆的父親喬治也不例外，他承皇帝之命，攻擊被義大利占領的尼斯和薩瓦。那個地方風景優美，海岸和懸崖連綿不絕，還有許多具有義大利風情的優雅美女。他尤其喜愛尼斯，並且在那裡迎娶了第一任妻子。妻子雖然是個十六歲的長舌婦，但嫁妝豐厚，讓他過得非常舒適。他花著岳父在旺斯一帶的莊園賺來的錢，每天吃喝玩樂，過了好一陣子漫步在雲端的生活。荒謬的是，他的年幼妻子和侍女在海邊散步的時候，被瘋狗咬傷，並在十天後過世。那雖然不見得是件壞事，但終究不太令人愉快。

更壞的消息是拿破崙三世愛管閒事，開始插手各種在新大陸發生的問題。南北戰爭一爆發，拿破崙三世就支援南方，對抗林肯和北方。拿破崙三世的氣質與南方棉花農場的封建制度吻合，對於那名律師出身，呼籲解放奴隸、建設強大美國，夢想與歐洲帝國比肩齊步的瘦削總統，倒盡胃口。

墨西哥也有一名律師讓他很不舒服，那就是薩波特克印第安人出身的貝尼托．胡亞雷斯（Benito Juárez）。在拿破崙三世看來，他根本只是個出身卑賤的人。胡亞雷斯在可說是墨西哥最偏遠的瓦哈卡州成長，跟隨方濟會修道院的神父接受教育，但在他擔任法務部長之後，立刻著手沒收教會持有的廣袤閒置土地，並且廢止形同貴族特權的特別裁判所，制定新的民法，公平適用於所有公民。保守派人士因此如坐針氈，教會、地主、貴族團結在一起，因而發生內戰。這場內戰持續了三年，發起反對胡亞雷斯內戰的保守派一看勝利無望，於是越過大西洋，向拿破崙三世求援。當時適逢法國征服中南半島，興奮不已的皇帝想到可以把魁北克和墨西哥變成法國領地，將林肯的美國當作三明治一樣夾在中間，心情為之雀躍不已。擁有西班牙血統的妻子歐珍妮．德．蒙提荷皇后，也不時鼓動他在新大陸建設拉丁帝國。正當此時，墨西哥的保守派主動找上門來，這只能解釋為天意了。拿破崙三世指派馬西米連諾大公為代理人，墨西哥的貴族隨之火速趕往馬西米連諾大公所在的米拉馬爾城，哀求他成為墨西哥的君主。這個長得很帥但優柔寡斷，擁有政治野心但能力不足的青年，率領拿破崙三世的軍隊和妻子卡洛塔一起橫渡大西洋，從墨西哥維拉克魯茲港登陸。梅內姆的父親喬治也在那艘船上。

維拉克魯茲港的歡迎儀式十分精彩，但是前往海拔二二四〇公尺的墨西哥城的路途十分險峻而陡峭。皇室專用馬車龐大而華麗，輪子鑲著金箔，行走於墨西哥的鄉間小路，不僅完全不適合，甚至顯得有些滑稽。馬車動不動就陷進爛泥漿裡，輪子因而損壞，甚至馬車翻覆的事故接連不斷。

這個希望得到萬民擁戴的俊秀君主，一到首都就立刻忘了是誰邀請他的。正確地說，他覺悟到保守派並不受國民歡迎，於是突然宣布支持胡亞雷斯的自由主義政策。我們好不容易把他從歐洲請來，胡說八道什麼呢？保守派感覺背後被捅一刀，自然怒不可遏。馬西米連諾其實並不喜歡胡亞雷斯，他嗤之以鼻地嘲笑胡亞雷斯說，你那麼希望施行民主主義，為什麼不回歐洲去呢？身為拿破崙三世的傀儡，馬西米連諾的態度始終搖擺不定，最後承受不住法國駐軍總司令阿希爾．巴贊（Achille Bazaine）的威脅，簽署了將持有武器者一律處死的恐怖法律，為自己挖了一座墳墓。

對梅內姆的父親喬治來說，這樣的日子令人厭煩。墨西哥的農民游擊隊在各地出沒，攻擊法國軍隊。因為這些支持胡亞雷斯的游擊隊，法國軍隊的死傷者達數千人之多，而從阿爾卑斯山西麓運來的笨重大砲毫無作用。喬治再也無暇談戀愛，他的目標只有生存下去。戰鬥雖然艱辛，但也有好處。喬治逐漸發現，墨西哥這個新興國家非常適合像自己這樣的白人生活，因為可以任意使喚無知的印第安人，而且土地極其廣袤。墨西哥很歡迎拉丁裔的移民，只要安定下來，他們就可以在巨大的農場裡建築城堡一般的宅邸，使喚數千名印第安奴隸，過著像皇族一樣的生活。回到法國也只能一輩子當職業軍人，而且拿破崙三世氣數將盡，在即將傾頹的國家當軍人，就算有十條性命都不夠。喬治雖然身處墨西哥，但經由報紙清楚知道歐洲的情勢，當時俾斯麥統一了德國，正暗自意圖染指西邊。拿破崙三世最終屈服於法國國內的反戰輿論，決定從墨西哥撤軍，他的傀儡馬西米連諾君主的末日也即將到來。

喬治召集了拖著步伐退向維拉克魯茲港的麾下士兵，進行一場冗長的演說。我們現在雖然撤退，但這並不是我們的錯，而是馬西米連諾和墨西哥貴族的無能所致。拿破崙皇帝不會忘記新大陸的，從魁北克到巴拿馬飄揚三色旗的日子，一定會到來。弟兄們，我們絕非失敗者，挺起胸膛，光明正大地回家吧！

演說一結束，響起如雷掌聲。由於被不像軍人的農民軍擊敗，士兵的士氣正萎靡不振，在聽完喬治上校的熱情演講後，深深受到感動，甚至還有幾個人興奮地合唱法國國歌〈馬賽進行曲〉。當天晚上，喬治泰然地將保管於聯隊本部的金塊搬到自己的馬車上，悄然離開了部隊。因為金塊是墨西哥特權階級奉獻給法國的軍用資金，所以喬治沒有什麼罪惡感。他畫了十字聖號，做了簡短禱告。主啊！用黃金來殺人，實在太可惜了。禱告完畢之後，他拍拍膝蓋上沾染的灰塵，為自己辯解。墨西哥的盜賊在大幹一票之後，不是都向聖母致謝嗎？另一方面，新大陸的一切都亂了章法。喬治按照原本的計畫，脫掉軍服並埋在地下，然後喬裝成墨西哥人。他穿著披風，戴著寬簷帽子，再次回到墨西哥城，坐上開往猶加敦的火車。他為自己取了一個西班牙名字，唐·卡洛斯·喬治，用這個名字在梅里達買房子，並和擁有十六分之一西班牙血統的梅斯蒂索女人結婚，生了一個兒子，就是梅內姆。

喬治剛開始做的是糖膠樹膠的生意，糖膠樹膠是口香糖的原料，也是猶加敦的特產。他一整天嚼著糖膠樹膠，在六十歲生日的前一天被糖膠樹上飛來的毒箭射中斃命，那是對他的處事心懷不滿的馬雅人幹的。在嘴巴逐漸麻痺之際，他把兒子叫來，留下了遺囑。遺囑主要有兩條，不要放棄瓊麻農場，以及把自己埋在被瘋狗咬死的尼斯前妻身旁，也就是尼斯大聖堂的附屬墓地。第一條遺囑比較容易，因為就算想賣也賣不掉，至於要埋葬在尼斯就有困難了，因為如果不是尼斯住民，根本無法獲得墓地。此外，將已經開始腐爛的屍體裝上船，橫渡大西洋和地中海送到尼斯，根本就是天方夜譚。該死的老傢伙，死了還讓我吃苦頭，讓我去尼斯挖土，那農場怎麼辦？於是他把第二條遺囑忘得一乾二淨。

梅內姆沒有尋找凶手，只是將絕大部分的馬雅印第安人趕走，然後重新雇用剛到達梅里達的朝鮮人。合約期間是四年，工資遠比馬雅印第安人低。他原本認為和朝鮮人沒有新仇舊恨，不必擔心罷工或暴動。可是實際經歷之後，才發現和聽聞的不同，那些朝鮮人目光凶狠，而且充滿反抗意識，身材還遠比馬雅人高大。他決定妥協，發給他們白米和玉米並不會造成太大損失，而且他根本不想像父親一樣，身為大農場主，最後卻被農奴射的毒箭殺死。在他看來，大農場已經是夕陽產業，比起經營農場，他更關注政治問題。

槍斃馬西米連諾大公後，胡亞雷斯登上實質權位，他的繼任者波費里奧・迪亞斯（Porfirio Díaz）是粗暴的獨裁者，他曾經是個游擊隊戰士，在胡亞雷斯的領導下，對抗法蘭西帝國主義者。然而，他一當上總統，立即變成擁護菁英和地主階層的親美獨裁者，泰然自若地長期執政。他做的事情中，最嚴重的是將所有農地都變成大農場。簡單的說，這個政策就是搶奪小農的土地，劃分給大地主，結果導致像奇瓦瓦州的名門，特拉薩家門持有的一個大農場面積，超過比利時和荷蘭國土的總和，要想橫越這個農場，需要坐一天的火車。最後，百分之九十九的墨西哥農耕地都變成大農場，百分之九十八的農民沒有自己的田地。當然，梅內姆對這種大農場制度並無不滿，他只是不喜歡迪亞斯總統和幾個家門分贓的現實。為什麼不實施民主選舉？如果迪亞斯遵守自己的政見，實施民主選舉的話，梅內姆也有挑戰猶加敦州州長的意願。以此為跳板，他雖然不知道自己能走到哪一步，至少不會一輩子待在這個塵土飛揚的荒蕪之地。然而，迪亞斯三十年的獨裁似乎看不到終點，和梅內姆一樣的地主階層中，對於他的長期獨裁慢慢出現抱怨的聲浪，只是迪亞斯這個當年的獨立鬥士毫無所覺。

34

兩個月過去了，到了七月。朝鮮人的變化很大，幾乎沒有人再被瓊麻刺傷流血。女人用布料和木頭製作綁腿和手套，工作的速度也越來越快，才過了兩個月，就已經超過馬雅人。所有人都默默地割瓊麻葉，臉上再也沒有笑容。女人和孩子也都到瓊麻田，每天工作十二個小時。有幾個農場有人自殺，大家看到有人在廁所的橫梁上吊也不驚訝。有人因為瓊麻汁沾到傷口而感染皮膚病，導致皮膚潰爛；有人因為得了痢疾而在死亡邊緣掙扎，但大家並不在乎。夏威夷的農園至少會配置醫生，儘管只是形式上的，猶加敦的農場不要說醫生，連像樣的藥店都沒有。大家的腦裡只有一個想法，哪怕是三歲的孩子也得像螞蟻一樣工作、像貪婪的餓死鬼一樣存錢，等契約一到期就立刻回朝鮮。

馬雅人有時會出神地望著這群勤奮工作的朝鮮人。馬雅人就算賺了錢也無處可歸，因為那裡就是他們的故鄉。某一天，一群陌生人突然闖進來，在他們的土地上畫線，開始把該處稱為大農場，並且跟他們說，想活下去的話，就必須來這裡工作。堅決不去工作的人，監工的鞭子不停地揮向他們身上。

每天工作結束之後，男人開始喝酒。女人雖然和男人做了相同的工作，回到家以後仍無法休息，得生火煮飯、縫補衣服、收拾家裡，準備隔天要帶的工具。有個忠清道女人望著西方的天空說道，如果能在冰涼的溪水裡痛快地洗上一回衣服，那就毫無餘恨了，其他女人聽了都流下眼淚。洗衣服和洗澡一樣，都是奢侈的事，水井很遠，水量也不足，除了等候雨季到來之外，別無他法。

偶爾，農場主會屠宰豬牛，每當此時，女人都會爭先恐後跑上前去，搶奪尚未冷卻的內臟和尾巴。農場裡的墨西哥人稱她們為母狗，嘲弄訕笑。女人手上沾著血，帶著戰利品回家煮湯，孩子則陶醉於肉腥味，圍著湯鍋不肯離開。就算是超過三十度的炎熱天氣，女人也無法脫下韓服，男人則打著赤膊，只要一喝酒就會打老婆。還有人開始賭博，賭博和酗酒是朝鮮男人根深蒂固的痼疾，無法輕易改變。每天晚上都有謾罵、哭聲、驚呼和高喊。猶加敦對男人來說雖是地獄，對女人而言卻比地獄更慘。

在某個農場，有個朝鮮男人因為強姦馬雅女人而被砍頭。警察並未現身，在監工持槍注視之下，馬雅人和朝鮮人一起在瓊麻田的角落挖地，埋葬了來自平安道二十二歲青年的屍體，作為雙方和解的象徵。隔天，一個馬雅男人被馬切鐵刺死，農場主逮捕兩名馬雅人指認為凶手的朝鮮人，脫掉他們的上衣後，丟在瓊麻堆上面，用浸濕的鞭子抽打。比起鞭刑，瓊麻莖幹上的刺更令他們痛苦，那兩個殺人犯不斷扭動身體，就像鹽田裡的蚯蚓一般。鞭刑結束之後，他們被關進農場監獄。每次呼吸時，扎進胸膛的瓊麻刺都讓他們疼痛難耐，想把刺拔出來，但因為監獄裡暗無天日，只好作罷。傷口發炎，冒出刺鼻的臭味。整整過了十天，牢門才打開，光線得以透射進去。在耀眼的熱帶陽光照射的監獄裡，他們最先做的事情，便是清理自己的糞便。屎塊已然乾燥，一碰就如餅乾一樣碎裂，裡面扭動的蛆蟲也跟著掉了出來。

兩個殺人犯回到帕哈後，始終病懨懨的。二正給他們拿來水和食物，還有拌著辣椒的甘藍菜泡菜。雖是佳餚美食，他們卻吃不下。也許是關在黑暗中太久，喪失了方向感和時間感，走路的時候始終搖搖晃晃。結果其中一個人在三天後死亡，他是因殺人罪而遭囚禁，根本無處訴苦。另外一人在同伴死亡後，奇蹟般地好轉。就好像兩人已經約好，其中一人死掉後，生命精力會完全澆灌到另一人身上一樣。那人蓬首垢面地喝著玉米粥，對二正說道，搞不好會在這裡完蛋，啊，這裡實在太熱了。

二正緊閉雙唇，沒有回話。不過才幾天，同屋的四人中已經死了兩人。他能活下來，也許只是因為運氣太好也未可知。同屋的平壤青年撲向馬雅女人的時候，二正正在隔壁房間下石頭做的象棋。平壤青年的屍體被發現時，二正正在水井邊打水。兩個憤怒至極的同房青年，沒有等待二正，直接去了馬雅人的住處，看到一個逃跑的男人就執意追逐，並將對方刺死。馬雅人的鮮血染紅地面時，兩人才茫然站著，注視彼此的臉孔。直到那時，他們才明白自己闖了大禍，連雙腿都不聽使喚了。在失魂落魄地往回走的路上，他們被農場警衛逮捕，剝掉衣服後丟到瓊麻堆上接受鞭刑。

活下來的人名叫石錫，是晉州官衙所屬官奴家的兒子，經過甲午更張，免除賤民身分的官奴想把兒子送到漢城，讓他當軍人，但是兒子沒有聽從父親的話，反而在濟物浦登上了伊爾福特號。由於不識字，連給父親的告別信都無法書寫就離開了，兩個月後，他竟然殺了人。到底發生了什麼事？直到此時，他才開始渾身發抖。他覺得馬雅男人會突然闖來，砍下他的腦袋。二正雖然安慰他，要他不要擔心，卻沒有什麼用。二正跑去找監工，指了指裝在口袋裡的錢，以及自己和石錫，接著比了比馬雅人的村落，又用手比畫砍自己脖子的模樣。語言雖然不通，意思卻已充分傳達。墨西哥監工決定把這兩個極有可能引發事端的人賣到其他農場，當然，會降低身價的殺人前科必須加以隱瞞。隔天清晨，二正和石錫一起坐上馬車，離開農場，他們的手腳被綁在馬車的柱子上。那是久違的涼爽天氣，從遠方湧來黑色的積雨雲。終於要下雨了嗎？二正仰望著越發陰暗的東方天空，腦袋一沉就睡著了。

35

住在梅里達的中國人何輝，在離梅里達不遠的地方遇見朝鮮移民，他將當時受到的衝擊寫下來，寄給在舊金山刊行的中文報紙《文宏日報》。留美學生趙永順、申正煥看了《文宏日報》刊載的文章後，緊急寫信給漢城的基督教青年會。青年會的年輕傳道士鄭善圭重新整理內容，寄給《皇城新聞》，標題為「國民成為奴隸，應該如何拯救他們？」的報導，刊載於一九〇五年七月二十九日，經由如此複雜的過程，猶加敦債務奴隸的實際情況才為大韓帝國所知。

中國人何輝如此寫道：「他們先是在中國拐騙、販賣人口，真相敗露之後，無人應聘，於是開始將目標轉向朝鮮，開始收買奴隸……他們披著破爛不堪的衣服，穿著損壞的草鞋，此處本地男女看到他們的樣子，嘲笑的話語簡直不堪入耳。在連日的滂沱大雨之中，韓人分散到幾個瓊麻農場工作時，女人或抱或背著孩子在路邊徘徊的情景，實際上與牛馬或家畜無異，實在令人不忍卒睹……在農場，如果不好好工作，罰跪或遭到毆打的情況司空見慣。經常有韓人被打得皮開肉綻，實在令人喟嘆。」

兩天後，《皇城新聞》刊載「耳聞墨西哥移民的情況，實令人無法忍受」的社論，要求政府提出對策。高宗皇帝於隔日的八月一日，頒布敕諭：「移民公司當初募集移民時，政府未能加以禁止的原因為何？儘快擬定方案，讓這一千多人早日回國。」對於說話喜歡拐彎抹角的儒教國家皇帝而言，這種發言不能不說是十分直率而強硬。身為君主的慚愧和受侮辱的感覺，想必讓他渾身發抖。大韓《每日新報》也接續攻擊政府的移民政策，輿論對於無能政府的批判達到沸點。但是墨西哥太過遙遠，兩個國家之間也沒有任何外交關係。即便如此，大韓帝國外務大臣李夏榮仍發送電報給墨西哥政府，寫道：「雖與貴國尚未建立外交關係，但在我國派遣官吏之前，請貴國能保護我國國民。」

墨西哥政府在回信中說道：「有人受到奴隸待遇的內容，分明是謬傳，猶加敦雖有亞洲勞工，但他們所受的待遇非常好。對於該內容，《燕京日報》亦曾報導，敬請參酌。」

36

那一年的八月十二日，外務部協辦尹致昊在東京的帝國酒店喝咖啡。那是時任大韓帝國外務部顧問的親日派美國人德罕．史蒂文斯所安排的聚會。史蒂文斯首先致上安慰的話語，上次您遭逢不幸，沒能去看望，實在非常抱歉。尹致昊垂首回禮說，您這麼忙，沒有必要為了那點小事傷神。尹致昊的中國妻子馬愛芳當年二月過世，她是尹致昊在上海認識，同甘共苦十一年的第二任妻子。

史蒂文斯介紹坐在面前的兩名美國人，一人臉色蒼白，另一人臉龐黝黑，幾乎晒成古銅色。臉色蒼白那人名叫黑伍德，臉龐黝黑的名叫史文蒂，他們是夏威夷蔗糖農場主協會的代理人。史文蒂十分溫和，性格頗具社交能力，對於尹致昊似乎已經多所了解。夏威夷的很多農場主對於近來大韓帝國的措施感到不滿，比起日本人或中國人，韓人更能幹，也不太會惹是生非，所有人都很歡迎他們，但大韓帝國政府突然禁止出口勞工，這在夏威夷引起軒然大波，要從哪裡求得如此的勞動力呢？

尹致昊只是簡短地回答，啊，是嗎？史文蒂往前拉了拉椅子問道，這項措施沒有撤回的可能性嗎？尹致昊扶了扶眼鏡，這個嘛，朝野對於移民的輿論太過惡劣，只怕不容易。

聽到此話，史蒂文斯也加入談話說，要不這樣，尹協辦是不是能親自去一趟夏威夷？去了之後，親自看看農民怎麼工作，講些好話安撫他們，回來以後向陛下美言幾句，這對韓美關係的親善肯定大有幫助，夏威夷農場主協會說經費由他們來出。史文蒂拚命點頭，暗示這個部分已經達成協議。

尹致昊是基督徒，曾在班德比特和埃莫利大學求學，英語十分流暢，他還通曉中文，在甲申政變當時東渡日本，因此也會說日語，精通三國語言的尹致昊可說是處理這件事的最適當人選。尹致昊舉起手，拒絕了提供經費的提議。為國辦事，豈能私下收受金錢？

史蒂文斯為日本工作，俸給卻由大韓帝國政府支付，尹致昊從一開始就對他不以為然，對於帝國外務部不得不雇用此人的處境也感到寒心。史蒂文斯和尹致昊握手後起身說，總之，您再好好考慮吧！這也是外務部官員應該做的分內之事。

37

雨點滴瀝打在二正的鼻梁上，他從淺眠中醒過來。猶加敦下雨了，這是下在乾燥土地上的甘霖。馬匹不知是否因為灑在身上的水氣之故，歡喜地嘶鳴著。地上散發出塵土的氣味，西方地平線依舊明亮，遠處梅里達大教堂的尖塔隱約可見。

石錫碰了二正一下。遠處有人走過來，看長相應該是朝鮮人。那人似乎也覺得奇怪，猛盯著二正和石錫，走近前來。他穿著西裝，背著包袱。雙方終於遭遇，那人首先發話，你們是大韓人吧？分明是朝鮮話，可是以前從未見過。馬車停了下來，馬夫似乎想休息，將馬車停在樹陰底下。

我聽說梅里達來了朝鮮人，正想去找他們呢！他高興地握住二正和石錫的手。我是在舊金山賣人參的朴萬碩，只要是有中國人的地方，無論是哪裡，我都會去賣人參。可是你們怎麼會……朴萬碩看到他們的手腳被綁在馬車上，不禁咋舌問道。石錫回答道，我們被換到其他農場，我們來這裡已經兩三個月了，在原本的農場發生了一些問題，被賣到別的農場。看到朴萬碩願意聆聽，石錫開始訴說事情的經過，從一天掙多少錢，其中飯錢花費多少等瑣事開始，一直說到有人在土坑裡睡覺，結果被毒蛇咬，還提到農場主到瓊麻田時，都會像趕牛一樣，拿著鞭子大呼小叫……

朴萬碩聽完石錫的敘述後，也告訴他們從梅里達中國人那裡聽到的，其他農場發生的事情。聽說有一個朝鮮翻譯為了想討好主人，不但辱罵自己同胞，還鞭打他們，甚至比墨西哥的監工還凶狠。二正和石錫心知肚明此人是誰，但對朴萬碩說道，那個人在船上還沒有如此惡劣。朴萬碩看到他們二人穿著襤褸的單衣，還光著腳，十分同情他們的處境，從口袋裡拿出兩披索，分別遞給二正和石錫。我一定會把這個事實傳回大韓，你們再忍耐一下。

朴萬碩沒有食言，他寫信給《公立新聞》和《大韓每日申報》。信件是在十一月十七日寫成，直到十二月才到達朝鮮，刊登在各家報紙上。他寫信的那天，恰好是乙巳條約[21]締結當日。

21 日本帝國與大韓帝國在一九〇五年十一月十七日，於韓國首都漢城簽訂的不平等條約。日本根據該條約設置韓國統監府以控制韓國，意味着韓國淪為日本的保護國，變成日本的殖民地。

朴萬碩將人參賣給梅里達的中國人後，就離開了猶加敦。之後，他前往古巴，甚至澳洲，經由銷售人參賺了大錢，可是再也沒有回到猶加敦或朝鮮。

38

崔善吉手藝純熟地切開西瓜，遞給保羅神父和巫師。飽受酷熱所苦的他們一言不發，狼吞虎咽地吃下紅色的果肉。農場商店進西瓜的日子最是幸福，感覺就好像是坐在故鄉的某個瓜棚下一樣。味道也並無不同，吃剩的綠色西瓜皮還可以切成絲，拌上辣椒粉吃。有人稱之為西瓜泡菜，也有人說是涼拌西瓜，總之，西瓜的任何一部分都不會浪費。

他們被賣到的地方是布維納維斯塔農場，距離梅里達大約六十公里。在船上驅魔的巫師原本被賣到其他農場，過了一個月後，移轉到這個農場。剛開始在瓊麻田裡經歷的痛苦，雖與其他農場沒有兩樣，但這三個全無耕作經驗的男人，所受到的苦楚更甚於其他人。這三個工作生疏的單身漢，最終住在同一個帕哈裡。

崔善吉一到農場就掌握了自己所處的現實。農場裡沒有任何值錢的東西，大家都是窮光蛋，也就是說只有這些人賺錢，他才有可偷竊的東西。換句話說，他們是生命共同體。趕快賺錢吧！

同胞們。他全心全意祈求。幸好他的同胞真的非常努力工作，馬雅人一天只能割四千張瓊麻葉，而他的同胞一天能收割一萬張以上，這只不過才過了幾個月。他們即便手上流著血，也堅持要去田裡工作。男人將葉子割下來之後，女人清除上面的刺，小孩則拿著繩索捆綁瓊麻束。喝醉酒的男人會哭著說道，這是國家的罪？社會的罪？還是我的罪？如果都不是的話，難道是命運？崔善吉對這種感性的態度不以為然。追究是誰的罪想幹什麼？最重要的是，他們已經來到墨西哥這塊土地。也許因為鄉愁，他們早已忘記自己在朝鮮也是吃不好，穿不好的事實。人活著總是很沉重，頻繁的乾旱、洪水、荒年經常接踵而至。再說朝鮮的地主與墨西哥地主並無不同，住在這裡至少不會被凍死。

崔善吉工作漫不經心，掙到的工錢自然不多，但他平時靠著幾近於詐騙的賭博手法，竟也能賺取幾分飯錢。在烈日下工作雖然辛苦，但慢慢掌握要領之後，就不像以前那麼累了。讓他備受煎熬的是其他問題，那就是從船上開始的噩夢。話雖說是噩夢，但因為太過鮮明，經常令他直到凌晨都無法入眠。過程總是類似，看不清臉孔的黑影出現，向他逼近。就跟在船上一樣，黑影跟他說，我是代替你死去的人，我要你償命。有的時候還不發一語。崔善吉雖竭盡全力奔跑，身體卻好像被釘在地上一般，無法動彈。他想喊叫，卻無法發出任何聲音，等到清醒過來，總是發現自己躺在陌生的地方。

住在一起的巫師什麼話也不說，只是出神地望著他。崔善吉如果追問，他只說自己什麼都不知道，不住搖頭，但很顯然，他一定看出了什麼端倪。善吉每天都睡眠不足，在田裡總打瞌睡，巫師最後實在看不下去了，才對他說，肩膀很重吧？一個老爺爺坐在你的肩膀上，他的鬍鬚很長，沒有頭髮，長相似乎工於心計。真惡劣啊，他是被淹死的，整天只想著要回到水裡。看起來像是從濟物浦開始就纏上你了，你是從什麼時候開始這樣的？

崔善吉剛開始並不相信，但聽了這番話之後，真的開始覺得肩膀很沉重。臭老頭子，坐在人家的肩膀上幹嘛啊？不安的感覺襲上他的心頭。是不是要驅魔呢？他悄悄望著巫師，巫師正在地上畫著誰也看不懂的圖畫。那是什麼？善吉一問，巫師就笑著說什麼都不是，只是無聊亂畫而已。崔善吉朝地上吐了口痰，看起來就倒楣，別再畫這些奇怪的東西，夢境已經讓人夠煩了。巫師用腳抹掉畫在泥地上的圖形，抹掉之後，崔善吉反而更加好奇那到底是什麼東西。啊！他媽的。崔善吉走到外面去，看見保羅神父正跨坐在樹墩上看星星。在幹什麼呢？崔善吉問保羅神父。神父抓抓頭，看星星呢！崔善吉叼著香菸說，真是，星星能當飯吃嗎？沒事幹的話，就去睡覺吧！別在這裡餵蚊子了。

保羅神父和藹地笑著，起身說道，我正想回去睡覺呢！保羅神父和巫師不太親近，每當巫師在帕哈裡或者其他地方進行某種儀式的時候，他幾乎都不會進去。每當此時，他都會像今天一樣，來到外面一邊餵蚊子，一邊看星星。保羅一走進帕哈，崔善吉就大大伸了個懶腰。從遠處農場主的宅邸方向，傳來隱隱約約的交談聲。聽說這個星期天農場將舉行盛大的活動，好像有尊貴的大人物要來，可能是墨西哥人特有的什麼慶典吧！那裡一定可以撈到些什麼吧？只是武裝警衛看守著，弄不好還會喪命。運氣好的話，也許能偷到個金戒指，可是該拿到哪裡賣呢？既不會說西班牙話，又不認識路。十分現實的崔善吉就此放棄，再次回到帕哈裡。巫師在用草芥和粗糙的木頭刻製成的祭壇前磕頭，他雖說對於巫師的身分感到厭倦，對於祭祀神明還是不曾偷懶。燭火晃動，在天花板上映出影子，也許那個影子就是他所事奉的神明吧。突然間，崔善吉懷疑是不是這個巫師攪亂了自己的夢境，於是猛盯著正在磕頭的巫師後腦杓。

巫師磕完頭之後，用從仙人掌抽取的紅色染料在木頭上畫了一個穿著華麗官服的人形。喂，快睡吧！崔善吉瞄了一眼已經睡著的保羅神父，大聲向巫師高喊道。呼，燭火熄滅了。崔善吉突然覺得這個不說一句話就躺下的巫師非常可怕，不，應該說跟他相關的世界很可怕。九泉究竟是在哪裡？真的有嗎？崔善吉一邊好奇著，一邊緩緩進入夢鄉。不知過了多久，崔善吉因為口渴而睜開眼睛，接著打開帕哈門走了出去。農場主的宅邸燈火通明，傳來陣陣香味，崔善吉往那裡走去。以宅邸正門的噴水池為中心，許多人聚集在那裡舉行宴會。桌上擺滿酒肉佳餚，還看到穿著制服的僕人。他對自己襤褸的模樣感到羞愧，於是躲在大樹後方。他雖然想趕快上前品嚐那些美食，但對方絕對不會善罷甘休。然而越是如此，飲食的誘惑更加強烈。他終於鼓起勇氣，下定決心，緩緩走近擺放煙燻雞肉的桌子。正當他要伸出手抓起雞肉的那一剎那，那隻油光閃閃的雞卻如煙霧一般消失不見。在他身邊談笑風生的貴公子和貴婦也突然蒸發，只有壓低帽子的黑影站在他前面，用粗壯的手臂掐住他的脖子，然後說道：

時候到了。

崔善吉不再反抗，他緊閉雙眼，任由黑影擺布。突然，從他的內心深處開始強烈地迸發出無法置信的幸福感，宛如從噴水池噴出的水一樣。驚人的恍惚之境，極致的滿足感震撼著他。崔善吉心想，能繼續這樣的話，再無遺恨。他同時感覺這種快感似乎會永遠持續。啊啊啊，他大聲喊叫。

39

曾經有一個少年，他的故鄉是西海最大的人居島嶼——蝟島。黃魚是蝟島最大宗的經濟來源，七山海域的黃魚汛期到來時，船主會花錢請人驅魔。每年年初也會舉行祈求消除厄運、漁獲滿盈的祭典，另外還有為淹死在海裡的亡靈禱告的龍王祭。祭典到來之前，村裡總是充滿禁忌。男人必須不近女色，經期中的女人必須隔離，說話、動作都必須謹慎。儀式一開始，不會犯忌諱的男人和巫師向看不見的觀眾舉行祭祀。十二城隍神和龍王神是他們的第一批觀眾，小孩和女人只能在遠處觀看。老巫師用麻繩將參與祭祀的男人頭髮綁起來，拉到神殿裡。男人就像被串起來的黃魚，卻很愉快地獻上金錢。各種儀式結束後，村子裡的所有人才能進入祭場。人們敲鑼打鼓、吹著嗩吶，從神殿出來後，湧向海邊。男人高喊揚帆！起錨！划船！興高采烈地跳上母船，並跳著舞。拴在母船旁邊的小船帶著村子裡所有的厄運，駛向大海。等到波浪翻天，如同海神要起身之際，人們就在那裡停下船隻，將綁著小船的繩索割斷，讓它漂向遠方，使厄運隨著小船流向南方。

這時，所有禁忌為之消失，蝟島全島徹夜充斥著慵懶的舞蹈、酒香和歌聲。

少年就是在這種地方成長。生為漁夫的兒子，長大後成為漁夫，最後成為漁夫的父親，然後死去，沒有其他的出路。父親和叔叔在院子裡鋪開漁網，加以修補，母親和姊妹身上也散發刺鼻的魚腥味。如果有鹽巴，就會把魚醃漬成海鮮醬，如果沒有，就片成生魚片，沾上豆醬立即吃掉。某一天，少年的父親無視船主的勸阻，出海捕撈黃魚，最終沒有回來。天氣放晴之後，幾艘一起前往七山海域捕魚的船隻，發現了漂流在海上的漁船殘骸。幾天後，少年的母親請來村子裡的巫女朴金禮，讓她主持打撈死者魂魄的乾葬儀式。母親、姊姊和姑姑們默默準備祭典所需的物品。母親發現姊姊躲在廁所裡偷哭，把她打了一頓並趕到村外。驅魔儀式結束之前別想回來，妳這個害死父親的死丫頭。

海岸邊舉行祭典時，少年的姊姊只能在後山遠望大海。村民紛紛發出嘆息之際，驅魔的儀式也達到最高潮。海水變成滿潮，水流的方向為之改變。你該有多冷啊！母親流著眼淚。巫女隨著節拍，瘋了似的揮動神杆，召喚死者，這時發生了奇異的事情。此後數年間，只要是村子裡驅魔，都會重新提起這件事。有個東西像魚雷一樣，快速衝近像似女人渾圓胸脯的港灣，就算是三、四名壯丁一起划槳，速度也無法如此之快。乍看像圓木一樣的東西，筆直地朝向驅魔的地方駛來，最後停在沙灘上。人們大喊，是金東！他是少年的叔叔，跟著父親一起出海。被魚咬噬的手臂隨著波浪擺動，屍體來回漂浮於大海和岸邊之間。波濤像牛舌一樣，不住舔他的身體。巫女的儀式也在那時停止。坐在後山岩石上觀看一切的姊姊，立刻奔下山來。別說巫女朴金禮生平沒有經歷過這種事情，連她母親那一輩人也從未見過。乾葬儀式只是為了呼喚落水而死的魂魄，絕非為了打撈屍體，任誰也不會覺得那是巫女該做的事。可是金東叔叔卻在眾目睽睽之下，在祭典進行到高潮之時，出現在大家眼前。大家用草蓆蓋住沒有眼珠、一隻手臂來回晃動的屍體，扛到山上去。一條鰻魚從草蓆之間掉出來，被人們踩在腳下，還有人從凹陷的眼眶裡掏出一尾魷魚。驅魔儀式就此中止。看樣子不能再繼續了，龍王好像不想看到我的醜樣子，朴金禮一拐一拐地走回家去。不久之後，家人又叫來住在熊牛渡口的巫女，為還沒成親就死去的金東叔叔舉行死靈祭，但場面並不熱絡。朴金禮過沒多久病死了，女兒曹英粉和著父親敲打的長鼓節奏，為母親舉行死靈祭。

來自熊牛渡口的巫女沒收到當初說好的酬金，於是大發雷霆，回家去了。不久之後，一個沒見過的女人出現在少年面前說道，我們去陸地吧，我會讓你吃米飯和肉湯。你母親先去了，現在正在等你呢。少年拉著那個擦脂抹粉的女人的手上了船，一個小時後，船就到達熊牛渡口。走了好久，終於來到掛著眩目的布條、彩衣、武官服和神像的房子，這時，少年才知道等候自己的人是誰——熊牛渡口的巫女。母親當然不在，巫女什麼話都不說，把少年關在倉庫裡好幾天。母親是不是把我賣掉了？少年憤怒地流下眼淚。過了一段時日以後，他又覺得母親不會這麼做，於是抬起頭來。這個巫女一定會害我的，一這樣想，恐懼就如潮水般湧來。聽說有些巫女把孩子關起來活活餓死，每當她們侍奉神太久，靈氣不足的時候，就會這麼做，那麼含恨而死的小孩靈氣會轉到她們身上。巫女會用鐵條去戳關在櫃子裡的孩子，不讓他們睡覺，狠毒地折磨他們至死，據說這樣死去的冤魂才有靈力。

三天後，熊牛的巫女打開倉庫門，把少年放出來，開始教他長鼓。咚㕷㕷哐㕷㕷哐……㕷，少年十分生疏，只要一犯錯就會挨打。雖然沒有被關在櫃子裡拿尖銳的鐵條戳，但也吃了不少苦。嘴巴刻薄的巫女經常說，早晚會殺死你。少年想念母親和姊姊，不知是何原因，他的身體出現浮腫，巫女在他身上貼符咒，嘴裡念念有詞好一陣子。少年的身體哆嗦而發抖，神奇的是，一天之後就消腫了。少年的身體一好，巫女又開始教他長鼓。少年每天晚上做著母親來找自己的夢，在夢裡，母親打開漆黑的倉庫門，衝進來拉著他的手回家。醒來之後，卻總是在巫女家的倉庫裡。

一天早上，少年逃出巫女家，拚命奔跑。當時，巫女去附近驅魔而不在家。少年打破倉庫的柵欄，逃了出去。他在口袋裡裝滿放在神案上的米糕，徹夜翻越不知名的山頭，隔天走到一個堅固的城牆前面。朝鮮的舊式軍人在城門外站崗，監視來往的行人。少年的心裡七上八下，生怕面目猙獰的熊牛巫女會叫軍人來找他。他問別人，才知道那個地方叫海美，他眼前的是海美邑城。聽說裡面有個市集，人來人往，好不熱鬧。少年緊跟在要進城的男人後面，想偷偷通過城門，但還是被發現了。

什麼人？軍人抓住少年的衣領。年幼的他嚇破了膽，語無倫次地說道：熊牛巫女、櫃子、刺蝟島、叔叔、乾葬、父親、巫女死了、肚子餓、關雲長和崔英將軍……

少年恢復意識的地方，是那個軍人的家裡。少年喝下軍人妻子熬的粥，恢復了氣力，很快就和軍人家裡年紀比他小的孩子玩了起來。這個家庭出奇地安靜，一到晚上，家人都聚在一起、閉上眼睛，嘴裡一直念念有詞。牆上掛著用兩根木頭綁成的十字模樣，他們望著十字架祈求。少年又害怕起來。看到他驚嚇的模樣，軍人握住他的手說，只有相信天主才能進天國。那裡沒有君王、沒有貴族，也沒有飢餓和暴政，永遠充滿幸福。少年雖然聽不太懂，但總之非常喜歡沒有飢餓的世界。少年問道，天主也會生氣嗎？熊牛的巫女總是說神明的憤怒，她的神總是在生氣，飯太少了、不夠虔誠、有人手腳不乾淨，都會生氣。軍人笑著回答，耶穌為了我們被釘死在十字架上，祂憐憫我們，才道成肉身而死。少年搖搖頭，您是說祂因為我們而死，卻不生氣嗎？軍人笑了笑，摸著少年的頭，是啊，祂是替我們贖罪才死的。

軍人沒有打少年，只是跟他說這件事無論去到哪裡，都不能對任何人說。不久之後，一個穿著喪服、頭戴斗笠的碧眼男人來到軍人家裡，把少年帶到深山去。山裡的人在爐子裡燃燒木炭，說著和軍人一樣的話，每天早晚都跪下念著什麼。他們反覆訴說某個人的死亡，每當此時都很悲傷。那是一個和熊牛巫女家完全不同的地方，少年在那裡受洗，受洗以後的名字是保羅，不再叫朴光洙那個俗世的名字。他住在碧眼神父的家裡，學習教義並背誦祈禱文。後來被差派到馬來西亞檳城，完成神學院的學業。然而，他無論在哪裡，只要閉上眼睛，總會想起金東叔叔的屍體順著水流漂進渡口的模樣，這讓他十分困擾。那件事改變了所有人的命運。和他一起去檳城的神學院同學問他，你為什麼不回蝟島尋找你的家人呢？他總是無法回答。如果真的是母親把我給賣掉了，那又該怎麼辦？母親啊，您賣給巫女的兒子回來了，是不是要這樣說，然後磕頭呢？當然也有可能不是，但是……

歲月流逝，朴光洙．保羅，農場的同胞叫他老朴，再次和巫師住在同一個屋簷下。人活著，真的不知道下一步會變得如何。這難道也是神的旨意嗎？巫師的口吻，他做的所有事情，青色、紅色的布條，他製作的偶像，這一切都讓朴光洙聯想到熊牛巫女，讓他的內心十分不舒服。他經由長崎和香港，去到馬來西亞檳城，成為天主教的神父，很大程度是因為金東叔叔和熊牛巫女的緣故。他想遠離那個不吉利的咒術世界，是的，當初他接受那個源於遙遠的巴勒斯坦的宗教，正是因為那來自遙遠的國度。如今，他甚至逃離了那個宗教，橫跨太平洋來到了墨西哥。

40

一五二一年，西班牙軍人科爾特斯率領六百名士兵，圍攻並占領阿茲特克的首都，自此，墨西哥及周邊廣袤的印第安領土都歸屬於西班牙。十年之後，一個住在特佩亞克，無知又平凡的印第安人胡安·迪亞哥改宗信奉天主教。預備受洗的迪亞哥，有一天結束清晨彌撒，正要走回家時，在特佩亞克的山坡上聽到有人叫喚他的名字。山坡上響起美妙的音樂，一個衣著燦爛，身上散發七彩虹光的女人正等著他。那個褐色皮膚、黑色頭髮的神祕女人對他說：「在這裡興建教堂。」一女人的模樣貌似阿茲特克印第安女性，迪亞哥毫不懷疑地確信，她就是聖母瑪利亞的化身。他跑下山丘，向胡安·德·蘇馬拉加主教傳達聖母的命令。然而，主教心想他們十年前才征服這個民族，在那之前，這個未開化的種族還有活人陪葬的習俗，眼前這個男子，還是這個種族中最下層的人，聖母會顯現在這種人眼前？他實在無法置信。甚至還是褐色的皮膚？聖母難道是印第安人？他徹底將這個報告拋諸腦後。

失望的迪亞哥在回家的路上，又遇見那個女人。他告訴她主教不相信，女人說會給主教確實的證據，要他明天再到山丘來。迪亞哥回到家裡，等待他的是感染熱病、即將死亡的叔叔。隔天早上，心地善良的他在苦惱許久之後，決定不去山丘見「聖母」，而是去找主教，求他施行叔叔的傅油聖事。沒想到神祕的女人在路口等他，並且對他說，你叔叔的病都好了，不需擔心，趕快拿著證據去找主教。她在迪亞哥的提爾馬（類似披風的印第安人傳統服裝）裡裝滿玫瑰。當地是連一株玫瑰藤蔓都沒有的岩石山丘，而且時節是十二月。興奮的迪亞哥帶著玫瑰，跑去找主教，他一將裝滿玫瑰的提爾馬遞給主教，主教就驚訝地跪下行了磕頭大禮。提爾馬上面，栩栩如生地刻畫著褐色皮膚的聖母模樣，正是迪亞哥所見到的那個女人。

迪亞哥和主教在一起的時候，神祕女人出現在迪亞哥叔叔的面前，徹底治癒他的病，並且命令人們稱她「瓜達露佩的聖母」。這個事件讓印第安人為之瘋狂，此後的八年期間，有八百萬名以上的印第安人改信天主教。印第安人稱呼她為「圖蘭欽」，意思是「我們的母親」。新女神出現，時隔十年，印第安人重新尋回失去的母親。

這件奇蹟發生三年後，依納爵．羅耀拉成立耶穌會。羅耀拉年輕時曾是好戰的軍人，在與法國的戰爭中負傷之後，搖身一變成為狂熱的反宗教改革家。他決心驅趕新教徒，以戰爭的形式擴張舊教勢力。在這位血氣方剛的使徒眼裡，新大陸才是實現自己理想的最適當土地。他召集了一批因為新大陸湧現的金銀而失去判斷力的年輕人，無法控制力量和精力的年輕人（這些人和自己年輕時最為相似），以及完全無意改變來自父母信念體系的年輕人，將他們訓練成教皇的精兵，然後送到亞洲、非洲和新大陸。

何塞．貝拉斯克斯是其中一人。他作為耶穌會修道士，被派遣到墨西哥，對於瓜達露佩的聖母事件沒有受到多少感動。不，從一開始，他就不相信那個奇蹟。聖母怎麼會以如此低賤的印第安女人形象顯現？在他認為，蘇馬拉加主教擁有令人驚訝的聰明才智，充分了解現實狀況，因此模仿了《聖經》裡生性多疑的弟子多馬的故事。耶穌對懷疑自己復活的多馬說，伸出你的手來，探入我的肋旁，主教必定是模仿了這個場面。懷疑、信仰的逆轉與奇蹟，這正是欺騙愚昧的印第安人最好的方法。這位墨西哥的首任主教，經由瓜達露佩的聖母，重新創造了墨西哥印第安人失去的母親。瓜達露佩的聖母也與伊比利半島女神崇拜的傳統相吻合。奇蹟與聖物不就是維繫舊教的兩大軸心？如果不是這樣，舊世界那久遠的宗教絕對無法支撐這麼久。

貝拉斯克斯用和主教不同的方法去愛墨西哥，儘管他的方式墨西哥人不太喜歡，但他的愛從未消退過。首先，他很快就知道瓜達露佩的聖母，亦即印第安人稱呼為圖蘭欽的那個女人，和他所知道的聖母大為不同。大部分的印第安人雖然對聖母的事蹟感到興趣，但對於三位一體等核心教義毫不關心。他們用稍微不同的方式去理解，因此一切事情都被搞得亂七八糟。他們經常把耶穌的弟子或聖人，理解為另外的神。對他們來說，聖母是女神，耶穌只是她的兒子，而且對於那個兒子的死亡賦予太多意義。換言之，他們喜歡死去的耶穌，喜歡雕刻耶穌躺在棺材裡或被釘在十字架上，流著血的模樣。他們還喜歡在教會的儀式中，加入嚴重的自虐和可怕的痛苦修行，將原本複雜、莊重的儀式改變成類似過去阿茲特克活人獻祭的祭典。紀念耶穌背負十字架升天的日子，並不一定要在手掌釘上釘子，或是把自己掛在十字架上，貝拉斯克斯為了說服他們，花了太多時間，最終不得不承認，他的使命就是要與阿茲特克印第安人的傳統薩滿教鬥爭。

自覺到使命之後，他才發現四周有太多的敵人。每個部族都有咒術師，他們負責治療病患、主持祭典。人們只有在星期日才接受教會的影響，大部分的人都與村子裡的薩滿巫師同苦共樂。村子裡有太多貝拉斯克斯必須搗毀的偶像和圖騰。此外，使用毒蠅傘蘑菇等痲藥，讓全部族陷入恍惚的風俗如舊。咒術師先喝下毒蠅傘飲料，等到他陷入恍惚後，下一個人再喝下他的尿液，同樣陷入恍惚。毒蠅傘每經過人體一次過濾，就會發揮更強力的效果，經過三次人體過濾的毒蠅傘飲料，可讓全部族陷入強烈的幻覺。人們雖然主張在此過程中見到了聖父、聖子、聖靈，事實上，他們只是與巨大的龍展開搏鬥，或者膜拜身上有羽毛的蛇而已。

貝拉斯克斯為了和古老的宗教進行有效的鬥爭，放棄修道士的角色，組織了比耶穌會更強力的私設軍隊。這個前耶穌會修士闖進印第安村落的每一個地方，搗毀、焚燒偶像，屠殺那些陷入恍惚之境、毫無氣力抵抗的人，並在那裡樹立紅色十字架。曾有一段時間，他是墨西哥高原地區恐怖的代名詞。他在無數的戰鬥與暗殺威脅中，仍然活到九十歲高齡，最終在自家的床上平靜地永眠。他雖不曾正式結婚，但有數不清的私生子，而他的私生子也無一例外的，都將一生奉獻給反宗教改革，以及讓印第安人改變信仰的使命上，同時生下更多孩子。歲月流逝，貝拉斯克斯的狂暴熱情雖然減弱，但也許是因為隔代遺傳，偶爾還是會出現幾個那種瘋狂信念的奴隸。

伊科納西歐．貝拉斯克斯可說是那種隔代遺傳的證據。他擁有布維納維斯塔農場和一間小銀行，每天凌晨五點起床後，立刻走進位於宅邸一端的小禱告室，跪在禱告用木板上，進行虔誠的晨禱，然後取下掛在客廳的長槍，用油布加以細心擦拭。唯獨這件事情，他從不使喚僕人。只有這些槍才能證明他是何塞．貝拉斯克斯的嫡系子孫，猶如一張族譜。他和何塞眾多的子孫爭奪，最終才擁有這些槍支。這是他的家門與猶加敦半島蔓延的偶像崇拜、撒旦信仰爭戰歷史的紀錄，每當擦拭因磨痕導致斑駁的槍身時，他的心胸總是澎湃不已，屢屢必須平復心情。

這一天，他擦完槍後，久違的騎著馬繞農場一圈。他的腳步很自然地朝向已經雇用超過半年的朝鮮人住處。以前和馬雅人的鬥爭中，他總是獲得勝利。馬雅人用石頭製作祖先的頭，在那上面塗上樹汁，並用小石頭堆成圓圈，然後在裡面燒香並轉圈。他用馬蹄和鞭子征服農場裡的馬雅人已經過了兩年，在那之後，馬雅人不但會在星期天去聖堂望彌撒，每天晚上也不再做令人生疑的事情。然而，他無法得知新來的五十餘名朝鮮人，究竟在做什麼。聽說有幾個是新教徒（當然因此是改信宗教的對象），一個是舊教徒（感謝主，在這偏僻的地方也有主的恩寵降臨），其他人則無法得知。破戒的修道士把反宗教改革和打破迷信視為家門神聖的使命，身為他的後代，決心改變自己農場裡為數不多的朝鮮人的宗教信仰，實在是再自然不過的事情。

他環顧已經去工作的朝鮮人的帕哈，乍看之下，裡面沒有偶像，只有鍋碗瓢盆、髒衣服和惡臭而已。即便如此，他們應該有自己的宗教。他捂著鼻子，仔細檢查每一個帕哈，終於在最後一個帕哈裡發現一個小祭壇，上面有他看不懂的文字，還有戴紙帽子的人物肖像。他又翻找了一會兒，除了幾個人物木雕以外，再也沒有別的東西。發現朝鮮人當中仍有人崇拜偶像，伊科納西歐暫時陷入沉思，但因為惡臭的緣故，他無法在裡面久留，立刻回到自己的宅邸。朝鮮人的偶像和馬雅人的偶像完全不同，文字似乎是中國字，還用紅色（那是惡魔的顏色）寫成。他聽到自己身體裡的血液發出命令。

他把監工和朝鮮人翻譯叫來，下達命令說，從這個週日開始，所有朝鮮人必須參加彌撒，代之以週日不需工作。墨西哥是天主教國家，禁止私下膜拜各種偶像（這是謊言，墨西哥雖有很多舊教徒，但並非神權政治國家），所以如果在帕哈擺設偶像、崇拜迷信的話，將會一分錢都拿不到，而且被趕出農場。如果改信宗教、接受洗禮的話，工資將會提高。翻譯權容俊被叫到布維納維斯塔農場，將農場主的意志轉達給朝鮮人。大部分朝鮮人表示歡迎，只要去教會坐一下，就可以不用工作，這可不是什麼難事。還有人表示要學習教義，接受洗禮，心想工資不但能提高十分之一，或許在學習教義時還能休息一會兒。可是除了保羅神父以外，沒有人正確理解不要崇拜偶像是什麼意思。保羅神父聽了權容俊的話以後，有點愁苦地對巫師說，房間裡的東西也許都得收拾乾淨了。巫師驚訝地看著他說，不，老朴，那和農場主有什麼關係，為何一定得收掉呢？保羅說，他信奉的神嫉妒心強，不喜歡自己的信徒同時信奉別的神。巫師反問，我的神和他的神不一樣啊，我不想信奉他的神，那又怎麼樣？保羅神父用腳磨著地板說道，反正就是這樣，他們的宗教連祭祀祖先都不以為然，農場主看樣子也許是其中最狂熱的，總之，你得小心了。巫師剛開始面露難色，隨後又露出沒什麼了不起的表情，心想我又不是要害別人，哪會發生什麼事？不過，這個老朴難道曾是天主教徒？

到了星期天，朝鮮人穿上最乾淨的衣服，前往農場裡的小聖堂望彌撒。一名神父從梅里達騎馬前來，為農場主和雇工主持彌撒。農場主和監工坐在貝里斯生產的紅心桃木椅子上望彌撒，朝鮮人和馬雅人則坐在地上，聽著不知何意的拉丁語。反覆經過幾次站起來、坐下之後，彌撒終於結束，農場主拿來西瓜，孩子們興高采烈地吃著難得吃到的西瓜，在農場裡跑來跑去。

保羅神父聽到久違的拉丁語和聖歌，心裡感到痛苦。主啊！求祢垂憐！看著白人神父背誦拉丁語祈禱文，他想起自己在朝鮮故土主持彌撒的情景。也許自己這一輩子再也不能站上祭臺，程序都想不起來了。然而，到了領聖體[22]的時間，他仍感覺到想上前領餐的強烈誘惑，只是他沒這麼做。墨西哥神父不會將聖體分給穿著骯髒衣服的異邦人，而且絕對不會相信他曾經是神父。

事情發生在彌撒即將結束的時候。崔善吉從一大早就神情呆滯，不說一句話，最後耐不住監工和領班的催促，才勉強到聖堂參與彌撒。在彌撒即將結束之前，他無言地望著祭臺上的墨西哥神父，突然迅速站起來，跑上前去。穿著體面衣服的權容俊和一名朝鮮少年也立刻站起來，少年就是李宗道的兒子李鎮佑。權容俊和其他監工雖然站起來跟著崔善吉，但他卻敏捷地跑到祭壇前，

22 領取祝聖過的麵餅，是天主教的七件聖事之一。根據法典，領受者應該是已經領洗的天主教徒，並在恩寵的狀況中（意即靈魂上沒有大罪）。

跪倒在十字架前，發瘋似的捶打自己的身體，放聲大哭。他說的既不是朝鮮話，也不是西班牙語，而是怪異的語言。跑過來的監工、工頭和權容俊想把他拉走，但崔善吉用驚人的力氣支撐，流著淚對神父大哭。

那時，農場主起身畫了十字架，然後走近神父，在他耳邊說悄悄話。他要跑上前去的工頭和監工別攔阻崔善吉，接著說道，被鬼附身的人靠近我們的主，喊道「神的兒子，我們與你有什麼相干？時候還沒有到，你就上這裡來叫我們受苦嗎？」我們的主於是打發他們進入豬群，後來那個豬群忽然衝下山崖，投在海裡淹死了。這個人正是那種人。農場主向神父使了個眼色，於是神父蘸著聖水，灑向崔善吉。崔善吉好像被鹽酸潑到一般，全身扭動，口吐白沫倒下。那不是癲癇嗎？朝鮮人紛紛搖頭，但農場主和神父卻非常認真。奉耶穌的名，你將會獲得拯救！神父接連向崔善吉灑聖水，後來乾脆把裝在瓶子裡的聖水全部灑向他。直到那時，崔善吉才如大夢初醒一般，慢慢張開眼睛，四處張望後問道，自己身在什麼地方？伊科納西歐用誇張的姿勢，緊抱著崔善吉。

伊科納西歐認為靠著聖水和禱告，驅除了崔善吉身上的魔鬼，於是再次確信自己身上所肩負的崇高使命。崔善吉受邀到農場主宅邸吃午飯，都是夢裡看到的山珍海味，既有豬肉和黑豆、香菜、洋蔥、番茄一起燉煮的猶加敦式料理，還有加入酸檸檬、洋蔥一起燉的濃湯等著他品嚐。崔善吉好像餓鬼附身一樣，把食物吃得一乾二淨。坐在旁邊的權容俊轉告農場主人的話說，喂，老崔，農場主認為他趕跑了你身體裡的魔鬼。崔善吉拚命點頭，表示感謝，並且回說，我之前聽人說有一個老頭坐在我肩膀上。權容俊加油添醋地轉達說道，他感謝您為他趕走撒旦。農場主對崔善吉說，加入耶穌的軍隊，一起和撒旦作戰吧。崔善吉當場表示無條件服從。

權容俊和崔善吉坐農場主的馬車回去，從那天起，崔善吉的命運就此改變。他認真地用韓文標記根本不解其意的拉丁語祈禱文，背誦下來，而且積極參加彌撒。不僅如此，他開始逼迫不想參加彌撒的人，他說，如果因為你們而受害，我絕對不會善罷甘休。去那裡安靜坐一會就行，有什麼難的？大家開始悄悄地避開嘴裡念念有詞的崔善吉，但他毫不介意。

有一天，崔善吉叫醒正在睡覺的保羅神父。喂，老朴。保羅神父睜開眼睛，崔善吉把他帶到外面。幾近農曆十五的月光十分皎潔，崔善吉從懷裡掏出保羅神父的十字架說，這個，你應該很熟悉吧？保羅神父出神地望著崔善吉。崔善吉說，這個，很抱歉，我太愚蠢，不知道這是什麼，一直覺得很好奇，來到這裡以後才知道這叫十字架，也才稍微明白了點天主教的東西，我以前實在太傻了，來，還給你。

他如此爽快地把十字架交出來，保羅神父反而沒法伸出手。自己的東西也不要嗎？崔善吉把十字架項鍊放到保羅神父手裡說道，那時肚子太餓了，所以……可是我一直相信總有一天會還給你的。崔善吉坐在樹墩上，嘴裡叼著菸，火點不著，打火石在黑暗中閃了好幾次。終於抽了一口菸的崔善吉，向尷尬站著的保羅神父問道，你以前到底是做什麼的？只是天主教徒，還是……保羅神父沒說任何話。崔善吉說，好吧！不管你過去怎麼樣，請你幫幫我。請你用簡單的朝鮮話告訴我天主教究竟是什麼？農場主為什麼會那麼高興？

這不行，保羅神父搖搖頭，我什麼都不懂，而且這個十字架原本就不是我的。崔善吉從樹墩上站起來，走近保羅神父，請你幫幫我吧！又不是什麼難事，而且我不是把十字架還你了嗎？保羅神父低聲說道，我在船上就知道了，你因為痢疾躺著的時候……崔善吉抓住保羅神父的衣領，啊，我生病無法動彈的時候，難道你搜我的褲腰了？保羅神父無法呼吸，頻頻咳嗽，崔善吉這才像發善心似的鬆手。你以前不是跟巫師說天主教怎樣怎樣嗎？你就行行好吧！你如果不幫我的話，不管你曾經有過什麼遭遇，為何要如此隱瞞，我一定會去找農場主，告訴他這裡有一個他喜歡的天主教徒！崔善吉笑嘻嘻地走進帕哈裡。

崔善吉的話讓保羅想起朝鮮對天主教的鎮壓，心裡非常不愉快。這裡剛好相反，天主教徒反而能得獎賞。然而，他不想被拉到農場主面前，坦言自己背叛了宗教，他也不想像濟物浦的小偷那樣，謊稱自己的信仰。保羅神父就著月光的照耀，看著崔善吉還給他的十字架，鑲在中間的藍寶石閃爍著高貴的藍光。

41

李鎮佑的西班牙語日漸進步，要不了多久，他將可以獨自翻譯。反正在瓊麻田裡使用的西班牙語就那麼幾句，就算翻譯錯誤，也沒有人會知道。問題並不在於西班牙語。

跟你姊姊說過了嗎？權容俊坐在樹陰底下，輕輕戳了戳李鎮佑。鎮佑吞吞吐吐，含糊其辭，那個，我還沒……容俊勃然大怒，我都跟你說多久了，到現在都沒下文，你真是太沒用了。你想要的東西一個個都拿走了，這麼小的請求竟然不答應。難怪大家都說絕對不要跟貴族打交道，得到自己需要的東西以後，就翻臉不認人。權容俊不給鎮佑辯駁的機會，一陣風似的起身離去。鎮佑開始着急起來，回到家以後，坐在姊姊的身邊。妍秀放下針線活，看著弟弟問說，怎麼了？一臉稚氣的弟弟，經過幾個月的農場生活之後，竟然流露出男子氣概。

弟弟說有個請求，妍秀問他是什麼，他卻開不了口，躊躇良久。可是既然已經走到這一步，也不得不說了。妍秀追問，究竟怎麼回事？鎮佑猶豫好久，終於開口說，那個姓權的翻譯……妍秀點點頭，表情卻為之僵硬。他想見姊姊，老是為難我。妍秀的視線再次移回手上的針線活，你跟他學西班牙語，他老是拜託你這事？鎮佑抿了嘴唇，點著頭說，妳不能去見他一次嗎？去了之後，妳說不行不就好了？他的身分雖低，但為人看起來還不錯。妍秀聽了一笑，在這裡身分有什麼用？年輕的鎮佑靠近姊姊說，是吧？是吧？可是她正視弟弟的眼睛，堅決說道，以後不許再提這事，否則我真的會生氣，不是因為他的身分低，而是不可以那樣，知道嗎？

可是他很有錢啊！鎮佑氣鼓鼓地脫口說道。他不但英語好，西班牙語也很好，他無論做什麼都不會餓死的。妳覺得我們能回去朝鮮嗎？我們最後都會死在這裡。四年後跟農場的契約期滿，姊姊那時也該二十歲了，終究還是要在這裡找結婚對象，不是嗎？弟弟說出的每一句話，都讓她的心好像針刺一樣，疼痛異常。她想跟男人一樣讀書、工作，到外面的世界成就夢想，可是她比誰都清楚，這個夢想是沒有希望了。猶加敦的瓊麻農場和那些夢想太過遙遠，到最後還是得在這裡跟人結婚過日子。凌晨三點半起床，為外出工作的男人準備衣服和飯菜，餵孩子吃飯以後，自己也得到農場割取、捆綁瓊麻葉，再堆到倉庫裡，回家以後還得準備晚餐、洗衣服、打掃家裡，然後才能就寢。妍秀不想過這樣的日子。

她再次熱切地想念二正，他究竟在哪裡？會不會已經和別的女人交往？她居住的亞斯徹農場已經有朝鮮男人和馬雅女人一起生活，甚至還有人納妾。每天晚上，單身漢在馬雅人的帕哈前面探頭探腦，一旦看對眼，就住在一起了。二正會不會已經……她翻出自己做的月曆查看，已經過三個月了，不可能和他見面了吧？就算見面，也不可能像當初那樣，瘋狂地抱在一起做愛了吧？啊！體內突然升騰的慾望，讓她的身體顫動不已。這裡真是地獄，可怕的男人對自己垂涎三尺，弟弟想把自己出賣給別人，想見的人卻見不著。父親如同行屍走肉，母親沉默不語。不能再這樣過日子了，眼睛一閉，就投入權容俊的懷抱吧？沒有人會說自己什麼，無論是父親還是母親，如果生米煮成熟飯，他們也不能說什麼，或許心裡會覺得太好了也說不一定。這個想像太可怕了，她緊緊地咬住嘴唇。

就在那一瞬間，亞斯徹農場的入口處傳來嘈雜的聲音，朝鮮人一窩蜂擁向前去。尷尬坐著的鎮佑也走出帕哈，朝入口處走去。又發生什麼事了？喧鬧聲越來越近，聽起來不像是生氣或爭吵，而是充滿高興的聲音。妍秀心裡也很好奇，於是把門稍微打開，朝外看去。兩名被大家圍著的男人走了過來。就像陷入愛情的戀人通常做的，妍秀也擴大解釋這個驚人的偶然，這個一輩子都會反覆咀嚼的重逢。這只能稱之為命運了。他來了，除了腿稍微有點瘸以外，看起來很健康。他是從哪裡來的？為什麼來？會停留很久嗎？還是馬上就得離開？妍秀雖然有很多話想問他，但實在不好走出去，只能在陰暗的帕哈裡看著他走過來。

二正從走進亞斯徹農場開始，也一直想著妍秀，她會在這個農場嗎？二正被交給監工，腳鐐解開之後，朝鮮人團團圍住他，他心裡的渴望變得更加強烈。亞斯徹農場的規模比他預想的大，他和石錫受到溫暖的款待，人們對於二正過去工作的農場，還有可能也在那裡的親戚和朋友的近況感到好奇。二正終於發現在大人之中，假裝穩重並怒視自己的男孩。那是妍秀的弟弟鎮佑，他因此確定了妍秀也在亞斯徹農場。二正加快腳步，朝鮮人緊緊跟隨著他追問，別的農場情況怎麼樣？飯錢、工資、虐待、監工、工頭、翻譯等等，沒完沒了。二正敷衍地回答他們，走向自己要落腳的帕哈。長時間被腳鐐束縛的雙腿雖然陣陣抽痛，但很快就忘記了苦痛。

然而，無論怎麼尋找都看不見她的身影。有幾個女人打水回來，還有人在晾衣服，唯獨看不到妍秀。但在經過某一間帕哈時，他的內心狂跳不已。他雖無法得知正確原因，卻注視著陰暗的帕哈內部。在那裡面，有人遮住臉孔望著自己，卻又藏起身來。他因為極度興奮，內心似乎要瘋狂地燃燒起來，但他直接經過那間帕哈，走進自己的家。雖然沒有看到她的臉孔，但他能確信，他已經感覺到她特有的氣息，她獨特的力量能將周邊的一切籠罩在奇異的氛圍中。

終於進到帕哈裡的二正和石錫，在粗糙的地上躺下，跟隨而來的人，繼續丟出還沒來得及詢問的問題，其中包括李鎮佑。您是從哪個農場來的？春楚庫米爾農場。那裡有翻譯嗎？當然沒有。

沒有翻譯，您們怎麼工作呢？二正看著比他年幼幾歲的鎮佑笑道，你在使喚牛馬的時候，需要跟牠們說話嗎？都能溝通的。鎮佑眼神發光，聽著二正的話。春楚庫米爾農場的人怎麼樣？石錫揉揉眼睛說道，已經死了三個人，被刀砍死、被鞭死、還有自殺的。這裡還沒有人死掉嗎？所有人都搖頭。石錫的話給了亞斯徹農場的人小小的安慰，無論如何，這裡的人不都還活著嗎？

那天晚上，妍秀和二正忘卻疲勞，徹夜翻來覆去，輾轉難眠。過去三個月的離別，對熱血的青春少年而言，著實是太過漫長的時間。

42

給我弄點紙和毛筆。大家要出去工作的凌晨，躺在床上的李宗道罕見地開了口。忙著準備兒子外出工作所需物品的尹氏，剛開始假裝沒聽見，李宗道又說了一次，給我弄點紙和毛筆。尹氏沒好氣地說道，您要那些東西做什麼呢？他沒回話。李鎮佑說，毛筆可能沒有，我去找找類似的東西吧！鎮佑戴好護膝和手套，走到外面去。天氣比初到此地的五月要稍微涼爽一些。尹氏輕輕抓住年幼兒子的肩膀說，別太費心了。

回來的路上，李鎮佑拜託權容俊幫忙弄些紙和筆，但權容俊似乎假裝沒聽見。無奈之下，鎮佑只好去商店詢問，有沒有紙和筆。很意外地，他們主動把自己使用的筆記本、鋼筆和墨水遞給鎮佑，並說錢會從他的週薪裡扣除。

李宗道拿著不怎麼順手的鋼筆，戳破好幾張紙以後，才開始認真地書寫。他打從早上起床，用尹氏幫他打好的水洗臉以後，就端坐在廢棄的木櫃前，一個字、一個字慢慢下筆。有時像是追溯記憶般仰望天空，有時又調整呼吸，像是要平復湧上心頭的激動心情，一整天只做這件事情。到了午餐時間，妻子尹氏勸他吃些墨西哥薄餅，但他拒絕了，仍然雙眼炯炯有神地寫字。

到了晚上，人們開始湧向李宗道的帕哈。李宗道一整天都在寫東西的消息傳開，但不知他們是如何得知的。大家不敢跟他搭話，許多人只是向帕哈內部探頭探腦，並且哄鬧起來。鎮佑突破人群，走進家裡。妍秀在人們的注視下，動彈不得。

李宗道聽到外面的騷亂聲，開門看了看。那些不識字的人目光熱切地說，您在寫信吧？我們不會妨礙您，快寫您的信吧！我們等您。請您將我們的實際情況告訴陛下和政府，我們不需要錢，也不需要田地，只要把我們帶回去就好。信寫好之後，應該會問候親戚吧？也請您幫我們寫封信，告訴我的兄弟和家人，我們在這裡雖然過得不太好，但還能忍受。人們的眼神如此說著，對於身為皇族和士大夫的李宗道而言，實在是十分深刻的衝擊。他在朝鮮的時候，從未見過任何人對自己顯露出如此懇切的眼神。他們在自己走過去的時候，雖然讓開道路，低頭致意，但從不掩飾敵意和輕蔑。貴族只是遇到的話必須避開，骯髒又卑劣的東西而已。或許對他們來說，貴族就像山賊一樣，最好不要碰到。

李宗道說，現在正寫信給陛下，我親眼見到各位在這片土地上流下的鮮血和眼淚，比誰都了解各位的苦衷。墨西哥一定有郵政制度，只要有人去梅里達寄信，陛下一定會想方設法的，豬狗的待遇都比我們好。聽完李宗道的話，大家想起過去三個月，不，如果從搭船開始計算，幾乎已經過了半年的痛苦時間，有幾個人的眼眶已經開始泛紅。有一個人慢慢從口袋裡掏出零錢，扭扭捏捏地遞給站在李宗道旁邊的鎮佑說，這是為了我們做的事，你就不要推辭，收下吧！其他人也開始交錢，還有人回家拿了米來。鎮佑鄭重地加以拒絕。李宗道進到帕哈裡面，再次坐回木櫃前。他第一次體會到學習文字的成就感，從小時候開始，他從未感受讀書寫字的單純喜樂，那些事情永遠都只是義務。可是現在不同，李宗道的腦海裡已經忘了一乾二淨的文句如同蟻群一樣，蜂擁而來。

父親，您不是說回去朝鮮的話，我們會被拉到日本，悲慘地死去嗎？李宗道淡淡回道，難道會比這裡更差嗎？難道會讓你工作到皮開肉綻嗎？以前是我想錯了。

探頭探腦的人都散去之後，妍秀才走到帕哈外面，出神地望著昨天二正走過的方向。不見他的人影，她端起水缸，慢慢走著，悄悄地觀察四周。離開農場地界，轉向石灰岩井的方向，會出現廣袤的灌木叢。她順路走向水井，大約走了一半，皎潔的月光照耀下，完全看不到人跡。都已經這麼晚了，根本就不應該出門的。就在她後悔之際，有人從後面靠近，抓住她的水缸。是二正。兩人無言地走進灌木叢，二正輕輕放下水缸，從後面抱住妍秀。還以為四年後才能見到呢，二正用力抱緊妍秀。她深深吸了口氣說，是啊，真是這樣以為。啊！來了就好。不，討厭，為什麼現在才來？兩人接吻了。他掀開她的裙子，性急地撲向她。灌木枝和樹叢在他們的手臂和腿上留下傷痕。真不敢相信，好像做夢一樣。三個月，啊，對不起，想不到只過了三個月就能看見妳的身體。如同爆炸的時間過去，兩人並肩躺著，看著月亮。螞蟻雖然爬過大腿和肚子，但反應變得遲鈍的肉體毫無感覺。

父親正在寫信給陛下。二正拔起青草扯碎，我聽說了。那我們會回去嗎？她嘆了一口氣，枕在他的胸前。二正撫摸姸秀的頭髮說，我不想回去，這裡已經夠慘了，朝鮮會更糟，要不我們逃走吧？姸秀一隻手撐著地下，支起身體看著他問說，可以嗎？可是我們又不會說這個國家的語言，要去哪裡、怎麼過活呢？二正抱住她，再等等吧！我在船上一下就學會日語，這裡的語言應該也不難。我才不會百依百順地在這裡待四年，只要話學會了，我就會逃得遠遠的。往北走的話，就可以去美國。我曾經遇見一個賣人參的，他說美國和墨西哥是天壤之別。一起去吧！去了以後，我來賺錢，妳去上學。她把大拇指放到戀人的嘴唇上說，啊，就算是夢也好。然而突然間，她的臉色又黯淡下來。如果我們因為父親的信都得回大韓，那怎麼辦？二正緊握她的乳房說，到那時，我們就真的得逃跑了，信件來來回回得好幾個月，那期間足夠我們做準備了。

兩個年輕男女無法分辨是冒險引起的興奮，抑或是性慾的刺激，再次激烈碰撞彼此滾燙的肉體。猶加敦的月亮映照著炙熱的肉體，女人的臀部泛著幽暗的藍色光芒。

43

崔善吉跟保羅神父學習天主教的基本教義。他雖然無法理解三位一體等概念，但正確掌握了核心。神只有一個，很簡單嘛。神在天上，這也很好，相信就行了。除了自己以外，祂不喜歡人們信奉別的神。祂差派名為耶穌的兒子來到人世，人們卻把耶穌釘死在十字架上，所以祂生氣了，不是？怎麼不是？我看就是。還有母親，那是聖母，後來那女人也升天了，那和剛才那位上帝是什麼關係？總之我知道了。十誡？不要偷竊？這麼理所當然的事情還要放在十誡裡嗎？偷竊當然不好，你為什麼那樣看我？我不是說過對於以前的事情感到抱歉？誰會故意想要偷竊啊？可是你到底是誰？以前做過什麼事？你殺過人嗎？為什麼逃到這裡來？沒有？怎麼沒有？臉上寫得清清楚楚。你犯了什麼罪？你不想說就別說了，可是我一定會調查清楚的，等著瞧吧！

睡意襲來，崔善吉上床就寢。不知過了多久，他感覺到動靜，睜開眼睛看了看四周，隱約看見一個黑影起身開門出去。從移動的樣子來看，應該是巫師。他是不是要去上廁所？崔善吉突然也感到尿意，於是也起身，趿著草鞋走到外面。在平時小便的水溝附近沒有看到巫師的身影，卻看到他緩緩走在距離帕哈很遠的路上。他在一棵大樹下蹲下，並且看了看周邊，開始用手挖起地來。遠處只能看到他的背部，只見他好像努力在做著什麼，然後立起身來，回到帕哈。這時，崔善吉已經回到床上躺下。他隱約聽到巫師回來的聲音。巫師嘆了口氣，睡著了。崔善吉確認巫師完全睡著之後，起身走到外面，當然，他是走向巫師挖地的那棵樹下。他用樹枝挖開地面，沒多久，露出一個小盒子，打開一看，裡面有十披索左右的墨西哥錢幣。他把錢拿出來，藏進自己的褲腰裡，再把盒子埋起來。回來時，他把錢藏在自己帕哈屋簷下的草堆裡，然後泰然地回去睡覺，保羅神父輕輕翻了個身，但似乎沒有被吵醒。崔善吉很久沒有嘗到犯罪的滋味，這種緊張感讓他一直無法成眠。真的是久違了的手感。反正也是白白得來的錢，崔善吉不認為自己的行為有什麼問題，這些錢一定是偶爾來找巫師卜卦的人給的，工作賺來的錢應該沒多少。哼，既然是鬼神給的錢，分享一下又何妨？

然而，巫師的想法不同。在農場裡，十披索是足以引發命案的巨額。在驕陽烈日之下，全身被瓊麻刺得渾身是傷，從清晨到晚上工作一整個月，才能賺到十披索。當然，這還是在不吃不喝的前提下。

幾天後，巫師發現自己的錢被偷光了，當場癱坐在地。他回到帕哈，向總是沉默的保羅神父透露這件事。這可怎麼辦才好？為了存這些錢，歷經了千辛萬苦。保羅神父立刻就懷疑崔善吉，可是如果沒有證據，當然不可能檢舉他。巫師向崔善吉求助，但這個濟物浦小偷反而面不改色地責怪他說，這麼重要的東西為什麼埋在外面？

你怎麼知道我的錢埋在地下？哎呀！崔善吉身體突然抖了一下。他推了推保羅神父說，啊！老朴剛才說的呀！不可能，他也是剛知道的。巫師的目光突然變得凶狠。到了這個地步，崔善吉也開始發脾氣說，你這個臭巫師憑空誣衊人啊？巫師不甘示弱地站起來，抓住崔善吉的衣領。論起暴力，崔善吉還是高人一等，他用腳踢巫師的胯下，並用額頭撞他的鼻梁。哎呀！巫師立刻跌倒在地，不知如何是好。保羅神父攔住崔善吉，別打了。巫師坐在地上流著眼淚大聲咒詛，哼！就是你幹的，我倒要看看，你能夠活多久，你不得好死。崔善吉衝上去又是一陣亂踢。

巫師最終沒找回錢，只能向農場裡的韓人訴說自己的委屈，因為缺乏證據，沒有人願意草率地挺身而出，但大家都認為巫師不會冤枉人。對此有自知之明的崔善吉，心裡自然不是滋味，但他不能每天跟蹤巫師，監視他的言行，只能忍耐。更何況過去自己犯行的受害者老朴，眼神鋒利地瞪著他。如果有人在帕哈的屋簷下發現錢的話，他很有可能被農場的韓人活埋。當然，以他的個性，是絕對不會坐以待斃的。

事情發生在中秋節前十天。一個男人罹患名為癩皮病的皮膚病，情況十分嚴重，發病原因是瓊麻汁沾到身體上所致。瓊麻汁液如果進入眼睛裡，狀況嚴重的話有可能會失明。不僅如此，整個身體會像鉛塊一樣沉重，即便去瓊麻田裡工作，也無法達成分配量。患者身體會發高燒，皮膚開始潰爛。結果男人的妻子去拜託巫師，請他驅魔。巫師雖然多次推辭，但最終無法拒絕執拗的請求而答應。驅魔所需的飲食和金錢，由男人的家人和鄰居集資湊齊。驅魔的那一天，巫師和幾個男人藉口說身體不舒服，提早從農場回來做各種準備。有人弄來農場廚師打算丟掉的豬頭，有人將薄餅、玉米蒸肉等墨西哥飲食，以及西瓜泡菜、甘藍菜泡菜、蔬菜煎餅等祭品，擺置在用白紙鋪好的桌上。開始驅魔的消息一傳開，布維納維斯塔農場的韓人幾乎都聚集在一起。病祭在病患家的院子裡進行，從廣本太歲神王經開始，接著是玉樞經、天地八陽經、玉匣經、祈文祝辭，一直持續到八文祝辭。巫師進入病患家裡，將衣服和一雙鞋子拿出來燒掉，然後用被子將病患的頭部蓋住，抬到院子裡，讓他跪坐下來。之後舉行軍雄祭，以趕走附著在他身上的病鬼。如果有雞的話，會將病鬼趕到雞身上，然後將之殺死，但因為活的雞不好找，這道程序就加以省略。

驅魔越來越喧鬧，但聲音並沒有超越帕哈村的範圍。大家使用鍋蓋代替小鑼敲打，聲音自然無法與其媲美。但就在驅魔達到高潮之際，從遠處傳來馬蹄聲。隨後，騎乘褐色馬匹的農場主伊科納西歐，突然來到正陷入忘我之境的巫師面前。伊科納西歐自認為是狂熱反宗教改革家的嫡系子孫，對於發生在自己面前的光景，感到十分震驚，差點沒從馬背上掉下來。插在豬鼻子和耳朵上的一披索紙幣，首先讓他驚訝，而巫師絢麗的衣著，以及以薩滿為中心舉行的偶像崇拜場面，更讓他飽受衝擊。他毫不猶豫地拔出插在馬鞍上的長槍對空發射，馬匹被槍聲嚇到，前腿高高抬起，大聲嘶鳴。韓人則受到驚嚇，朝四方逃竄。隨後趕來的農場監工，代替主人開始搗毀供桌上擺置的所有東西。伊科納西歐追逐逃跑的巫師，女人和孩子的尖叫聲響徹整個帕哈村。他們不知道自己做錯什麼，像兔子一樣，向四方逃竄。驅魔的現場頓時亂成一團，蓋著被子的病患被監工的鞭子打到，倒在地上。

待在家裡的保羅神父聽到槍聲，立刻衝到外面。馬蹄聲、槍聲十分嘈雜，根本就成了戰場。幾個小孩逃進保羅神父的家。出什麼事了？農場主突襲了驅魔的現場。保羅神父又跑到外面，正好目睹狩獵朝鮮人的場面。遠東的薩滿竟然在眼前跑掉，農場主伊科納西歐雙眼冒火，翻遍帕哈村的各個角落。就在那時，有人跑到他面前，親切地告訴他保羅神父的居處，同時也是巫師居處的帕哈。那人正是崔善吉，保羅神父這才知道所有騷亂是誰引起的。伊科納西歐靠近保羅神父的帕哈，翹起下巴用西班牙語問道，你們的薩滿在不在裡面？保羅神父雖然聽不懂，但他知道伊科納西歐是在尋找巫師。他不祥的預感完全正確。伊科納西歐看見保羅神父沒有回話，就拿著長槍從馬背上下來，然後喀嚓一聲拉下扳機，走進帕哈。保羅神父沒有抵抗，退到一旁去。

伊科納西歐推開破舊的門，走了進去，但因為裡面太過陰暗，等了好一陣子，才能分辨事物。製作驅魔衣物所剩下的形形色色線團和布料雜亂地散放在地上，另外還留有一個小祭壇。伊科納西歐用穿著長靴的腳搗毀祭壇。天父，請饒恕他們，他們不知道自己在做什麼。伊科納西歐每踹一腳，嘴裡就背誦〈路加福音〉的章句，內心深處湧現為主做工的確信和喜悅。被徹底搗毀的脆弱祭壇終於完全倒塌，伊科納西歐緩緩環視房間，確定薩滿不在裡面後，順了順呼吸，走到屋外，再次向保羅神父詢問巫師的行蹤，可是保羅神父依舊沒有回話。伊科納西歐於是用槍托擊打神父的肚子，吐了口痰辱罵道，骯髒、汙穢、未開化的惡魔子孫！

保羅神父捂住胸口，栽倒在地上。伊科納西歐騎上馬背，馳往通向瓊麻田的道路。神父在鮮血逆流湧上食道，嘴裡吐血倒下的同時，看到許多影像。從蝟島的稻草船祭到猶加敦的病祭，所有的一切如同全景電影一樣，在腦海裡投映。保羅神父和伊科納西歐想著相同的章句，天父啊，請饒恕他們！他們不知道自己在做什麼。猶加敦的狂信徒與朝鮮的神父，在同一時間、同一場所做了相同的禱告，可是神沒有任何回應。

伊科納西歐在瓊麻田的入口遇到監工胡亞今，他說已經抓到逃逸的薩滿。伊科納西歐騎馬奔向倉庫，同時要手下趕快打電報，叫人在亞斯徹農場的翻譯過來。亞斯徹和布維納維斯塔農場的距離不遠，騎馬只要三十分鐘。伊科納西歐進入倉庫裡，意外的是巫師竟然很沉穩地坐著。首先讓伊科納西歐覺得驚訝的是，這名薩滿的外貌很平凡，和其他朝鮮勞工沒有任何不同。監工也報告說，他在瓊麻田裡比任何人都要勤勞工作。這和馬雅或阿茲特克的薩滿不同，那些人絕不工作，經常沉醉在藥物或香菸之中。伊科納西歐覺得很有意思，過了一會兒，權容俊趕到了，滿臉訝異的神情。在深夜裡把他叫來，一定是發生了什麼緊急的事，可是來了之後，才看到倉庫裡只有巫師一個人被綁著。他在來的路上還在想，是不是發生罷工、暴動或集體脫逃等事情，因此感到有點洩氣。

發生了什麼事？伊科納西歐先請權容俊喝酒。你相信神嗎？權容俊搖搖頭。伊科納西歐皺起眉頭說，你一定要相信神，你和你的家人一定會獲得救贖。權容俊淒然笑道，我的家人都死了，被丟到海裡餵魚，那是中國海盜幹的。伊科納西歐起身用誇張的動作安慰他，那正是你要依靠神的理由。權容俊不太能理解這句話，只是笑著，接著又問，到底是什麼事？我訂了簡單的規則，我給了勞工星期天可以休息的自由，以及可以參加望彌撒的權利，條件只有一個，那就是他們不可以在我的農場裡崇拜偶像，除了我主之外，絕不可事奉其他神，你們朝鮮人也和我約定好會這麼做。作為代價，我還宣布會給接受洗禮、改信宗教的人加薪百分之十。可是，伊科納西歐指著巫師，這個狡猾的傢伙竟然在半夜把我的羊群聚集起來崇拜豬頭。豬，為什麼恰好就是我主將惡魔趕進去的豬頭？在我的農場正中間，讓主日參加彌撒的那些善良百姓，對著豬頭磕頭。

聽到這裡，權容俊打斷了伊科納西歐的話，轉身向巫師問道，你驅魔了？巫師點點頭，是啊。為什麼？有人生病，所以驅魔，在這個國家，連病祭也以法律禁止嗎？倒不是這樣，但是這個農場主分明很厭惡那個，你不知道嗎？不，我知道，只是沒想到會引起這麼大的風波。那個，譯官大人，請您問主人一下，我要怎麼做，他才會消氣？

權容俊轉達了巫師的話，伊科納西歐嘻嘻一笑，把你的偶像丟棄，接受我主耶穌基督，接受洗禮以後，改變你的宗教，並且向其他人宣揚你改變了宗教信仰。我要的就只有這些，如果你假裝改變宗教信仰，代價就只有一死。我以家族的名譽發誓，一定會將你處死。你是在半夜逃到農場外面，然後被抓回來的，所以現在被視為逃犯，我如果將你處死，根據猶加敦州的法律，我會在法庭接受審判。可是有一點你必須牢牢記住，猶加敦的法官是農場主，檢察官是農場主，律師也是農場主。在這個世界上，農場主最討厭的就是違反契約逃跑的勞工。

巫師被嚇壞了，閉上眼睛，全身發抖。權容俊勸他改變宗教信仰，勸說你不就是因為厭倦巫師的生活，所以才上船的嗎？趁這個機會，徹底做個了斷吧！巫師搖搖頭說，我不能那麼做，那不是我能隨心所欲做的事，乾脆被處死還比較好。權容俊心情鬱悶，再次極力勸告他，你只要假裝一下就行了，誰要你真的相信了？你只要熬過四年就好了。巫師反而用憐憫的眼光看著權容俊，我是不可能反抗神的，只要祂不離開，我是不可能隨意叫祂來、叫祂離開的。如果真的這麼簡單，我又何必來到這裡？

那這個神還附在你的身上？巫師點點頭。聽不懂他們之間對話的伊科納西歐問權容俊，他怎麼說？他說無法改變宗教，不是討厭，而是不可能，只有附在他身上的神放棄才行。伊科納西歐問道，那個神主要做什麼事？治療人的疾病，還能預言，祂能召來死人的靈魂，跟靈魂對話。伊科納西歐直搖頭，神為什麼要做那些事情？權容俊結結巴巴地混合西班牙語和英語回答，唯有這樣，神才能玩耍，那就叫驅魔，只有驅魔，神才能興高采烈地玩耍。巫師如果說我累了，沒有人驅魔，或者什麼都不做，無聊的神就會使壞心眼，會折磨巫師說，快點來玩啊，那巫師就會生大病。

這分明是撒旦，伊科納西歐做出結論。數百年前，還有從墨西哥城請來專門驅鬼的聖職人員那種事，但現在時代不同了。伊科納西歐最後一次勸告巫師改宗，他遞給巫師十字架和《聖經》，要他發誓。巫師難過地搖頭說，這個嘛，我不是已經說過不行了嗎？伊科納西歐從監工胡亞今手上接過鞭子，權容俊從監工那裡收到翻譯費之後，隨即走到外面。巫師全身赤裸，被丟到瓊麻堆上，然後傳來將鞭子沾濕後的鞭打聲。

這些愚蠢的東西真令人厭煩啊！權容俊將拿到的酬勞分一些給馬夫，馬雅人馬夫笑逐顏開。權容俊坐上馬車，駛回亞斯徹農場。權容俊當然清楚，就好像生而為男人不是罪一樣，成為巫師也不是罪，問題是他落在這個農場。權容俊離開之後，倉庫裡的巫師在手腳遭受捆綁下，被鞭打到魂飛魄散，瓊麻莖上的刺經常將他刺醒。就在失神之際，鞭打者因為太累而休息的時候，巫師翻起白眼，朝伊科納西歐呼喊道，如果從西邊起風的話，即便是大白天也會遮住太陽；如果火光四起，聽到雷鳴聲響的話，那就會暴斃！暴斃！

那是詛咒，也是預言，只是倉庫裡沒有任何人能聽懂這個預言。猶加敦的卡珊德拉[23]口吐白沫，暈厥過去，伊科納西歐和監工把倉庫的門鎖上，回家休息。

44

尹致昊和史蒂文斯分手後，過了半個月，參加完在赤阪公園舉行的宴會，回到下榻的帝國酒店。櫃檯有一封從漢城發來的電報：「希望你立刻前往夏威夷和墨西哥，已匯進一千日圓到日本銀行。漢城。」尹致昊突然必須準備出差。到酒店找他的史蒂文斯說這太離譜了，墨西哥？一千日圓是五百美金，用這筆錢去夏威夷就已經很吃緊了。尹致昊對於政府捉襟見肘的財政狀態感到汗顏，但並沒有表現在臉上，只說還會再匯錢來的。

兩天後，尹致昊在橫濱坐上滿洲里亞號。新旅程讓他內心感到激動又沉重。夏威夷、墨西哥都是第一次去，何況不是輕鬆地踏上旅程，而是要去探視各地的移民，解決他們的問題。下午四點，汽笛響起。尹致昊站在甲板上，大陸移民公司的大庭寬一來找他，故意獻殷勤。尹致昊雖然

23　卡珊德拉是希臘、羅馬神話中特洛伊的公主，阿波羅的祭司。因神蛇以舌為她洗耳或阿波羅的賜予而有預言能力，又因抗拒阿波羅，預言不為人相信。

從一開始就很討厭這個典型的商人，卻無可奈何。大庭一直辯解，關於墨西哥的報導都是錯誤的，移民過得很好，我們大陸公司雖然反對將朝鮮移民送到夏威夷，但非常歡迎送到墨西哥。夏威夷因為有很多日本人已經站穩腳步，所以朝鮮人會很辛苦，但墨西哥的日本人不多，絕對不會有任何問題。您如果能糾正各種發生在猶加敦的錯誤傳聞，那麼您所有旅費都可以由我們來負擔。

尹致昊開始覺得不耐煩，難道只有這種承諾提供窮國官吏經費的傢伙嗎？可是大庭寬一的話中，很明顯地隱藏某種真相。那就是墨西哥移民給他們帶來巨大的收益，明明知道這件事，卻絕不推動讓日本人移民到墨西哥，僅憑這點就可以推斷，墨西哥的實情要比夏威夷惡劣太多。很顯然，大庭寬一想進行交易，他和史蒂文斯等人都很清楚，尹致昊從夏威夷和墨西哥回來之後，只要在皇帝面前美言幾句，那麼出口人力的業務就可以再次展開。

九月八日，尹致昊到達檀香山港，會見了夏威夷州長卡特和日本領事齋藤。晚上八點，他在監理會見到八十名韓人，所有人都流下眼淚，因為他們沒想到，會有那麼高階的官吏從漢城來看他們。幾天後，齋藤領事來拜訪尹致昊，告訴他兩百四十二美元已經匯進銀行帳戶，可以去提領。這是從漢城匯來的猶加敦旅行經費。尹致昊去旅行社詢問，得知墨西哥往返船票需要三百六十美元。作為國家代表來到夏威夷的尹致昊，親自去郵局拍電報回漢城：「如果要去墨西哥，還需要三百美元。」電報費用是十八美元四十八分。當天下午，他為了去探望分散在各個島嶼的韓人，離開了檀香山。

直到當年十月三日為止，尹致昊在二十五天期間，總共訪問三十二個甘蔗農場，在五千名韓人面前總共進行四十一次的演講，可以說是馬不停蹄的日程。他責備懶惰的人，鼓勵勤勞的人，並且力陳要他們信奉基督教。他去拜訪的夏威夷農場，算是狀況比較良好的，夏威夷在一八九八年併入美國，廢止了債務奴隸制度，韓人可以依據勞動條件，自由來往於各個農場。移民中有很多是基督徒和知識份子，他們幾乎無法適應農場生活，原因在於根本沒從事過農務。他們很快就前往檀香山等大城市，開始做生意或求學。很多年輕女人只看了照片就答應結婚，坐船到達之後，成為素未謀面男人的妻子。

在尹致昊看來，夏威夷的農場沒有什麼問題。工作雖然辛苦，但身為監理教徒的他認為，勞動是神賜下的祝福。問題反而在於部分酗酒、賭博、過著放蕩生活的朝鮮人。他的夏威夷旅行成為他對老百姓進行啟蒙教育的契機，他堅決相信喚醒無知、不道德和蒙昧的人們，正是自己的使命。他的這種態度獲得夏威夷農場主的熱烈歡迎，農場主之間甚至為了爭相邀請他而起衝突，甚至到了他似乎是農場主聘來的講師一樣。他主要演講的內容是努力工作、培養宗教信仰、不要爭吵、不要飲酒等主題。在演講後的幾天，會起短暫的效果，但不是基督徒的韓人，很快又回到原本的生活。勞工對於空手而來，只會嘮叨的他，很快就顯露嘲弄的態度。要不你來做一天工試試。農民看到尹致昊身穿黑色西裝、白色襯衫，坐著農場主的馬車來農場，心裡自然不是滋味。

尹致昊回到檀香山，確認是否有來自漢城的回音，但什麼都沒有。他突然陷入沉思，我一定得去墨西哥嗎？來往於類似的夏威夷農場，身體和心靈都已經疲倦不已，而且還沒有錢。要有三百美元，他的墨西哥之行才能成。他坐上滿洲里亞號，回到橫濱。

到達東京後，他從韓國公使館收到皇帝賞賜的六百日圓。皇帝依然希望他前往墨西哥。尹致昊再次發電報給外務部：「日本與墨西哥的往返旅費是一千一百六十四日圓，酒店費四百日圓，總共需要一千五百六十四日圓。日前收到四百九十日圓，再加上這次收到的六百日圓，總共是一千零九十日圓，因此不足四百七十四日圓。」他對於必須對皇帝的賞金加加減減一事，感到十分鬱悶。

第二天，十月十九日，尹致昊在帝國酒店大廳再次與史蒂文斯見面，史蒂文斯看來有些憔悴，他一邊點菸，一邊觀察四周說，有很多韓人威脅要殺我，但是我不在乎，因為沒有一個韓人有那樣的勇氣。當時，所有人都知道史蒂文斯積極為日本的利益代言，他公然在各個場合大放厥詞，說韓人沒有統治自己的能力。

尹致昊雖然向史蒂文斯力陳必須前往墨西哥的必要性，但史蒂文斯的態度和上次見面時完全不同。他坦陳，我已經向漢城發電報，不能派你去墨西哥。尹致昊問他為什麼，史蒂文斯嘻嘻一笑，林權助日本公使和我正懷疑，皇帝這麼想派你去墨西哥，真的是體恤老百姓嗎？不，皇帝只是想向全天下證明他擁有獨立的外交權而已。不是嗎？他笑了笑接著說，如果你在那裡以駐墨西哥公使自居，那我們就很尷尬了。

尹致昊沒有做任何回答，也許史蒂文斯說的是事實。那時正是大韓帝國在何處都無法獲得國家待遇之際，一進會[24]每天都敦促趕快把外交權移交給日本。他發出電報：「墨西哥出差經費尚

24 當時最大的政治團體，屬於親日組織，一九〇四年成立，一九一〇年解散。

未到達，請回函告知我是否應該回國。」

十一月二日，尹致昊離開東京，十一月六日到達釜山港，乘坐同年一月一日才開通的京釜線火車前往漢城，並在午夜之前到達。十一月八日，他拜見了皇帝，皇帝有氣無力地問他去了多遠的地方，現在住在哪裡等問題，別說墨西哥，連夏威夷的事情都沒問。尹致昊失望地退下了。皇帝的氣色十分疲勞。隔天，日本特派大使伊藤博文訪問大韓帝國，國家與王朝的存亡都操控在伊藤手中，墨西哥移民的問題自然不在皇帝的關注事項中。

十一月十七日，外務大臣朴齊純與日本公使林權助，簽訂將外交權移轉給日本的第二次韓日協約，亦即乙巳條約。尹致昊辭退了外務部協辦一職，大韓帝國事實上淪為日本的屬國。

45

保羅神父等了巫師一整夜，但他沒有回來。到了清晨，大家議論紛紛，聚集到保羅神父的帕哈。崔善吉泰然地躺在床上，好像所有事情都與自己無關。小孩子跑來說，巫師被關在瓊麻倉庫裡，徹夜遭鞭打，已經昏過去了。那條翻譯狗到底做了什麼？有人憤怒地高聲喊叫。聽說收了錢，坐上馬車回自己農場去了。狗娘養的！男人握起拳頭，女人也聚在一起，開始抱怨搗毀祭壇的農場主。再這樣下去，是不是連祭祀都不准了？被賣到這裡來已經很委屈了，還要被人打成半身不遂嗎？女人癱坐下來，開始痛苦流涕，局面迅速轉變為罷工。

崔善吉悄悄起身，抽著菸躲開了。保羅神父向議論紛紛的人們發表談話。剛開始時雖有些遲疑，但開口之後，開始變得慷慨激昂，連他自己都不敢相信，好像有人藉由保羅神父的身體說話似的。我們來這裡是為了賺錢，而不是為了被打。我們來這裡是因為肚子餓，而不是為了成為農場主的狗。他瘋了，他為了宗教瘋狂，嗜血成性。我們去讓他知道我們的厲害。

大家開始用馬切鐵和石頭武裝自己，騎馬來到附近的監工們一看苗頭不對，迅速逃逸。女人和孩子也都聚集起來，一起衝向監禁巫師的倉庫。石頭飛過去，打破倉庫的玻璃窗，看守倉庫的人大受驚嚇而逃走。男人衝過去把門打開，被鐵鏈捆綁的巫師睡著了，人們把他叫醒的時候，他驚嚇地看著大家，臉孔天真浪漫，好像不知道發生了什麼事。他赤裸的身上傷痕累累，如同毒蛇纏繞，看來就像被生擒的野豬。

第一個目標達成，群眾更加激動。從葫蘆瓶裡解放出來的怪物，開始尋找其他犧牲者。把監工打死！有人高喊，他們前往位於農場主宅邸附近的監工住處，開始丟石頭。數十顆石頭發出嘈雜的聲音，打破窗戶，落進房子裡。平時惡名昭彰的監工胡亞今，將所有門都插上門閂，躲在家裡一動也不動地苦撐著。比其他監工都要性急與粗暴的他，事實上只是剛滿二十歲的青年。石頭的洗禮持續，他被嚇得大氣不敢喘一下。他們也許有槍吧？雖然有人這麼說道，但這句話所引起的恐懼，更加刺激了男人的好戰心理，為了隱藏內心的畏懼，他們更瘋狂地攻擊胡亞今的磚房。

三、四個年輕男人衝過去踹門大喊，出來，你這狗崽子！然而大門厚重又堅固，即便如此瘋狂地踢打，依然紋絲不動。這時，有幾個人爬上屋頂，開始搬移瓦片。終於，屋頂出現漏洞，伴隨著高喊聲，男人開始往屋裡丟擲瓦片。緊接著傳來尖叫聲，胡亞今就像從洞窟裡竄出來的獾一樣，打開門閂跑了出來。他使盡吃奶的力氣跑向農場主的宅邸，一塊石頭直直地打中他的後腦杓，他也不在乎。只是任憑他哀切高喊，沉重的大門始終沒有開啟，為了避開在後方追逐的朝鮮人，他逃向農場正門的方向。

最終，七十名朝鮮人集結在農場主的宅邸前。這屋子擁有百年歷史，歷經馬雅人的暴動，農場主的宅邸簡直就是一座城堡。

砰、砰，突然槍聲四作。圍牆上端的槍孔裡露出尖銳的槍口，人們嚇得四處逃竄。狗崽子！朝鮮人蹲下身體，像老鼠一般逃往四方。砰、砰、砰，槍聲劃破黎明，傳遍農場各地。一會兒之後，從農場正門傳來嘈雜的馬蹄聲，警察騎著馬趕到。就在此時，宅邸的大門才打開，由農場主伊科納西歐帶頭，監工胡亞今、桑徹斯等人，開著槍跑出來。騎馬的警察用警棍打倒幾個逃跑的男人，然後繼續尋找獵物。農場主和監工封鎖了農場出口，防止朝鮮人逃逸。跑回帕哈的人也被警察和監工包圍，一個個被拖出來。肩膀或後背給警棍打中的，還算運氣好，有不少人的後腦杓或額頭被打到流血。保羅神父就是其中一個，因為血流進眼睛裡，他連眼睛都睜不開，被拖到伊科納西歐面前。這是不對的！他向農場主高喊。保羅神父在胸前畫十字架，然後說道，這是不對的！難道你信奉的神沒有教你要和衣衫襤褸的人、最貧窮的人、受逼迫的人在一起嗎？沒有嗎？可是回應保羅神父的，只有棍棒而已。

在布維納維斯塔農場的這個清晨，沒有任何人聽懂保羅神父的話。尤其是朝鮮人，更無法理解他的話究竟是什麼意思，對他們來說，保羅神父只是老朴而已。這個老朴不屈從於棍棒，憤然站起身來，用在檳城學過的拉丁語開始向著伊科納西歐和監工禱告。他以為很久以前就已經遺忘的主祈禱文、榮光頌、聖母頌、使徒信經，從口中流暢地背誦出來。保羅神父覺得自己此刻正在主持真正的彌撒，如果神存在的話，就會賦予自己作為司鐸的威嚴。現在正需要神的權能和奇蹟。奇異的彌撒開始，幾名監工在保羅神父呼喊阿門的時候，不自覺地在胸前畫十字架。然而，農場主伊科納西歐簡單地歸納情況說，你們看，撒旦正在褻瀆主的話語，惡魔的權能藉由他的口背誦神聖的祈禱文。

這個從遠東未開化國家來的人，穿著露出膝蓋的破衣服、破破爛爛的草鞋，一個月沒洗的頭上蝨子猖獗，竟然能流暢地背誦拉丁語祈禱文，模仿司鐸的行徑，在伊科納西歐的眼裡看來，根本就是撒旦的作為。伊科納西歐的話如同信號，一陣棍棒打向保羅。崔善吉的身影隱約投映在倒下的保羅眼裡，他站在伊科納西歐的背後，手指指向保羅。

這一瞬間，保羅清楚地明白了，他的神一定是嫉妒之神。在這場巫師引發的爭端中，祂連一次也沒有顯現權能。祂明明知道這些人在為朝鮮、日本和墨西哥犯下的罪行代贖，卻像耍脾氣的小女孩一樣滿懷嫉妒。保羅神父閉上眼睛，他知道以後不會再有人叫他保羅，從此刻起，他不再是保羅神父，只是老朴，朴光洙而已。

46

所有事端塵埃落定之後，伊科納西歐斯回到書房裡，跪在鋪著綢緞的地板上禱告。主啊，您為什麼要給我這樣的試煉？要怎麼做才能將您的福音傳給這些未開化的人呢？主啊，請賜給我在面對任何痛苦時，永遠不屈服的力量和勇氣，也請賜給我不被撒旦的誘惑和詭計欺騙的智慧。不知不覺間，伊科納西歐的眼裡流下熱淚。那些遠東的貧窮百姓，根本不知道自己要將他們引導到天國的真心，他心中熱切湧現對他們的同情和憐憫之心。

熱切的禱告結束，僕人端來剛煮好的瓜地馬拉咖啡。他喝著濃郁香醇的安提瓜咖啡，抽著基督山雪茄。僕人把痰盂端到他面前，他熟練地吐出一口濃痰。如果在平時，瓜地馬拉的馬雅人和古巴的黑人製作的咖啡和雪茄，能讓他備感幸福，可是黎明時的激動到現在尚未平息下來，他沒有心情去享受咖啡香和雪茄的味道。尤其是那個挑戰自己、瘋癲地用拉丁語背誦神聖祈禱文的傢伙，他的模樣深深留存在腦海裡。他從來沒聽爺爺、奶奶和眾多姑姑說過這樣的事。撒旦高深莫測的能力實在難以估量啊！他再次打了一個哆嗦，在胸前畫了十字架。

47

亞斯徹農場的朝鮮人，完全不知道布維納維斯塔農場發生暴動的來龍去脈。權容俊守口如瓶，他不希望在自己回去之前，亞斯徹農場發生任何混亂。中秋節到了，亞斯徹農場的朝鮮人都聚在一起，舉行祭祀。李宗道寫了祝文，並對祭祀的繁文縟節做出最終的決定。中秋節在傳統上是農民的節日，對世世代代身為漢城貴族的李宗道而言，並無特別的感懷，但他仍代表大家，最先行磕頭大禮。那是儒學者應該做的事情，最重要的是，沒有人比他更精通複雜的儒教程序。他在確認自己久違了的存在價值後，表情也為之開朗許多。祭祀自然喚起鄉愁，幾杯祭酒下肚之後，一些曾經隆重慶祝過中秋節的農民眼眶已經紅了。

權容俊沒有參加祭祀，他和農場的朝鮮人已經分外生疏。在他看來，朝鮮人就是那種只要監工一不留神就會偷懶的群體，因此不得不舉起鞭子，只有挨打才會聽話。他已經像農場主一樣思考，像貴族一樣行動。仔細一看，他的一舉一動根本就像是朝鮮的貴族。不喜歡工作，只喜歡命令，經常欺負、蔑視比自己弱勢的人，遇到有權有勢的人立刻低頭致意。趾高氣揚、昂首闊步地走在鐘路[25]街上、出入青樓的貴族，是他人生唯一的學習榜樣，因此自然有樣學樣。他得到農場

25 鐘路區是大韓帝國的政治中心，景福宮等五大宮、北村等都在這一區。

主的允許，和一個馬雅女人同居，但一逮到機會，仍會和其他女人糾纏不清。什麼祭祀、中秋節，他毫不關心。他躺在床上啃玉米，摸著馬雅女人的乳房，心裡仍想著李妍秀。

祭祀完之後，朝鮮人的話題自然轉移到李宗道寫的信。他乾咳了幾聲之後，說信都已經寫好了，馬上就會寄出去。他要大家不要太期待，但卻無法阻止人們裝上翅膀、飛向天空的期待。三、四個月後，應該能收到回信吧？也許政府已經派出官吏來了？大家期待信寄到之後，大韓帝國派遣外交官來了解他們的實際情況，並向墨西哥政府和猶加敦州長提出嚴正抗議，然後宣布契約無效，將所有人接回朝鮮。這樣的期待飛速蔓延到整個亞斯徹農場，有人甚至表明，希望日本能代替大韓帝國處理此事，但受到旁人當面訓斥後，立刻撤回意見。

李宗道回家以後，將封好的信件交給兒子鎮佑。共有三封，因為寄送有可能會出錯，所以多寫了幾封，你把這些信交給那個譯官，讓他拿去梅里達寄。鎮佑接過信件之後，去了權容俊的帕哈。赤裸的馬雅女人靜靜看著走進來的少年。權容俊接下信件說，這就是那些信嗎？少年點點頭，眼睛卻一直盯著赤裸馬雅女人的胸部。好，我會親自去梅里達寄這些信。對於像你父親這樣身分高貴的貴族來說，農場生活確實不方便，而且農場主到現在為止，應該已經回收了把朝鮮人帶來所花費的成本，不會有什麼不滿的。你別擔心，回去吧！

隔天，權容俊坐上馬車前往梅里達。他先在梅里達南方市場巷子裡的中餐廳吃了豬肉料理，吃飽喝足，心情變好之下，去了位於市政府和大教堂中間的中央公園晒太陽，並且參觀了大教堂。教堂是巴洛克風格，和漢城的東洋式建築不同，他觀賞了外觀一會兒之後，慢慢走到裡面。教堂在一五六一年開始建設，一五九八年完工，據說是使用從馬雅神殿搬來的石頭，且建立在馬雅的遺跡之上，但這些權容俊當然都不知道。令他印象深刻的，只是教堂的牆壁厚實堅硬，令人產生這以前是不是一座城堡的錯覺。彩繪玻璃將猶加敦強烈的陽光變為燦爛的色調，映照陰暗的教堂內部。教堂建立於殖民地時代，蘊含西班牙政治家和神職人員不正常的權力意志。相較於梅里達城市的規模，這座教堂毋寧是極其龐大的建築。權容俊充分領受教堂所反映的權力意志，對他而言，教堂的龐大規模和絢爛的高度才是最美的。相比之下，朝鮮一般建立在山腰的低矮寺廟充滿女性的魅力，讓人感覺到柔弱與卑微。

權容俊沿著南北貫通梅里達中心的六十號街，向北走去，又在另一座教會前面停下腳步。那是耶穌會教堂，耶穌會為了在猶加敦從事宣教和教育事業，一六一八年建立了這個教堂。伊科納西歐的祖先何塞·貝拉斯克斯，就是在這裡與自己的同志見面，只是他後來與轉向教育和宣教的耶穌會畫清界限，在猶加敦半島與馬雅人的土俗宗教展開戰鬥。權容俊在耶穌會教堂前的伊達爾高公園長椅上坐下，廣場南方是新建的克朗酒店，華麗的外觀吸引著遊客。克朗酒店的招牌上用西班牙文醒目地寫道：一九〇二年重新開業。一九〇二年……他用手指數算，原來是開業僅三年的新酒店。在梅里達經營飯店業似乎也不錯，只要有錢的話。

耶穌會教堂旁邊有大學和高中，前方的小廣場裡有數十名學生聚集在一起議論紛紛。有一個人站上稍高的花壇發表演說，贏得陣陣掌聲。以權容俊有限的西班牙語實力，幾乎完全聽不懂。然而，從內容中多次提到波費里奧·迪亞斯總統的名字，以及激動的語調來推斷，毫無疑問是關於政治的內容。頃刻間，人群聚集而至，平日極為冷清的梅里達市區突然聚集了數百名群眾，似乎變成了市集。演講者穿著合身的西裝，從他的語氣、服裝和髮型來看，應該不是底層人民，應該是成功的中產階級或農場主，乾淨的皮鞋在陽光下閃閃發光。學生和市民傾聽他的發言，在每一個重要部分，群眾都報以掌聲和歡呼聲。

演說到達高潮之際，伴隨著嘈雜的馬蹄聲，騎警從權容俊坐著的長椅前呼嘯而過。幾輛馬車跟在騎警後面，哐噹哐噹地行經柏油路。用黃金和寶石裝飾的華麗馬車轉向北邊，騎警則兵分兩路，一路繼續護衛馬車，另一路則包圍集會廣場。群眾向四方逃逸，廣場瞬間一片混亂，主要由男人形成的群眾，分散到蜘蛛網似的梅里達巷子裡。騎警吹著哨子、整理場地，沒有再追逐群眾。

權容俊抓著廣場攤販問道，他們究竟為什麼這樣？攤販毫不關心地一邊掃地一邊說，根據新的法律，十個人以上聚集在一起就是違法，只有去教會的時候例外。這條法律不是很可笑嗎？變老的獨裁者害怕了吧，這個鄉下地方能出什麼事……權容俊又問他，剛才那馬車是怎麼回事？那是猶加敦州長的馬車，他也嚇壞了吧。

鎮壓集會的騎警缺乏自信的態度，群眾的冷嘲熱諷，集會參與者充滿信心的表情，讓權容俊對墨西哥的未來產生不祥的預感。這個國家或許也撐不久了。他坐回長椅上，從皮包裡拿出李宗道苦想了幾天幾夜寫成的信件，然後慢慢閱讀。臣愚鈍，攪亂陛下的心情，真是罪該萬死。在這些形式上的問安之後，是百姓在墨西哥的各種辛苦。對於自己錯誤的判斷，他表示願意負起責任，但是實在不能眼睜睜看著無知百姓受盡苦楚，請陛下務必拯救他們。哼，權容俊冷笑一聲，朝鮮亡國的理由就是因為這些貴族。他的手連馬切鐵都沒有握過，一張口就滔滔不絕，說自己知道百姓辛苦，到底知道多少啊？一直以來就是窩在家裡背誦什麼孔子曰、孟子曰的傢伙。

權容俊點燃三封信，火舌搖曳，瞬間吞噬了信件。灰燼隨風飄散在公園的各個角落。他心情愉悅地回到農場，告訴李鎮佑信件已經寄出去，不需要擔心，耐心等候就行。他也好心地補充說，墨西哥的郵政制度不好，可能需要三個多月的時間。

48

二正和妍秀的幽會每晚持續著。大概是相信沒有任何燈光的黑暗草原能完美遮掩，他們的戀愛行為越來越大膽。最先瞧出端倪的人是尹氏，她發現女兒行跡詭異，每天晚上回家時衣服都被露水沾濕。妳到底去了哪裡？妍秀緊閉雙唇，沒有回話。尹氏沒有直接要女兒不要做哪些事情，只說在這裡不可能為妳舉行婚禮，最重要的就是忍耐，女人的生命就是忍耐、忍耐、再忍耐。妍秀生平第一次瞪大眼睛，直視著母親問道，母親，那您打算怎麼處置我？把我關在帕哈裡，然後死在廚房裡嗎？尹氏語氣頑強地說道，得回去。回哪裡？什麼回哪裡，當然是朝鮮啊！回去朝鮮以後，我給妳舉行像樣的婚禮。妍秀噗哧一笑，真的能回去嗎？尹氏毫無動搖，不管怎樣，德壽宮裡一定會有辦法的。

您知道我每天晚上出去見誰嗎？妍秀唐突地提起這個話題。尹氏捂住耳朵搖頭說，我不想聽，妳什麼話都別說，只要做好回朝鮮的準備。妍秀站起來，在帕哈裡走來走去。妳好好想想，妳如果想讓農場裡的那些賤東西蔑視妳的話，就隨便吧！可是，我的女兒啊，妳無論到哪裡都躲不了，因為所有人都在看著妳。

這是事實，妍秀即便想安靜地躲著談場戀愛，都太過醒目。在朝鮮女人中，她屬於比較高䠷的，加上圓潤豐滿的臉頰、高聳的鼻梁、細緻的眉毛，這一切都讓人印象深刻。她去農場的水井打水，只要一出現，所有人的視線都會集中在她身上。她無論走過哪裡，都會散發鹿血的味道，這比她的外貌更令人印象深刻。因此，每天晚上在草叢裡進行的情事，不可能不被發現。有關二正和妍秀的傳聞，很快在亞斯徹農場不到八十人的移民之間傳遍。

鎮佑也察覺到姊姊陷入熱戀，消息轉來轉去，最後才傳進他的耳朵裡。他看到姊姊從水井回來之後，應該裝滿水的水缸卻空空如也。為什麼偏偏挑了個跟乞丐沒兩樣的孤兒啊？為什麼權容俊就不行呢？如果跟權容俊交往，所有人不是都能過上舒服的日子嗎？當天晚上，他擋在正要溜出帕哈的姊姊前面。毫不知情的李宗道瞪大眼睛問說，什麼事？鎮佑讓開了，回說沒什麼。李宗道乾咳了兩聲，訓斥兩姊弟，即便是兄弟姊妹之間也是男女有別的。妍秀放棄了外出打水，坐在燠熱的帕哈裡，受母親尹氏和弟弟輪流監視。繡針幾次刺傷她的手，暗紅的鮮血沾濕她的衣袖。

結束一天的工作後，二正推著鐵軌上的平板車往前走，農場監工費南多和權容俊跟在他後面。

二正徹夜在草叢裡等候妍秀，幾乎沒怎麼睡，因此臉色十分憔悴。他把瓊麻束交給倉庫前的會計之後，被權容俊帶進辦公室。容俊向二正說道，工作很辛苦吧？二正回答不會。費南多直盯著二正，用他聽不懂的西班牙語說著什麼，二正清楚聽到話語中間出現大農場這個單字，直覺會發生不好的事。權容俊噗嗤一笑，將費南多的話翻譯給二正聽，他說別擔心，會讓你去更好的地方，只是離這裡比較遠罷了。

不會吧？我才來這裡多久？權容俊接過費南多手裡的合約書，給二正看了看，那些密密麻麻的西班牙文句，二正當然看不懂。至少四年期間由主人做主，走好，外面馬車已經來了，你就馬上離開吧！二正往外看了一眼，馬夫真的在給灰色的馬梳理鬃毛。我去帕哈拿行李。權容俊搖搖頭，拿什麼行李……你立刻坐上馬車就行了，到了那裡什麼都有，那幾件送給乞丐都不會要的髒衣服，以後會寄給你。

我一個人去嗎？權容俊點點頭，二正猛然從位子上站起來，想衝向外面，卻被已經等在門口的費南多抱住腰部，幾名工頭和監工將二正拉上馬車，給他戴上腳鐐。二正在被抓住的狀態下，繼續掙扎，這讓他的手臂和雙腿添了不少傷口。這傢伙真沒禮貌啊！權容俊用木棒抽打二正的背脊。不少朝鮮人將瓊麻束交給會計清點後，在回帕哈的途中看到這一幕，卻都只是出神地觀望而已。有幾個人還冷嘲熱諷地說，乳臭未乾的傢伙竟然先懂得女色，這回可有你好看的了。

載著二正的馬車即將跨越農場邊界的時候，石錫高聲喊叫，倉皇地跑了過來，手上拿著裝有二正的衣服和生活用品的小包袱。這些你拿著……二正接過後，用力和石錫握手。不知道什麼時候才能再見面了。二正對石錫說，你一定要轉告她，不管我去哪裡，我一定會回來，一定會回來接她。

石錫不能越過農場的邊界，只好站在石灰岩拱門下揮手，直到二正消失為止。馬車一顛一顛的走了兩個多小時之後，在一座農場的入口放下二正。從農場裡走出來的工人帶著二正走進裡面，工人告訴二正來到了何處。這個大農場的名字是千切，主人是唐．卡洛斯．梅內姆。

49

梅內姆當時不在農場裡，他在墨西哥城和朋友見面，談論政治情勢。從聲討三句不離科學的所謂「科學家集團」開始，一直持續到批判波費里奧．迪亞斯總統過分的親美政策。梅內姆將菸斗的灰燼彈落在菸灰缸裡，同時提高聲量說，那些傢伙每句話的結尾都提到奥古斯特．孔德[26]，那個該死的老傢伙怎麼會了解墨西哥的實際情況？還不是想滿足自己的貪慾。狡猾的傢伙，所以總是我們這些有良心的人吃虧。

站著喝大吉嶺茶的青年，手上端著茶杯，微微一笑反駁梅內姆，您的瓊麻農場工人也這麼想

26 Auguste Comte，1798~1857。十九世紀法國著名的哲學家，也是社會學、實證主義的創始人。

嗎？梅內姆片刻都不猶豫地回答，當然！在猶加敦再也沒有第二個農場主像我一樣慈悲，那你的甘蔗農場呢？青年聳聳肩，我們無論對工人再怎麼好，都是有限度的。我們並非西班牙的貴族，只是墨西哥的企業家而已，如果不能創造利潤就得關門，因此不得不催趕那些懶惰的工人。您想想看，隔壁農場運來一批根本就是免費工作的中國苦力，在使喚完之後，又以便宜的價格賣到美國，有哪一個農場主會笨到拒絕呢？歸根結柢就是競爭，不是嗎？而且我們還必須跟古巴和多明尼加的黑鬼競爭。

那正是迪亞斯，不，是那個科學家集團的論理！競爭，競爭，競爭！留著紅色鬍鬚的中年紳士漲紅著臉加入爭論。青年將裝著大吉嶺茶的英國瓷杯遞給僕人，然後微微一笑說，所以呢？我們都是農場主，只要有機會的話，不管是從菲律賓還是廣東，都想把這些勞工弄來使喚。不，這和我們的愛好無關，即便討厭還是得做，就好像理髮一樣！當然，沒有人因為他牽強的比喻而笑出來。

專制本身就是錯誤。一名女士一直安靜聽著男人交談，這時開口說，迪亞斯讓我們即便是進口勞工，也要栽種甘蔗、瓊麻和樹膠，你們也知道，他還引進外國資本，經營農場。梅內姆呼應她的發言，對，猶加敦也有美國人經營的農場，倒楣的美國佬！那名女士繼續說道，他說墨西哥絕對需要大農場，可那是謊言。美國人一定很高興，因為可以在墨西哥生產價格低廉的農產品，再從維拉克魯茲港將其裝載、運走，用昂貴的價格出售到歐洲。在這個過程當中，那些面積相當於荷蘭、比利時的大農場持有人，以及墨西哥城的科學家集團賺了大把的鈔票。最後只有美國和迪亞斯那一票人賺錢，其餘的都在拚命掙扎後完蛋。墨西哥需要的不是大農場，而是民主主義。

對於她的魅力和口才，梅內姆為之傾倒。這也是我想說的，我們真是英雄所見略同啊！艾維拉夫人。真是沒想到從她那美麗的嘴唇之間，竟然會吐出如此的劇毒，可是那股狠勁卻甜美無比。是的，艾維拉夫人，我們需要的不是大農場，而是民主主義，迪亞斯已經沒希望了，這一點大家都同意吧？坐在書房四處的參加者都紛紛點頭，只是眼神之中充滿對彼此的不信任。不要大農場，要民主主義？他們的心裡都很清楚，在墨西哥沒有任何人能夠做到，他們只想要更多的農場或者更多的權力！

嗯，好的，艾維拉夫人從座位上站起來，我想跟各位介紹幾個人，下個星期都能來這裡吧？反獨裁者的集團慢慢形成了。

50

梅內姆穿梭於墨西哥城的各個反政府沙龍，忙著從事政治和談戀愛期間，在他的農場裡，監工阿爾巴羅代替優雅的農場主唱黑臉。他把逃跑途中被抓回來的鬱陵島漁夫崔春澤，囚禁在農場監獄裡，用鞭子抽打。梅內姆和朝鮮移民雖然有約在先，免費配給白米和玉米，代價是嚴懲逃跑的人，但加諸在崔春澤身上的鞭刑實在太殘酷。上次暴動的起因是農場商店，這次的導火線卻是鞭子。此外，在農場主不在的期間，勞動條件急劇惡化。以前只要日落就收工，但現在領同樣的工資，卻必須工作到很晚，在瓊麻纖維工廠裡加班。

誰都不知道膽小的老單身漢崔春澤為什麼想逃跑，以及就算逃跑成功，他想去哪裡也是疑問。他連一句西班牙話都不會說，也一直主張不能學習，說是學了西班牙話以後就回不了故鄉。問他為什麼，他總是感到厭煩似的，只是重覆同樣的話，啊，反正就是不行，學了西班牙話，就會忘記我們的語言，那我們還怎麼回去？他反問道。為了不學西班牙話，他還做了不少努力。他一直用別人聽不懂的鬱陵島方言大聲嚷嚷，工頭叫他名字的時候，他也故意裝作沒聽見。收工之後，會計問他「Cuánto cuesta?」亦即割下來的瓊麻葉有多少，他只是用手指比數字，絕對不說早已熟知的西班牙語數字。然而，他卻選了一個沒有月亮的夜晚，在所有人都酣睡的時刻，帶著好不容易攢下來、為數不多的錢，翻越過農場的鐵絲網。但是他很快被耳朵靈敏的馬雅原住民警衛發現，沒逃多遠就被抓到。

退伍軍人再次聚集在一起，天還沒亮，趙章潤、金剛力士金錫哲、矮冬瓜徐基中和沉默寡言的神槍手朴正勳，召集了所有男人。浦項的捕鯨漁夫和農民是主力，還有昨晚剛到的二正。二正並沒有心情參加任何抗爭，但以他的個性也不可能躲在家裡，靜觀情勢的發展。他很高興能見到趙章潤和其他軍人，他們即將發起的戰鬥，也讓他熱血沸騰。農場主把他當作豬狗一樣賣來賣去，讓他惱怒不已，原本自暴自棄的心情為憤怒取代，促使他投入新的局面當中。

男人這次也是用馬切鐵武裝，並且事先撿了石頭放進口袋裡。二正也分配到馬切鐵。以防萬一，他們分成三組，各自由經驗豐富的軍人帶頭。不願意參與的貴族則加以排除，小孩和女人都留在家裡。

啊！他們首先高喊著衝向囚禁崔春澤的農場監獄。守在監獄前面的守衛被他們的聲勢嚇跑了，男人打破大門，救出了崔春澤，但他已經被打到人事不省。看到他的模樣，大家更感憤怒，像上次一樣，開始湧向梅內姆的宅邸。然而，聚集在宅邸的監工和工頭，不像上次一樣好欺負，他們立刻開槍反擊。子彈掃過幾個朝鮮人的手臂和大腿，因為尚未日出，無法得知子彈是從哪裡飛過來的，只知道對方是瞄準他們手上的火把開槍，於是只得將火把熄滅，暫時後退。有幾個人丟出石頭，但面對宅邸高聳的圍牆，實在無濟於事。他們一開始撤退，阿爾巴羅率領的工頭和馬雅原住民警衛齊聲高喊，衝了出來。如同翻炒豆子的槍聲在耳邊迴響，朝鮮人的退路數次被切斷，只好跑向當初關押崔春澤的舊倉庫兼監獄。他媽的，這不就完全被囚禁了嗎？趙章潤和金錫哲一起用裡面的椅子和書桌堵住入口大門，並用木板頂住窗戶，構築防禦工事。趙章潤說道，既然事已至此，我們就堅持到最後吧！如果把我們打死，吃虧的只是把我們買來的那些傢伙，他們應該不敢朝我們這裡亂開槍的。其實這樣也好，只要我們忍耐幾天，他們就會損失慘重，最後還是會來找我們協商的。

對峙在不安的氣氛中展開，阿爾巴羅在外面對空開槍，持續施加威脅。就他的立場而言，最好是在農場主回來之前解決此事。在他看來，梅內姆只是不諳世事的政治家見習生而已，上次也是因為他根本不懂農場的現實，才會大發慈悲，決定免費提供玉米和白米，導致農場的收支開始出現赤字。趁這次機會，在梅內姆從墨西哥城回來之前，一定要削減朝鮮人的氣焰。沒想到朝鮮人躲進廢棄的倉庫裡，構築了防禦工事，準備長期抗戰。當然，因為沒有水和食物，他們不可能撐太久。問題是梅內姆。阿爾巴羅開始感到焦慮，疲倦湧現，身體好像也在發燒。他詢問工頭的意見，衝進去怎麼樣？大家都搖頭。即便他們手持長槍，但沒有一人願意衝進八十個男人手持馬切鐵聚集的倉庫裡。

51

三天過去了，阿爾巴羅的幾發子彈穿過防禦工事，射進倉庫裡面，對此極為憤怒的軍人朝外面丟石頭，擊中一個工頭的小腿，但長久的對峙讓雙方感到疲乏。對於被關在裡面的朝鮮人而言，最大的問題無非是口渴難耐。退伍軍人為了防止逃脫者發生，不停鼓舞大家的士氣，但已經有幾個人開始出現幻覺，雙手顫動。因為對彼此產生厭煩，士氣慢慢渙散。無情的陽光奇熱無比，用石灰岩磚塊建築的倉庫裡，超過攝氏四十度。脫水症狀開始出現，有幾個人已經達到很嚴重的程度。阿爾巴羅在外面喝著冰涼的水，故意刺激裡面的人說，是不是該投降了？坐在角落的農民開始撕自己的衣服。問他們在做什麼，總是不回答。趙章潤再次詢問，他們才沒好氣地回說，在做白旗呢！

這時，有人大喊，要大家安靜，於是所有人都閉上嘴。轟轟轟，是打雷聲，然後嘩啦嘩啦，開始聽到下雨聲。這是猶加敦罕見的暴雨，雨勢之強猶如用水桶直接澆灌。倉庫裡傳出歡呼聲，男人爬上橫梁，將屋頂掀開，雨水從敞開的大洞傾注而下。二正淋著雨，想起他和妍秀在雨天的幽會，以及熱氣從她的身體緩緩上騰的情景。有人想起朝鮮的雨季，有人想起雨天偷香瓜的情景，還有人想起母親。這些都是在猶加敦見不到的。

口渴的問題解決了，朝鮮人稍微悠閒起來，還有人開起玩笑。嘿嘿，不工作還能玩真不錯！有人大喊。對，對，更好，有人隨聲附和。只是豪放大笑的背後，每個人都十分不安。會不會……浦項捕鯨漁夫說道，他們，如果把我們都送回去，那怎麼辦？大家臉上的表情隨之僵化。雖然有人勉強安慰大家說，不可能的。但又有一個人問道，如果農場主大怒之下說，我不需要你們了，都滾出去，那該怎麼辦？回朝鮮的費用是多少？沒有任何人知道。二正說道，我在其他農場聽說過，要一百披索左右。

倉庫裡沉默流瀉。一百披索？不要說一百了，連有十披索的人都沒有。就算有錢，他們只要想到兩手空空回到濟物浦的情景，就覺得可怕。從二月分開始吃了這麼多苦，難道只能帶著乾裂的雙手、染上各種皮膚病的皮膚，以及晒得黝黑的臉孔回到朝鮮？

我們出去吧！農民站起身來，軍人擋住他們。現在出去就完了，再忍耐一下吧！你們剛才沒看到崔春澤的樣子嗎？一個中年農民噗嗤一笑說，我們不逃走就沒事了。金錫哲抓住那個農民的領子，大家把他們勸開了。如果我們不展現力量，他們一定會蔑視我們的，現在雖然只鞭打逃跑的人，但以後只要稍微偷懶，鞭子就會落在我們身上。爭論越發激烈，你們這些狗娘養的！農民高高舉起馬切鐵，軍人也舉刀相向，夾在中間的人就像受到驚嚇的猴子一樣高聲喊叫。氣氛險惡，隨時都有可能發生恐怖的事情。

最終解決這場緊張對峙的，竟然是一隻蚊子。事件發生在幾週之前，一隻在大農場附近水溝孵化的蚊子，跟隨人的氣味飛進農場，這隻母蚊子吸了幾個人的血，產卵之後死亡。監工阿爾巴羅正是其中之一。高舉長槍來回察看倉庫動靜的阿爾巴羅，突然腳步踉蹌，砰一聲跌倒在地。從窗戶隙縫觀察外面動態的二正，告訴大家這件事。工頭跑向倒下的阿爾巴羅，立刻把他抬走。有人說道，一定是中暑了。不會吧？他又不是沒晒過太陽，而且還戴著帽子。雖然議論紛紛，但沒有人知道正確的原因。包圍解除了，一到晚上，朝鮮人都回到自己的家。趙章潤提議回去以後，大家輪流站哨，所有人都附和同意。但是一整夜都沒有任何動靜，甚至到了凌晨四點，鐘聲都沒有響起。餓了三天的男人一整夜狼吞虎咽，吃掉許多玉米薄餅，直到日上三竿之後，才從馬雅人那裡得知阿爾巴羅罹患瘧疾，發著高燒，正與死神搏鬥的消息。

天色微亮之際，二正去找站哨中的趙章潤。二正的表情雖然陰暗，但身體猶如準備纏鬥的鬥雞，保持最高的緊張狀態。我有話想跟您說。趙章潤問他，什麼事？二正回說，我想今天晚上離開這裡。趙章潤驚訝地瞪大眼睛。

到哪裡幹活都累，我不是因為怕累才想離開。那為了什麼？我不想像豬狗一樣被賣來賣去。所以就要逃走嗎？如果被槍擊中那怎麼辦？你沒看到崔春澤嗎？那邊正亂糟糟，不知所措，現在是最好的時機。你逃走以後要做什麼？你又不會說西班牙話……可以學啊！我連日本話都學會了，還怕學不來西班牙話嗎？學了以後呢？學了以後要做什麼？我想去遠方做生意。你有錢嗎？你逃走若被逮住，我們會更不利，農場主在談判的時候，一定會以此脅迫我們。大叔，您一定要幫我啊！為什麼？我的名字不是您給取的嗎？好，那我當作不知道這件事，如果在外面混不下去，你就回來吧！我們會跟農場主說情，把逃跑期間的工作量都補上來不就行了。

二正回到房間，開始準備脫逃。趙章潤給了二正五披索，生意做成功的話，一定得還我啊。昏迷不醒的阿爾巴羅，當天下午被送到梅里達的醫院，就好像接力賽一樣，梅內姆回來了。朝鮮人持續拒絕外出工作，他們囤積糧食，準備進行長期抗戰。這次也是過分相信自己政治能力的梅內姆提議談判，他從亞斯徹農場叫來權容俊，和以趙章潤為首的罷工代表見面。梅內姆承諾不再使用導致這次問題的鞭子，但如果再有脫逃者的話，必須由所有朝鮮人支付違約金。朝鮮人乖乖同意了。另外，趙章潤、金錫哲、徐基中等退伍軍人在這次談判中，提出了重要的議題。金錫哲問道，在合約終了之前，如果想離開農場，應該支付多少錢？請您告訴我們正確的金額。這是朝鮮人被關在倉庫時，想到的談判條件。梅內姆和律師商議之後，重新回到談判桌前。梅內姆承諾，在滿兩年之前，任何情況下，朝鮮人都不得離開農場，兩年之後只要付一百披索，就可以離開。

罷工者主張一百披索太多，在冗長的談判之後，數額確定為八十披索。他們知道兩年內要存八十披索絕非易事，所以同意必須滿兩年的條件。金錫哲喃喃自語，脫身要八十披索，回大韓的船票要一百披索，何年何月才能賺到這些錢？只是能將四年的期限減為兩年，這就已經讓人充滿希望了。順利的話，可以早點從這座瓊麻農場離開，這個想像讓大家興奮不已。梅內姆一方則認為，早日解脫的承諾可以鼓舞工作熱情，因此這筆交易不算虧本。再加上使喚他們兩年之後，還能拿到八十披索，也是不錯的條件，因為屆時就算把他們賣給其他農場，也不一定能拿到這麼多錢。

為期幾天高度緊張的罷工就此落幕，幾天之後，阿爾巴羅的屍體被運回農場。朝鮮人排隊參加他的葬禮，有幾個男人還在拚命虐待自己的監工屍體前面流淚。梅內姆覺得不可思議，連吐口水都無法解心頭之恨，朝鮮人卻對他表現了最高的敬意。梅內姆把趙章潤叫來問道，你們為什麼哭？趙章潤淡淡地回答，那是我們的習俗，我們在人死之後會哭，也會喝酒吃肉，徹夜守著死者的大體，因為我們相信，唯有這樣，他的靈魂才不會回來害我們。權容俊把「害」翻譯成「報仇」。梅內姆聳了聳肩，笑著問道，死去的人怎麼會回來報仇？然而，那天他第一次給朝鮮人送去酒和豬肉。兩頭豬轉眼間只剩骨頭，朝鮮人在惡毒監工阿爾巴羅的棺木前大笑、喧嘩、喝酒，還有幾個人賭起了錢。莊嚴的葬禮變成慶典的熱鬧氣氛，梅內姆很晚才再次出現。幾個朝鮮人喝醉了，眼看就要大打出手，另一邊有人唱起了民謠。

梅內姆覺得自己被騙了，心情非常不愉快。權容俊說道，不，原本就是這樣。在朝鮮，這也是葬禮的一部分，人們覺得死者和家屬不能太過悲傷，所以製造騷亂，唱唱歌或玩滑稽的遊戲。

他們雖然不喜歡阿爾巴羅，但他們只懂得這樣的葬禮文化，所以才這樣做的。今天就隨他們去吧！

罷工圓滿落幕，農場的監視變得鬆散，加上阿爾巴羅的葬禮所造成的混亂氣氛，二正趁此空檔，翻過了農場的鐵絲網。他看著星星，走向西北方的梅里達。帶刺的灌木不斷劃傷他的小腿，凹陷的水溝讓他踩空、跌倒。他心想，在天亮之前，要盡可能逃得越遠越好，於是不停地走著。走沒多久，二正就口渴了，可是他不知道哪裡有水。才離開兩個小時，他就已經開始後悔了，地平線上的晨星好像在說，這是你能回去的最後機會了。二正徘徊許久，當遠方出現魚肚白時，他再次走向西北方。已經來不及了，就像在濟物浦登上伊爾福特號時一樣，不安和興奮同時湧上心頭。

52

過了兩個月，應該來的沒有來。李妍秀咬著手指甲，她的父親在等待高宗的回信，弟弟持續學習西班牙語，他跟在監工屁股後面，撿拾一個個單字。母親尹氏執著地思考要不要上吊，她在墨西哥迎來了閉經，也許是因為急劇的環境變化所致。雖然原因不同，但這個家裡的兩個女人幾乎同時中斷定期排卵，並且因此備受痛苦。尹氏失去食慾，只想著自殺，荷爾蒙分泌的變化引發憂鬱症，動搖她的生存意志。可是自殺並不容易，她甚至每天都在想不如遭到強暴，那就不可能得到原諒，再也沒有退路，下定決心自殺反而會更加容易。

與此相反，妍秀從沒想過自殺，她相信二正一定會回來，只是在他回來之前，自己的肚子會變大，孩子也會出生。他為什麼不在這裡，而是在別的地方呢？她不再自怨自艾，轉而冷靜地思考如何才能聯絡到他。然而，無論她再怎麼思考，若是不經由那個令人生厭的翻譯，絕對沒有別的辦法。她也不可能獨自逃出農場，去到那個地理環境完全不熟悉的千切農場。

如果自己懷孕的消息傳開來，因為羞愧之故，母親也許會自殺。在那之前，父親和弟弟一定會給她一把刀，要她自盡。乾淨地結束吧！這是妳和我們唯一的出路，除此之外，無法證明妳的清白。也許鎮佑會在我胸口捅上一刀，然後佯稱是我自盡的。朝鮮人一定會相信，向來都是如此。不，大家會願意相信的，因為那是對大家都最方便的解決方法。

一天夜裡，從瓊麻田回來的人都已睡著，三三五五喝著烈酒的人也不省人事的時候，妍秀靜靜起身，去了權容俊的家。馬雅女人坐在門外，抽著旱菸。妍秀對那個語言不通的馬雅女人卑微地笑了笑，好像在傳達自己沒有橫刀奪愛的意圖。馬雅女人似乎毫不在乎，悄悄避開妍秀的眼神，逕自仰望夜空密密麻麻的星星。她的菸味濃烈，聞起來像是燃燒艾草。

妍秀推開門進去，權容俊大吃一驚，立刻從床上起身，連衣服都沒穿好，慌張地掀開蚊帳下床。和剛才對待馬雅女人時不同，妍秀挺直身軀，看起來比權容俊高出許多，從而讓他在心理上感到壓迫。從她與生俱來的高雅氣質和態度，很難想像她會和同齡的少年，在草叢裡擁抱、翻騰。

什麼事？妍秀咬緊嘴唇，嘴唇似乎只能容許一隻螞蟻經過似的上下掀動。儘管已經下定決心，但真正見面了卻又說不出口。我懷孕了，想找孩子的爸爸，請你幫幫我，這些話她死都說不出口。權容俊絞盡腦汁，思考她找來的原因。是為了錢嗎？有可能。家裡有四口人，就靠那個不懂事的小男孩賺錢。原本圓潤的臉頰已然消瘦，曾經白皙的皮膚也失去彈性。十六歲的她就算挺起腰身，揚起下巴，依然說不出想說的話。權容俊先察言觀色地問道，是不是為了錢？她沒有回話。突然間，他感到頭腦發熱，遽然明白妍秀為什麼來這裡？為什麼在這深夜裡找上門來，如此高傲，卻只是不安地站著？但是他等待妍秀自己說出口。她在漫長的沉默中、在混亂中反覆深思熟慮之後，終於開口說道：

如果您能幫我，我絕對不會忘記您的恩惠。

第二部

一年過去了，

兩年過去了，

有人死去，也有人逃跑。

53

又到了五月，踏入墨西哥已經是第三個年頭了，但沒有人願意再提這件事。就如同進入沉默的封閉修道院一樣，人們只是安靜而單純地勞動。農場主和移民在歷經數次的罷工和暴動之後，學習到即便沒有嚴重的衝突，也能讓彼此滿意的方法。農場主接受了韓人和馬雅原住民不同的事實，從格蘭河到合恩角為止，整個拉丁美洲的韓人只有他們這群人而已，因此凝聚力非常強。加上他們由軍人、知識份子和城市居民組成，理解能力和知識水準較高，無緣無故的鞭刑無法奏效。另一方面，移民也不再和農場主對立，並非他們理解到數百個中小型規模農場，沒有章法、胡亂開發的事實，而是他們知道再也無法從農場主身上得到更多。此外，經過幾次的訴訟之後，他們痛切地領悟到猶加敦的所有制度和法律，都只對農場主有利，於是他們就像等待退伍的老兵一樣，一天一天數算日子，該做的工作毫不馬虎，同時夢想著外面的世界。

個性比較急躁的移民中，已經有人向農場主支付八十到一百披索，離開了農場。他們之中大部分去了梅里達或墨西哥城打零工，也有幾個人決心回朝鮮，權容俊是其中之一。已經能夠用西班牙語溝通的人日益增加，翻譯不像以前那麼稀罕，而他已經賺夠了，自然不想再待在炎熱的猶加敦半島。

喂，我得回去了。權容俊把甘藍菜泡菜放在薄餅上一起吃。妍秀把孩子放在小阿馬卡上，代替搖籃，輕輕地搖晃。聽到這句話，她好像被火燙到一樣，回頭看他。你怎麼可以這樣？權容俊的表情似乎早已預料到她會有如此的反應。怎麼了？狐狸臨死的時候，腦袋還朝著出生的地方呢！我想回故鄉這句話很奇怪嗎？要不然妳跟我一起回去嘛！權容俊往嘴裡塞滿泡菜薄餅。

那傢伙會回來吧？回來以後會當個好父親，權容俊奚落她。馬雅女人進來，她從晾衣繩上收回權容俊的衣服，整整齊齊疊好。兩人之間暫時陷入沉默。她雖然料到遲早會有這麼一天，但沒想到這麼快。妍秀從阿馬卡裡抱起孩子，網孔在孩子的光屁股上留下如同棋盤的痕跡。孩子看著妍秀，嘴唇一掀一動，媽媽。妍秀把孩子抱在懷裡。權容俊把頭枕在馬雅女人的大腿上說道，妳不用瞪我，做錯事的不是我吧？他明年就能回來了，只要他能避開警察、山賊和農場主。權容俊饞涎欲滴地說道，啊，想吃的東西太多了，實在受不了了，我要回去。

我不能回去，她緊緊抱著孩子。權容俊噗嗤一笑，得回去吧？妳想餓死在這裡嗎？誰來養活妳呢？妳的父母？還是妳的弟弟？

妍秀抱著孩子走到外面去，她的腦海裡一片空白，無法做任何思考。自從和權容俊發生肉體關係以後，她對任何事情都不再驚訝或驚慌失措，但這次不同，好像突然之間長大了。到目前為止，妍秀覺得權容俊雖不是好人，但也不是太壞。他剛開始很喜歡妍秀，能夠將皇族的幼女抱在懷裡的驚喜，讓他享受到無比的奢侈，妍秀的肚子大起來之後，他還說了沒有人相信的謊話，也沒有任何人當面反駁他善意的謊言。

旁邊同時睡著兩個女人呢！人們在背後指指點點。女人在水井邊遇見妍秀時，對她從士大夫家的獨生女，淪落為翻譯的小妾，露骨的表現出輕蔑。如果她幫忙撿起從洗衣盆裡掉出來的衣服，她們會將那件衣服再洗一次。她和二正的孩子也跟其他孩子合不來。由於是第一次生產，她無法順利分泌乳汁，百般尋找乳母，大家都拒絕了。只有住在一起的瑪麗亞願意讓孩子吃她的奶，服侍同一個男人，讓兩名女子之間產生奇妙的友誼。瑪麗亞的乳腺從妍秀生產的那一天開始腫脹，在妍秀的初乳還沒開始分泌之前，瑪麗亞就已經給這個屁股有明顯蒙古斑的新生兒餵奶，並且覺得非常幸福。或許她是想起自己兩個早夭的孩子，他們出生的時候屁股上也有蒙古斑，證明他們也是在非常久遠以前，越過冰凍的白令海峽，到達此地的蒙古人種後裔。瑪麗亞的行動就好像日本猴子的母猴隊長，她給孩子餵奶，但只要妍秀想抱孩子，隨時都會把孩子交回。如果妍秀在帶孩子的時候稍微不熟練，她也會劈手把孩子搶過去照顧。

妍秀帶著孩子回娘家，當然，那實在難以稱為是娘家，只是父母親居住的帕哈而已。帕哈的門開著，尹氏穿著鬆垮的裙子，坐在屋前搧著扇子。母親，她開口問候，但尹氏的態度冷淡，一句話都沒回，逕自進屋裡，並將合不太攏的門扉拉上，用力把門關緊。裡面原本傳來李宗道讀書的聲音，但突然停止，好像是在責問母親為什麼把門關上，不知道是否聽了緣由，之後他又開始讀起書來。父親，母親，我可能要回去朝鮮了。她的嘴唇動了動，但終究沒能說出話來。她抱著孩子回去了。

家人完全沒有接納她的意思。弟弟到農場滿一年之後，西班牙語實力得到認可，被賣到沒有翻譯的其他農場。尹氏的憂鬱症越發嚴重，滿腦子想的就只有自殺，但每次都失敗。李宗道沒能接獲高宗回信，放棄了對於救援的所有期待。每個月去一趟梅里達的農場幹部，開始將來自朝鮮的信件裝上馬車、運回農場發放，已經過了兩年，可是李宗道從沒收到他那位王座上高貴兄弟的來信，反而從其他來信中得知，皇帝的密使李儁申請參加海牙國際和平會議，但遭到拒絕，於是在當地切腹自殺；總理大臣李完用幫日本逼迫高宗退位，緊接著，老百姓放火燒了李完用的家；大韓帝國軍隊解散儀式在訓練院舉行；高宗終於讓位給兒子等各種消息。李宗道穿上乾淨的衣服，朝向西邊磕頭，並且傷心痛哭。他為自己過去這段期間狂妄地埋怨皇帝無能而自責，他從一開始就不在乎那個懷孕、成了翻譯小妾的女兒，只對地球背面的祖國命運感到悲痛。他每天窩在家裡，構思如何才能擊潰日本，建設強大富裕的國家。他開始在紙上寫下構思的結果，當然，那只是和現實沒有多大關聯的理想化推論。大家都嘲笑這個每天早上向西邊磕頭，晚上構思建設新國家基礎的沒落貴族，並且無不感嘆自己的愚昧，當初怎麼會將希望寄託在寫信給高宗的他身上。此時，大家只是數算日子，過一天算一天。

妍秀回到權容俊的家說道，我跟你回國吧！權容俊好像早就料到似的點點頭，妳想得對，也沒有其他方法了。權容俊已經開始整理行李了。可是我想把孩子留下來。權容俊正往包袱裡塞著什麼，不由睜大眼睛問說，妳說什麼？把孩子留在這裡？為什麼？

她淡淡地回答，我想重新開始，回到大韓以後，你送我去讀書，你不是很有錢嗎？孩子很煩人。權容俊看來並不反對，問說那孩子怎麼辦？她好像已經料到他會這麼問，說交給瑪麗亞，她不也喜歡小燮嗎？權容俊燦然而笑，要不，就這麼決定了？

他把在外面晾衣服的瑪麗亞叫進來，跟她說要把孩子交給她，並且給她一筆錢。瑪麗亞呆呆地看著妍秀，順從地點了點頭，看不出是悲傷還是快樂。妍秀抓著瑪麗亞的大手，表示感謝，然後摸著才剛開始學走路的兒子額頭，哭了起來。

那只要付妳的贖金就行了！太好了。權容俊似乎想再次確認自己的擁有權，抱住還正哭著的妍秀的腰，貼近自己的下體。瑪麗亞起身把小燮帶到外面去。妍秀雙手扶住橡樹桌子，接納緩緩進入自己肉體裡的權容俊身體。也許是太久沒有親熱，原本乾澀的身體意外地輕易開啟。權容俊俯視著自己在裙襬之間進出的性器出神，持續機械性的抽動。過了一會兒，小燮搖搖晃晃地走進房間，呆呆看著抽動中繼父的臉。瑪麗亞跟著進來抱起小燮，注視兩人。妍秀向瑪麗亞笑了笑，瑪麗亞也笑著走了出去。權容俊表情平靜地射了精，性器離開妍秀的身體，精液順著陰道流下來的那一瞬間，她只覺得過去幾年的所有事情，都經由自己肉體的洞口流瀉而出。這些想法讓她如釋重負，就在那時，她不自覺地放了一聲響屁。這個意外的騷動嚇了兩人一大跳，權容俊呵呵大笑，躺倒在床上，她也倒在容俊身上，掩住臉孔。他掌摑妍秀的屁股，於是她又放了一個屁。這給妍秀帶來奇異的舒適感，彷彿兩人之間起起伏伏的恩怨情仇，猶如一場鬧劇一般。她身體裡緊繃的某種東西，似乎完全鬆綁。她第一次哈哈大笑，盡情享受自己肉體的戲劇性。權容俊把瑪麗亞叫進來，瑪麗亞擠進兩人中間，撫摸容俊頹然無力的性器。乍看之下，這三人還真像是幸福的一家人。

54

墨西哥的獨裁者迪亞斯總統在接受美國《皮爾森雜誌》的記者專訪中表示，他已經為墨西哥的近代化和經濟成長付出最大的努力，現在因為身體衰弱，是時候交棒給新的後繼者了：「我歡迎在墨西哥共和國內出現在野黨，即便在野黨出現，我也不認為那是罪惡，而是祝福……我無意繼續擔任總統……我七十七歲了，已經足夠了。」

他期待當他發表這個不再出馬競選的聲明後，全墨西哥都會如野火般出現「請收回聲明」的呼喊，可是結果卻完全相反。潘朵拉的箱子打開了，以弗朗西斯科·馬德羅（Francisco Madero）為中心，全國的自由主義者開始串聯，馬德羅迅速成長為迪亞斯的政敵。執政黨內部也有人對迪亞斯的話照單全收，爭奪繼承權的鬥爭變得白熱化。迪亞斯對於自己過於相信國民痛加反省，並且立即展開行動。他指使自己的心腹組織反對不再出馬競選運動，並且毫不留情地鎮壓想阻止他參選總統的勢力。

政壇雖然立刻看穿獨裁者的意圖，但政治慾望的繮繩已經解開，像阿吉列斯・塞爾丹（Aquiles Serdán）這樣的人並不畏懼鎮壓。他曾因捲入州長選舉而坐牢，在出獄之後，正式投入反對迪亞斯連任的鬥爭中，並且組織名為「光明與進步」的自由主義者俱樂部，在他的根據地普埃布拉市開始進行運動。他參加反連任國民黨聯席會議，投票給弗朗西斯科・馬德羅，支持他成為總統候選人。

55

千切農場的退伍軍人中，金錫哲、徐基中已經付錢換回自由。他們一存夠錢，就立刻支付八十披索給農場主梅內姆，恢復了自由身，並一起前往梅里達，租了一間小房子。這個房子遠比千切農場的帕哈來得小，但舒心的程度卻無法比較。他們可以四處遊蕩，附近有比農場商店價格低廉許多的市場，尤其是發現中國餐廳和食品店，更讓他們高興。他們可以購買符合自己口味的醬料和食材，也可以做類似韓餐的菜來吃。

感覺好奇怪啊！金錫哲在房間裡滾來滾去說道，就這樣睡一整天也沒人會說什麼。徐基中挖苦他說，你不會是開始懷念農場了吧？金錫哲連忙搖手，哎！當然不是。

即便如此矢口否認，他們的身體已經習慣瓊麻農場的作息。在梅里達，他們依舊在凌晨四點醒來，起床後去到外邊，大教堂鐘塔明亮的燈光俯視著他們。身上的錢越來越少，可是在梅里達沒有什麼可以賺錢的方法。要不乾脆回國算了？但他們手裡的錢也不夠。何況就算有路費，回去以後的生活也不容易。

趙章潤決定留在農場，經過幾次罷工之後，他已經成為名副其實的千切農場代表。雖然他表面上說不能連自己都離開，事實上，內心深處蠢蠢欲動。他認為有許多韓人終究只能留在墨西哥，那麼明顯需要有一個組織，可以團結起分散在墨西哥全境的韓人。現在，各農場的合約勞工事實上是債務奴隸，但明年就會有所不同。他開始想像自己將會是那個組織的領袖。其實這裡才是沒有貧賤之分的地方，少數貴族階層出身的人，在各農場早已淪為包袱，連交付的工作都無法順利完成，自然無法掌握政治權力。與此相比，他在俄羅斯式的新式軍隊中學習過編制和組織，擁有領導統御能力和強韌的精神。也許這是他與生俱來的超凡能力，母親生他時的胎夢，據說是一隻雙頭老虎跳進她的裙子裡。如此一想，他的野心就越來越大。縱橫於滿洲和咸鏡道，攻擊、攪亂日本軍隊的義兵團體，在這裡也能創設吧？我國自古以來崇文抑武，所以才淪落到這個地步，這裡的退伍軍人多達兩百名，正是最適合創設新式獨立軍隊的地方。更何況這裡沒有日本人監視，更方便籌畫這些事情。

從那時起，趙章潤開始向周邊人士傳播自己擘畫的崇武思想。他在猶加敦農場想像出的新國家模式，比較接近一九六〇年代朴正熙少將建立的軍部政權，以及與阿拉伯勢力不斷鬥爭的以色列。以同時代而言，有些類似在中國出現的袁世凱等軍閥政治。國家由具有權威領導能力的軍人或退伍軍人統治，全力培養自主的軍事能力。在全民皆兵的制度下，所有國民都必須擔負國防義務。言論應該受到妥善的控制（他想起只會上疏的白面書生）。首先應集中全力，擊退以日本、俄羅斯為代表的周邊強大國家，只能依賴外交的高宗一黨，實在太過天真。

贊同趙章潤觀點的人越來越多。合約到期，我們離開農場之後，就合資辦個學校吧！崇尚武德，對，就叫崇武學校吧！還有，必須成立軍隊。武器呢？我們先把編制建立好，武器的問題慢慢就能解決的。美國也有可能和日本發生戰爭，不是嗎？日本都能跟俄羅斯打了，誰知道哪天就跟美國打起來了。如果這樣的話，美國會提供武器給我們，誰會比我們更清楚咸鏡道和平安道的山川江河呢？我們作為美國軍隊的成員，光明正大地回到故鄉，把日本鬼子統統幹掉。要想這麼做的話，我們必須先做好軍隊的編制工作。

趙章潤開始用文字記錄這些構想，從額頭滴落的汗珠弄濕了粗糙的紙張。

56

崔善吉騎在馬背上悠悠晃晃，心情愉快地走向瓊麻田。他戴著寬帽簷的墨西哥帽，馬鞍上插著皮鞭。從保羅神父那裡再次搶回來的十字架，在他敞開的胸前閃閃發光。遠遠看來，他就像個土生土長的墨西哥監工。他一到瓊麻田，朝鮮工人向他打招呼，他似乎懶得搭理，慢慢沿著田地繞圈。瓊麻葉無情地被馬切鐵割下來，散落在地上，女人和孩子將其捆綁在一起。所有的一切看起來都很平和。

在稍遠的地方，巫師吃力移動的模樣，映入崔善吉的眼簾。他輕輕踢了一下馬的側腹，走了過去。喂！聽到他的聲音，巫師脫下帽子看著他。陽光太過刺眼，臉孔為之扭曲。怎麼樣啊？還行嗎？巫師不斷點頭。你給我當心點，要不然的話，就會跟朴光洙一樣。

巫師在崔善吉走遠之後，咳一聲，吐了一口痰。在旁邊工作的老李走過來安慰他，狗娘養的，農場主養的走狗。巫師哀怨地瞧著萬里無雲的天空，老朴死了嗎？老李自言自語道，是啊，不是病死，也得餓死。老李憤慨地用力割著瓊麻葉，一天到晚叫我們信這個，信那個，該死的農場主，還有那個畜生竟然把病人丟在那個草棚裡，誰還會相信他們信奉的宗教啊？我們村裡的三神婆[27]也不會做這種事情。

當天工作結束，天色一黑，巫師帶著烤玉米和甘藍菜泡菜，偷偷翻越農場的圍牆，走了三十分鐘才到專門用來收容病人的草棚。勉強能遮蔽陽光的草棚裡，散發出惡臭。喂，老朴。他走到

27 韓國民間信仰中掌管懷孕、分娩和育兒的神仙。

裡面，眼眶凹陷的朴光洙．保羅躺在那裡。巫師緩緩扶起朴光洙說，你想變成孤魂野鬼啊？朴光洙搖搖頭說沒有食慾，只吃了點甘藍菜泡菜。巫師指著草原上凸起的小土堆問，那是什麼？朴光洙笑說，你知道我來這裡做的第一件事是什麼嗎？巫師瞇起雙眼，你收拾屍體了？用什麼工具？朴光洙舉起自己的兩隻手，笑得無力。

他一定是沒辦法了，總不能在屍體堆中間睡覺吧？巫師出神地望著朴光洙問說，還是一樣嗎？是啊，我好像被惡鬼壓住，渾身無力，什麼事也做不了，沒有一個地方不痛的。明明不是絕症，可是每天晚上都睡不著。我看到太多東西，一閉上眼睛就一片白色，感覺就好像有人咯吱咯吱嚼著我的骨頭一樣。

巫師閉上眼睛，表情似乎是覺得慘不忍睹。你還是聽我的話吧！只有這個辦法了，我不是喜歡這麼做，可是真的沒有辦法了。朴光洙搖搖頭說，啊，不能這樣。巫師追問，到底為什麼不行啊？朴光洙沉默了好一陣子才開口，我是天主教神父。巫師的表情沒有什麼變化，好像是說那有什麼關係？這讓朴光洙覺得舒坦。沒有人知道，我會再來的，如果不那麼做，你撐不下去的，最後還是只能接受。您要來就來吧，我又有什麼辦法？

巫師回去了，朴光洙的痛苦還在持續。到了晚上，有個女人來找他，不是布維納維斯塔農場的女人。妳是誰？女人無言地準備飯菜，白米飯、煎黃魚，旁邊擺著清脆的白菜泡菜、紅色辣椒醬、綠色辣椒、蚵醬、黃魚醬，還有蒸螃蟹。朴光洙看了女人一眼，狼吞虎咽地吃完飯。這是他夢寐已久的飯菜，撥開黃魚魚身，白色魚肉還冒著熱氣。女人去外面煮鍋巴湯，他叫住女人，母親。女人笑著搖頭，您不認識我了嗎？吃飽肚子的朴光洙比較從容地端詳女人的臉孔。女人放下盛著鍋巴湯的托盤，坐在他的身旁。他緊緊握住女人的手腕，溫暖、寧靜的感覺無法用語言形容。他閉上眼睛。遠處有一棵樹，我們在那裡見面吧！他使勁跑過去，巨大的樹木在晨霧中越來越清晰，有個巨大的東西吊在樹上搖晃，好像是被雷擊中而折斷的樹枝一樣。他知道那是什麼東西了，突然之間，如同四肢被碾過的苦痛向他襲來。那裡掛著的正是上吊而死的她，那個二十歲就成了寡婦，每天晚上在他周圍徘徊的女人。他不理解。某個清晨，她邀請沒有任何罪的他到雲霧籠罩的村子入口處，向他展示自己的屍體。難道只是為了讓他看見屍體而編織蜘蛛網等他嗎？在這樣的荒謬當中，他感到窒息。這似乎是神為了考驗並懲罰他，所設下的陷阱，他陷入誘惑的時候，審判就已經下達了。也許那以後的事情，只是按照當時的判決進行的繁瑣程序而已。

恍惚的時間再次流逝，十二個神靈騎著馬，揮舞著刀子和旗幟，衝進他住的草棚。忘了是哪一天，一個老爺爺出現在眼前，給了他飯菜，他帶著那些飯菜飛到天上，分給鳥和禽獸。後來，熊牛渡口那個可怕的巫女出現，大聲斥責他說，你逃跑也沒用，我之所以選擇你，不是因為我疼你，而是因為我需要你的身體，現在我就是來要回你的身體。從熊牛渡口逃走之後，巴勒斯坦的宗教曾經救贖過他，但對於如何面對這種情況，並沒有提供清楚的答案。最終，他和像果實一樣懸掛在樹上的女人眼神相遇，是那個為他夾黃魚肉的女人眼睛。他心頭一震，睜開眼睛，然後又將睜開的眼睛睜得更大，才發現陰濕的草棚裡什麼都沒有。沒有蝟島名產黃魚，也沒有美麗的女人。

幾天之後，巫師和十多個人一起來找朴光洙，降神祭開始了。他們為了避開崔善吉和伊科納西歐的耳目，到達時已經過了子夜。為了觀看巫師給另一名巫師主持降神祭的稀奇場面，農場裡的朝鮮人必須承擔風險。他們買通了馬雅人警衛，確認崔善吉已經睡熟，同時打聽到伊科納西歐去了梅里達，不會回來。附近其他農場也有幾個人聽到消息而來，其中包括太監金玉仙。三年之間，他消瘦了很多，毛遂自薦要吹笛子。他用墨西哥不知名野草製成的笛子，音階雖然較高，但神奇的是，吹出來的聲音很像朝鮮的笛子。因為音階高，有時聽起來令人聯想到太平簫的聲音。還有人帶來用墨西哥產的牛皮製作的長鼓。如此，降神所需的陣仗幾乎都備齊了。

在連瓊麻都不生長的荒地中央，附近沒有山，也沒有河流，視野開闊的草棚院子裡，深夜舉行的降神祭持續超過五個小時。樂師和巫師雖然從未合作過，但好像原本就是一個團隊似的，節拍配合得十分精準。宮中的樂師、仁川召喚神靈的巫師，加上山溝裡敲小鑼的農民，共同在猶敦的荒蕪之地，為以前的神父吹笛、跳舞、打擊長鼓。身心俱疲的女人受勞苦工作影響，將身體交給血液裡流淌的熟悉曲調，以及刻骨銘心的節奏。剎那間，草棚院子被超越國籍的狂亂所籠罩。大家像瘋了似的，又哭又笑。女人跳舞跳了五個小時，男人則喝酒。朴光洙神志不清，好像丟了魂似的，按照巫師的指示，讓脫就脫，讓穿就穿，要他上去就上去，要他下來就下來。朴光洙最後的幻想竟然是白馬，那匹白馬從遙遠的地平線奔馳而來，將他吞噬。他進入白馬的肚子裡，清楚看到馬的內臟。他很快就從馬肚裡出來，拿著紅、白旗，策馬奔馳，高聲呼喊我是白馬將軍。

那是熊牛渡口的巫女侍奉的神，在幻想和幻想之間，朴光洙的腦海裡閃現一個念頭，熊牛渡口的巫女剛剛死了，那是毫無根據的確信，突然閃現又稍縱即逝。

57

權容俊和李妍秀到達維拉克魯茲港時已是深夜，兩人在火車站附近找了一家旅館。由於行李太多，還得雇用挑夫。想到就要離開令人厭煩的墨西哥，容俊的心情變得很好，能夠帶上耳垂有柔軟汗毛的妍秀，更是一件愉快的事。他下去旅館一樓的酒吧喝萊姆酒，他勸妍秀也喝一點，但她拒絕了。鄰座的船員唱起自己國家的歌曲，容俊也唱了故鄉的歌謠。他還給船員買了一瓶酒，船員全都拍手叫好。

他在妍秀的攙扶下回到房間，立刻就倒頭大睡。妍秀幫他脫掉襪子和衣服，整齊疊好上衣和褲子後，放進自己的包袱裡，襪子和鞋子則丟到窗外。她又拿走他褲子口袋裡五十披索左右的錢，其他的錢容俊放在錢袋裡繫在腰間，她沒辦法拿。這些錢足以讓她回到梅里達，贖回兒子小燮。她安靜地開門下樓，穿過船員喧鬧的餐廳側門，走到旅館外，然後緩緩走進黑暗的巷子裡。她直接走向碼頭，權容俊隨時都可能會追來，她的衣服太過醒目，而且不會說半句西班牙話。

妍秀坐在街頭的長椅上，腳很疼，頭暈目眩，肚子還很餓。提著燈籠走過的巡夜人，悄悄打量這個沒見過的朝鮮女人。她拖著疼痛的身體，再次起身走向碼頭。路邊小巷子裡飄出香噴噴的氣味，味道很熟悉。她轉頭看了看，餐廳前面掛著紅燈，燈上寫著再熟悉不過的文字「廣東飯店」。她掀開紅色的門簾，走了進去。餐廳裡有個留著辮子痕跡的老中國人直直地看著她。妍秀聽不懂他說的中文，她用漢字寫下，肚子餓，可以吃飯嗎？兩人進行了簡短的筆談。不久之後，熱飯、蛋花湯端了上來。匆匆吃完之後，疲憊感卻突然湧來，而且強烈到無法抵抗的程度。老闆走過來收拾碗筷，她的臉旋即栽倒在桌子上。

如夢一般，她看到有一個男人在自己身上劇烈晃動，她的雙手卻無法動彈。然後又再次昏沉沉地睡著了。

直到第二天早晨，權容俊才知道發生了什麼事。他的憤怒到達頂點，不斷詛咒自己的愚蠢。他想妍秀肯定會回亞斯徹農場找兒子。權容俊給了旅館主人錢，要他請西裝裁縫師過來。過了幾天，西裝做好之後，他去了火車站要求退票，但遭到拒絕。他陷入短暫的猶豫，回去以後殺了妍秀又有什麼用？如果他真的那麼做，會一輩子被關在監獄裡，也不能再強拉著妍秀離開。好一個賤貨！他用所有他知道的髒話咒罵之後，心想也許她還在維拉克魯茲也說不一定，於是仔細察看碼頭和火車站附近各處。有幾個人說看過獨自行動的東方女子，可是沒有人知道她最終去了哪裡。幾天之後，權容俊終於一個人坐上了火車。

到了舊金山，他必須在當地停留一個星期，開往橫濱的船不是很多。他拉著行李走向唐人街，必須在港口的小旅館度過一個星期，實在太漫長了。他曾經從父兄那裡聽說過關於唐人街的一切事情，這裡的唐人街簡直就是中國市場的翻版。街上到處都是算命的老人、炒菜炒肉的味道、針灸師、從藥材店散發出來的甘草香味、刺鼻的香料、雙腳被綁在消防栓上掙扎著的鴨子、熊掌和西伯利亞虎牙等。越走進巷子的深處，權容俊越被安逸的感覺所吸引。一名女子走過來挽住他的手臂，那裡有他很久以前聞過的香味，至今仍讓他懷念。男人並排躺著，渾身懶洋洋地把頭轉向一側，抽著煙袋。那是鴉片。他脫掉衣服，女人用熱水為他擦身，讓他躺在床上，然後點燃鴉片遞給他。這件事實在太簡單了，就算沒有開往橫濱的船，他也能夠立刻回到故鄉。可以見到父親、母親，還可以見到哥哥們。姸秀輕輕地吸吮他的性器，啊，真是輕柔啊！妳看，離開農場是正確的，不是嗎？

權容俊回過神來，只見一名缺牙的中國女人跪著幫他倒茶。女人問道，您要走了嗎？他搖搖頭，從口袋裡掏出錢來，塞給她一大把說，再拿來吧！纏足的女人邁著小碎步出去，拿來了鴉片。等到他再次回過神來，船已經出發了。可是他並不介意，這種生活對他來說非常舒適，就好像是穿了很久的皮鞋一樣。權容俊眼前浮現那個睽違已久、穿著武官服的冷酷別監，臉上露出隱約的微笑。

姸秀醒過來的地方不是中國餐廳，而是一座大宅邸。素昧生平的中國老人拿出紙來，在上面寫著需要一個為他生兒子的小妾。姸秀鎮定地寫下自己已經有丈夫和兒子，現在正要去找他們。中國老人拿出字據給她看，上面用中文寫著交易女人的紀錄，想也知道那個女人就是自己。老男人遞給她綢緞衣服，但是她頑強地搖頭。

老男人每晚都撲向她，卻總是沒能成功。有時還進來兩個女人，抓住她的手臂和腿，但老男人始終沒能插入，癱坐在地。女人把姸秀打到瘀血，醒來以後，又讓她喝茶。喝了茶之後，她再次失去知覺，一切像是漫無止境的噩夢。

姸秀再次醒來的地方，是維拉克魯茲碼頭附近的另一家中國餐廳。她頭很痛，帶出來的行李一件不剩。矮小肥胖的男人看著她，不懷好意地笑著，然後給了她中國女人的衣服。她不再詢問。肥胖男人將字據遞給她看，在不自覺間，她的債務竟然達到一百披索。這個國家到底是怎麼回事，怎麼能這樣販賣人口？你們當初不也跟我一樣，是被賣到這個國家來的？我真是冤啊！她在紙上寫道。於是他們把紙搶走，不再給她紙筆。從那天起，她一整天都在廚房裡幹活，有時還給客人上菜。餐廳的規模不小，老闆的兒子們盯著她，預防她逃走，晚上則把房門鎖上。

客人很多，大部分是廣東出身的中國人。他們來用餐的時候，帶來各種消息。姸秀經由這些客人，稍微知道外面世界的情況。比起西班牙語，姸秀的廣東話實力飛快進步。她每晚都想著留在農場的小燮，也掛念二正。他在哪裡呢？只有回到農場才能見到他，但她始終找不到離開維拉克魯茲的方法。權容俊說得沒錯，也許跟他走才是上策……她經常後悔著。

有時她也懷念家人，如今有惡毒翻譯惡名的弟弟，幾年來鎮日做著白日夢的懦弱父親，還有罹患憂鬱症、每天只想著自殺的母親。幸運的是，老闆阿健對她的身體不感興趣，好像從一開始就不是為了這個目的。阿健的老婆連續生了好幾個兒子，他們始終保持警覺，時刻盯著這個充滿魅力的十九歲朝鮮女人。妍秀逃跑了幾次都告失敗，維拉克魯茲的警察抓過她好幾次，每次都帶回來交給阿健。

58

逃出農場之後，等待二正的是炎熱和口渴，以及其他的農場。去美國的路非常遙遠，從墨西哥南端的猶加敦到達北邊的國境為止，需要花費不少錢。他在沿途每個地方的農場工作賺錢，然後用那些錢輾轉前進。合約期間至少是六個月，條件比猶加敦好，因為不需要支付仲介的先期費用。他在樹脂、甘蔗農場，有時也在瓊麻農場工作。

幾年後，他展開墨西哥的地圖，計算自己往北部前進的速度。從梅里達到北部國界的華雷斯，他在四年期間移動了三千四百公里，也就是一天平均移動兩公里。在這期間，他見到為數眾多的墨西哥人，無論在哪裡都沒有太大不同。過去以為受苦的只有猶加敦的韓人，實在是錯覺，墨西哥全國農民的處境都大同小異。

他在到達每一個農場的時候，都會給人寫信。千切農場的趙章潤偶爾會回信給他，經由他的信件內容，得知猶加敦的韓人如何適應瓊麻農場的生活。可是一直沒有妍秀的回信，而住在同一個農場的石錫是個文盲。久而久之，二正坐在書桌前寫信的時間越來越短，他開始覺得或許自己的戀情已經遭到背叛。他漸漸變成一個索然無味的人。

終於到達華雷斯後，他開始構思逃往美國的方法。然而，他只是一個沒有護照的墨西哥移民勞工，想越過國界並不容易，必須進行充分的準備。有一次，趙章潤告訴他位於洛杉磯的韓人團體地址，那個團體名為大韓人北美總會。他一到達華雷斯，就寄信給這個團體，並且立刻收到回信。內容是墨西哥韓人的合約期限即將到期，他們正準備派兩名代表協助解決法律問題，代表即將抵達華雷斯，要二正在當地等候。

一個月後，兩個男人來找二正，其中一人名叫黃士容，另一人叫方華中。兩人穿著黑色西裝，梳著分邊整齊的短髮，抹了髮油。方華中是傳教士，黃士容則負責北美總會的事務。

黃士容問道，你說合約結束是在一個月之後吧？二正突然發起愣來，歲月真的過得這麼快嗎？方華中問道，猶加敦的情況如何？

我離開那裡已經超過三年了，不清楚現在的情況，但剛到的時候，實在是慘不忍睹。二正讓他們看了自己乾裂的雙手，這就是農場的生活。這不只是猶加敦獨有的問題，墨西哥真的沒有希望。大農場的主人賺得飽飽的，其他國民只能忍受飢餓和重度勞動。這裡的國民都已經如此，更何況是外國人，哪有我們容身的餘地？我們真是來到不該來的地方。

二正看著他們攤開的地圖，點出趙章潤所在的千切農場，以及自己待過的其他農場位置。最好先去見這個人，千切農場規模最大，而且所有人都聽從他的意見，對了，美國怎麼樣？

方華中說，大概不像墨西哥這麼惡劣。加州目前大量缺乏勞動力，工資有所提升，但還是得靠打零工才能生活。韓人同胞只有幾人開了小雜貨店，其他都大同小異。要不，你和我們一起去猶加敦怎麼樣？

不，我一定要去美國。二十歲的二正心意堅定地說道，並幫他們倒酒，但他們是虔誠的監理教徒，滴酒不沾。他倆隔天一大早就出發，前往遙遠的猶加敦。

59

退伍軍人中，金錫哲、徐基中較早獲得解脫，去了梅里達。他們告知趙章潤北美總會代表已經到達普羅格雷索港的消息。當天正好是星期天，趙章潤代表農場的基督徒向監工申請外出，監工取得他會準時歸來的保證後，同意他們外出的請求。這是每個星期日的例行活動，基督徒聚集在位於梅里達的民家做禮拜，人數多的時候，有將近七、八十名參加。當然，伊科納西歐的農場沒有人參加，他厭惡新教的程度不亞於薩滿教。然而，合約期限即將終了，如果沒有特別的事，農場主都會同意他們在星期日外出。

趙章潤等人到達梅里達時，黃士容和方華中已經到了。大家興奮地握住他們的手，抱怨自己的遭遇。他們穿著筆挺的西裝，與猶加敦的韓人不同，看來很有權勢。他們用流暢的英語和前來迎接他們的美國監理會傳教士交談，讓趙章潤等人留下深刻的印象。和他們相比，猶加敦的韓人實在慘不忍睹，臉孔因為日晒而黝黑，看起來就像牙買加的黑人，手掌乾裂彷彿像鋸過的木頭。

方華中問趙章潤，最迫切的是什麼？趙章潤毫不猶豫地說道，首先就是得拿到合約結束時會給我們的一百披索酬金，這是之前說好的。黃士容插話說，讓我看一下合約書。趙章潤、金錫哲遞上自己的合約書副本，找了好一會兒，才找到用蠅頭小字寫的字句，承諾會付一百披索。好，我們試試看，首先得雇用律師。趙章潤面露難色，我們沒有那個錢。黃士容笑道，這個錢由北美總會來支付，不過，各位在獲得自由之後，一定得加入我們的協會，還得繳會費。所有人的臉上這才綻放出笑容。

黃士容和方華中隔天去了大教堂對面的市政府，拿到登記在案的律師名單，接著前往附近的辦公室，雇用了一名律師。他們兩人和律師一起，一一拜訪不願支付一百披索的農場主，交涉相關問題。

另外還有一個重要的問題，金剛力士金錫哲代替幾天後回到農場的趙章潤說道。方華中問說，是什麼問題？金錫哲帶了兩名韓人來見他們，辛奉權和楊君保，他們和在農場裡認識的馬雅女人結婚，生了孩子，請他們幫忙務必把女人和孩子帶出來。他們說類似處境的人還有很多，拿辛奉權來說，他在四年當中有了三個孩子。方華中開玩笑說，還真勤勞啊！但沒有人笑得出來。黃士容和方華中一開始並不認為這個問題有多嚴重，他們心想，怎麼可能無法將妻小帶出來。他們決定先去見農場主，解決這個問題。他們應該從誰下手呢？熟悉猶加敦情況的人，都推薦千切農場的主人梅內姆，於是他們去了千切農場。

令人意外的是，梅內姆對於這個問題的態度十分強硬。不，與其說是強硬，不如說根本沒有商榷的餘地。他呵呵一笑，喂，在農場裡生下來的孩子就是農場主的資產，孩子母親屬於誰所有？是屬於農場主，是我的啊！好，那個女人生了孩子，那麼這個孩子屬於誰？方華中說，在我們國家，孩子是屬於父親的。梅內姆的眼睛裡充滿怒火，這裡不是你們國家，還有，你們能證明他真的是孩子的父親嗎？你們認為為什麼世界各國都讓孩子冠父姓？唯有如此，父親才會相信孩子是自己的，供他吃、供他穿、把他撫養長大。換言之，姓氏是消除父親不信任的社會代價。你們知道那是什麼意思嗎？對於自己十個月前做了某事的結果，乃至於孩子生下來，即便是在已經進入二十世紀的今天，男人依然不甚了解，能確定的只有母親把孩子生下來的事實而已。在墨西哥的農場裡，父親的存在可有可無，甚至是不需要的。你們回去梅里達問問看，法律是站在我這邊的，法律不喜歡曖昧模糊。

梅內姆用自以為是的高級幽默，擊退這些不速之客，心情變得十分愉快。相反的，回到梅里達的韓人和律師，得到了在這個問題上無法贏過農場主的結論。墨西哥和猶加敦的法律強力支持梅內姆的主張，而且所有法律專家都認為，在農場主的地盤提起訴訟，可說是毫無希望。更重要的是，另外還有名為農場自治法的特殊法律，對於農場裡發生的事，賦予農場主廣泛的裁量權。無技可施之下，男人不得不和馬雅女人分開，孩子也留在農場，成為農場主的財產。

黃士容和方華中東奔西走，終於到了五月。一九〇九年五月十二日，對於韓人來說猶如腳鐐的合約書，終於變成沒有意義的廢紙。解放的三天前，在梅里達成立了隸屬於大韓國民會北美總會的梅里達地方會。由於合約尚未終了，各農場只派出七十多名代表到梅里達。已經離開農場、獲得自由的人和農場代表流下眼淚，慶祝過了整整四年才誕生的組織。

趙章潤被選為第一任會長，他登上講臺，進行準備許久的演講。和準備的時間相比，他的演說讓人感到些許失望。由於太過激動，他的演講數次中斷，而且經常忘記演講稿的內容。仔細看他演講稿的原文，就可以推斷當天的氣氛。

「啊！今天是五月九日，也是大韓國民會下屬的大團體——梅里達地方會誕生的日子，從各處農場派遣的代表雲集於此，宛如在華盛頓召開國會時，各州議員聚集；也像法國大革命時，各州議長聚集一般。梅里達地方會成立，真是太偉大了！昨日我們沒有隸屬的團體，只能和原住民混雜相處，但從今天起，我們成為有組織、有團體的文明國家人民，這怎能不再次慶賀、歡欣鼓舞呢？國民會的設立，代表我們未來將創造早日恢復祖國的機會。」

趙章潤列舉了大家並不熟悉的美國獨立和法國大革命的例子，甚至還誇張地說要恢復大韓帝國，可見他當天有多麼興奮。趙章潤的演講剛到達高潮，台下坐立不安、焦躁等候的年輕人，就迫不及待點燃煙火。匆匆點燃的煙火，讓梅里達的夜空出現短暫的絢爛。於是，長達四年的債務奴隸生活正式畫上休止符，可是大部分的人依然留在瓊麻農場。

60

合約雖然到期，但幾乎沒有人回國，這是沒有土地之人的宿命。每個人各自有無法回國的理由，例如，沒有旅費、和馬雅女人結了婚、就算回朝鮮也活不下去。許多人都在猶加敦猶豫不定。

趙章潤在梅里達設立軍事學校，並將學校命名為崇武學校。學校以十八技[28]選手曹炳夏等平壤出身的大韓帝國軍人為主軸，他們大部分都改信基督教監理教派，在手腕上刺青。學校經費經由互助會的形式籌措。在乙巳條約簽訂四週年後的一九〇九年十一月十七日，所有人聚集在一起，舉行傳統武藝表演。在這個場合，趙章潤宣布乙巳條約的五項內容完全無效。

隔天的十八日，崇武學校一百一十名學生編為兩個小隊，統一戴著白帽子，穿著白上衣、黑褲子，佩戴黑色和紅色徽章，上街遊行。在趙章潤的口令下，旗手舉著太極旗和墨西哥國旗，走在隊伍最前方，號手和軍樂隊走在其後，接著是隊伍井然有序的年輕人，最後是老弱者。遊行隊伍經過市政府前時，猶加敦州長也出來揮手致意。獲得自由的喜悅到達極致，他們穿著乾淨的衣服，走在梅里達的中央大道，這條曾經讓他們覺得遙不可及的夢想大道，讓他們感到無比自豪。

接下來還有話劇公演。回到各自農場的前一天，坐頓農場和索斯農場的年輕人分別扮演朝鮮

28 在朝鮮後期加以體制化的十八種綜合武藝。

軍和日本軍，演出野外模擬決戰場面，現場甚至模仿了號角和砲聲。在話劇中，朝鮮軍將日本軍全員俘虜，並且得到當初被迫簽訂江華條約的賠償金。戰鬥中勝利的朝鮮軍高呼萬歲、勝利了、我們贏了，至於暫時扮演日本軍，戰敗而沮喪的索斯農場青年也不甘示弱，更大聲地呼喊大韓萬歲、大韓萬歲，慶祝他們自己事先已決定的敗北。

61

一九一〇年八月十六日，如植物一般苟延殘喘的大韓帝國，終於在歷史的灰燼中消失。日本併吞了大韓帝國，任命寺內正毅為朝鮮總督。反對併吞的自殺行為蔚為流行，席捲全國。黃玹、李根周、李晚燾、金道鉉、張泰秀等人，以不同的方法結束自己的性命。

不了解祖國實況的墨西哥移民，得知自己要歸返的國家已然滅亡的事實後備受打擊。他們取出珍藏的小紙片，因為猶加敦乾燥的氣候以及長久的流浪生活，小紙卡已然變黃。這一張曾經把他們困在濟物浦港長達一個月，由大韓帝國政府發行的粗糙護照，已經淪為無用之物。

62

一九一〇年一月時，猶加敦半島上傳染病猖獗，包括兩名新生嬰兒在內，共有五人死亡。黃士容和方華中離開梅里達，回到美國。黃士容一回去就當選為美洲大韓國民會總會長，他懷著更強烈的責任感，開始摸索可以解決墨西哥移民問題的方法。

黃士容在九月去了夏威夷，停留了九個月，陸續訪問各個島嶼，向相對而言情況較好的夏威夷韓人，說明猶加敦淒慘的情況。黃士容和夏威夷韓人，著手策畫將猶加敦的韓人集體遷移到夏威夷的大膽構思，他們訪問甘蔗農場主協會，徵詢他們的意見，受勞動力不足所苦的農場主欣然同意。他們主動向聯邦政府提出，增加雇用勞工所需的同意許可和入境許可。農場主和韓人打算等入境許可生效後，每次遷移一百名墨西哥韓人勞工。經費是最大的問題，在這個部分，夏威夷本地的韓人發揮了驚人的犧牲精神，決定負擔所有經費，並且展開募款。僅在夏威夷一地，就募得五千四百四十一美元，美國本土則募到五百三十六美元，此外，獲得承諾的捐款額也達到五千美元。

大致準備就緒後，美洲大韓國民會去函梅里達地方會，邀請四名代表到夏威夷。趙章潤、金錫哲和另外兩人於是動身前往舊金山，即將踏上耳聞已久的美國土地，讓他們興奮不已。不久前改信基督教的金錫哲老是提起摩西的故事，把他們的旅程比喻為帶領猶太民族離開埃及的「出埃及記」。《聖經》裡描寫的炎熱氣候、沙漠、辛苦的勞動、傳染病、剝削和痛苦，讓他們強烈地感同身受。同時他們也相信，神終於饒恕他們的罪惡，將寫下開始拯救他們的大歷史。黃士容和方華中被比喻為《聖經》裡的先知，對他們來說，夏威夷正是流奶與蜜的應許之地。黃士容說，那裡的氣候溫和，水量豐富，沒有乾旱，工資高，城市發達，受教育的機會也非常多。

63

梅內姆拿著旅行箱下了火車，走進普埃布拉車站，僕人荷西提著皮箱跟在他的身後。一名警官走上前向梅內姆敬禮，然後用警棍敲打荷西手上的皮箱說，讓我看一下。荷西等待梅內姆的指示，梅內姆點了點頭，他把皮箱放在桌子上面，打開讓警官檢查。皮箱裡整整齊地疊放梅內姆的衣物和書籍。警察略微看了一眼書頁問說，這是什麼書？梅內姆摸著鬍子回答，希羅多德和盧梭。警察點點頭退開，謝謝他的合作。

比起神色泰然的梅內姆，荷西有些緊張。在車站內部，警察看起來比乘客還多。走出車站，荷西小心翼翼地對梅內姆說，看樣子對方已經察覺到了，可能會有危險。梅內姆沒有回話，站在車站前方，等候說好來接他的塞爾丹家的人。他焦躁地等了許久，但一直不見人影。怎麼辦才好？

荷西再次問道。梅內姆掏出懷錶，已經三十分了，不能再這麼等下去。你去火車站前面看看有沒有乾淨的酒店，如果有的話，把挑夫帶過來。荷西跑著離開。

梅內姆一星期前接到阿吉列斯·塞爾丹的字條，大約是一九一〇年十月二十五日馬德羅在美國的聖安東尼奧呼籲武裝起義的十五天之後，距離他明示起義之日的十一月二十日，只剩一個星期。塞爾丹是馬德羅狂熱的支持者，也是梅內姆的朋友，他悄悄回到根據地普埃布拉，準備起義，並寫字條給梅內姆，勸他一起參與。紙條上寫著，將有多達五百名的自由主義者聚集在他家。然而，此刻車站前沒有任何來接梅內姆的人。

不一會兒，荷西帶來一個年老又駝背的挑夫。他扛起一個箱子，用一隻手拿著另一個，快步走向酒店。荷西提議要幫忙拿，他卻加以拒絕。酒店雖小，但很雅致，站在大廳的老闆似乎對梅內姆華麗的穿著感到訝異。客人，您應該是遠道而來吧？梅內姆點點頭，輕聲問老闆，這裡發生了什麼事？火車站裡到處都是警察。老闆搖了搖手，似乎是說別提了，然後開始細說分明。您不知道嗎？今天早上警察署長卡布利埃爾攻進塞爾丹的家，這兩人原本就是死對頭，卡布利埃爾一出示搜索票，塞爾丹立刻拔槍射擊。塞爾丹也真是太性急了，連傻瓜都看得出來，那麼多人聚集在他家，大門一打開，就有武器運到家裡。聽說他回來的時候喬裝成寡婦，因為化妝技巧太過拙劣，大家都看得出來，只是裝作不知道而已，他是貴族，又是有錢人嘛。

梅內姆接過鑰匙，假裝不感興趣地問道，所以結果怎麼樣？老闆搖搖頭，別提了，警察和州政府軍衝進去，把他們都給殺了。包括塞爾丹的弟弟馬克西莫（Máximo）在內，所有家人都被射殺，堆放在倉庫的武器全部沒收。那些聚集的自由主義者也都一樣。對了，您要用餐嗎？梅內姆擺擺手，我沒有什麼食慾，我先上去休息一下。

梅內姆真的什麼都沒吃。隔天的早報簡短地報導了塞爾丹宅邸發生屠殺事件，這讓梅內姆毛骨悚然。他把僕人荷西叫來，讓他整理行李，想儘快離開普埃布拉。荷西問道，主人要去哪裡呢？我要去聖安東尼奧。荷西臉色發紫，再次問道，您為什麼去那裡？馬德羅不就在那裡嗎？明天墨西哥的歷史將會改寫，我怎麼能悠閒地待在猶加敦那個窮鄉僻壤呢？你不想去的話，就先回農場去吧！荷西雖然哭喪著一張臉，但沒有回農場。兩人買了前往墨西哥城的火車票，要去聖安東尼奧的話，必須在那裡換乘火車。

經過兩天心煩意亂的旅程，在他們即將到達聖安東尼奧的時候，火車突然停下了。從遠處傳來槍聲，少數幾名武裝兵力越過山坡，向下移動，卻遭到穿著軍服的部隊好整以暇的攻擊。主人，這個部隊實在太可笑了，哎呀，一下子就夾著尾巴逃走了。荷西將頭伸出車窗外，大聲嚷嚷。梅內姆也看著他們，心想終於到了起義的日子，或許他們是越過國境的馬德羅部隊。把頭縮回來，小心中槍。梅內姆抓住荷西的脖子，把他拉回車廂裡。經過的站務員告訴他們，馬德羅的部隊敗給聯邦軍隊，目前正四處逃竄，證實了梅內姆的猜測。起義的日子雖然到來，而且歷經千辛萬苦到了這裡，但馬德羅的軍隊實在令人大失所望。梅內姆心裡盤算，要不要就此打道回府，但又想到好不容易才來到這裡，內心猶豫不決。火車終於到達聖安東尼奧車站。

馬德羅和眾人在哈金森酒店商議作戰計畫，面容焦慮。梅內姆遠遠地看著他，從他身上流露出高尚之人才具有的某種氣質。當馬德羅結束會議，走進大廳喝茶的時候，梅內姆走近他，向他問好。我以前見過您，馬德羅閣下，我是來自梅里達的唐·卡洛斯·梅內姆。馬德羅搖搖手，我不是什麼閣下，很抱歉，我想不起來在哪裡見過您。梅內姆攔住想轉身離去的馬德羅，我是阿吉列斯·塞爾丹的朋友，從普埃布拉趕來這裡。馬德羅的表情隨之改變，梅內姆先生，您遠道而來，一起喝杯茶吧！梅內姆坐下來，談起在火車上見到的戰鬥情況。馬德羅不在意地笑了笑說，我叔叔的部隊原本說好要從墨西哥趕來增援，結果沒有來，所以部隊才撤退的，可是其他地方的情況可不得了，尤其是奇瓦瓦的革命烈火最為猛烈。您等著瞧吧！我們不會忘記塞爾丹的犧牲，我們也接到消息，實在太慘烈了。對了，那邊怎麼樣？

梅內姆原本想實話實說，但從這個法國騙子後裔的嘴裡，卻說出與事實完全不同的謊言。他流著眼淚，彷彿自己親眼看到似的轉述大宅邸發生的屠殺事件。還說自己也英勇地參與作戰，但因為卑劣的警察署長卡布利埃爾佈下的陷阱，大部分同志都壯烈犧牲。尤其是在描述塞爾丹和他的弟弟馬克西莫被槍殺的場面時，因為過分激動，馬德羅還拍了拍他的肩膀。不知不覺間，梅內姆的周圍聚集了馬德羅的參謀和支持者，傾聽發生在塞爾丹宅邸的屠殺情況。梅內姆的情緒高漲，持續上演獨角戲。

好了，別說了，馬德羅用沉痛的聲音打斷梅內姆的話。馬德羅要求大家離開，然後平靜地對梅內姆說，您相不相信心靈感應？對於這個突如其來的問題，梅內姆有些猶豫。這個嘛，以前聽說過。總統候選人馬德羅突然望著天空說道，我相信。梅內姆第一次聽到馬德羅相信心靈感應這件事，可是馬德羅非常真摯。神透過心靈感應傳達訊息給人類，摩西等先知接收到的啟示都屬於這一類。美國人貝爾不久之前發明了電話，可是那是非常受限的通訊工具，只能讓兩個人溝通。然而心靈感應不同，在科學上已慢慢獲得證明，如果我們強烈希望某件事發生，那就能將訊息傳達給某個人或很多人。你也許不相信，我昨天很清楚地接到塞爾丹發給我的心靈感應。馬德羅把手放在胸前，那真是令人痛心的事。小時候我從一個算命仙身上，得到我會成為墨西哥總統的啟示，直到此時此刻，我從來沒有懷疑過。現在這個啟示已經成為心靈感應，傳播到墨西哥全國。如果這不是革命，什麼才是？

馬德羅曾經在法國的凡爾賽和巴黎念過五年書，還在美國的伯克萊學過農業，可以說是留學派的知識份子，但他卻親口說出心靈感應這種事情，這讓梅內姆的內心深處，對革命未來的發展產生疑慮。他在幾天之後，回到猶加敦。

64

按照黃士容和方華中告知的路線，隱居在奇瓦瓦州的金二正想越過國境時，遭到政府軍和美國國境警衛隊的槍擊，並且受了輕傷，於是他暫時放棄越過國境的念頭，停留在墨西哥境內。所剩無幾的積蓄幾乎就要用完，他對墨西哥革命已經展開的事實毫無所悉，遇到拿槍沿著山脊往德莫薩奇克進軍的卡斯楚．埃雷拉部隊時，才明白發生了什麼事情。革命軍婉轉地勸告二正加入他們的行列，並且幫忙治療他手臂上的傷口。他們充滿革命熱情，身體力行革命初期的美德，友愛和團結。革命軍成員可謂五花八門，瓊麻田的勞工、大學生、商店店員、修理工、騾子商人、乞丐、礦山勞工、牛仔、逃兵、法律專家和美國傭兵等都混雜在一起。

二正婉拒了他們的邀請，他的當務之急是去美國。他計畫在奇瓦瓦賺錢之後，再試圖前往美國。他和革命軍分手後，等候火車，但火車並沒有來。奇瓦瓦整個地區的革命熱情已然沸騰，他接連乘坐騾子和馬車，朝奇瓦瓦而去，但又被其他革命軍阻擋。革命軍強徵火車，用於運送武器和兵力。

二正遇到的革命軍領袖是帕斯夸爾．奧羅斯科（Pascual Orozco）。他曾經是商人，在奇瓦瓦西部拉著騾子運搬礦產，最大的敵人是覬覦他貨物的奇瓦瓦山賊。他在和山賊作戰中成長，對於他而言，戰鬥就是生活。他並不厭惡迪亞斯，也不喜歡馬德羅，只是對奇瓦瓦的權力者特拉沙家門的橫徵暴斂感到憤怒。他攻陷鐵路交通的要衝地格雷羅市，並且吸收龐丘．比亞（Pancho Villa）等革命軍領袖，逐漸擴張勢力，過沒多久就成為墨西哥北部最大的勢力。

二正在奧羅斯科的營地停留了幾天。革命軍中的農民對瓊麻農場的生活瞭若指掌，他們認為無論是甘蔗田還是棉花田，其實都一樣，不同的只是農場主的鬍子長度而已。農民冷笑道，你要去美國？就算你去那裡，也沒什麼不同。有錢人趾高氣揚，移民只能在甘蔗或柳橙農場裡幹到精疲力盡。即便如此，二正還是沒有放棄去美國的夢想。

幾天以後，聯邦軍攻擊奧羅斯科的部隊，重武裝的聯邦軍不斷攻打烏合之眾的革命軍。二正和革命軍一起沿著山脊逃跑，一個軍人遞給他槍支，他生平第一次開槍，感覺和第一次在吉田的廚房裡拿起菜刀時類似。從冰冷而具功能性的金屬中散發出的柔和興奮感，如同毒品一般蔓延到全身。在裝填子彈、扣動扳機的時候，多年來沉澱在身體裡的怨恨似乎也隨之飛出。他的子彈貫穿聯邦軍的大腿，射進地裡揚起一陣塵土，殷紅的鮮血和塵土混合在一起。

戰鬥結束後，奧羅斯科部隊中有許多人陣亡，然而二正沒有離開部隊，甚至還抱著槍睡覺。幾天以後，部隊接到命令，要他們襲擊回返的聯邦軍大部隊，這就是後來墨西哥革命史上記錄的馬爾帕索溪谷之戰。當天，革命軍襲擊馬丁·路易斯·古茲曼上校率領的大部隊，獲得大量戰利物資。

二正俘虜了一名政府軍士兵，從他的口袋裡搜出一根腐爛的玉米。他乞求二正放他一條生路，但二正聽不懂。二正把他帶回部隊，革命軍把政府軍士兵的衣服剝個精光，命令他唱歌。生殖器蜷縮起來的政府軍士兵唱到聲嘶力竭，革命軍才釋放他。甚至在那種時刻，革命中仍然留存幽默。

馬爾帕索溪谷之戰的勝利消息，讓全國反對迪亞斯的革命軍大為振奮，二正初嘗戰鬥勝利的滋味，但這也麻痺了他的理性。他忘記了美國、忘記了妍秀，也忘記了在所有瓊麻農場遭受過的蔑視和苦難。戰鬥的勝利中不僅有純粹的快樂，革命軍內部的氣氛也讓二正十分心儀。那和在吉田的廚房裡體驗到的滋味一樣，是一個只屬於男人的世界，不需擔負世上所有義務。他們骯髒、汙穢、嘈雜，卻有某種舒適感。

一個年老又野蠻的農民軍人詢問二正所離開的國家。

當然，那裡也有像你們一樣的人。革命軍問，他們跟誰打仗？跟日本的軍隊。為什麼打仗？因為他們把所有東西都搶走了，不久之前，我們連國家都沒了，日本併吞了我們的國家。墨西哥的革命軍想起併吞新墨西哥和德州等墨西哥北部的美國，無不義憤填膺，可是他們很快就對那個從未聽過、甚至已經消失的東方國家失去興趣。

65

一九一一年五月二十一日晚上十點，迪亞斯終於投降。馬德羅的革命軍和政府軍之間締結和平協定，內容包括：迪亞斯在五月底前下台，因革命發生的損失由政府補償，實施新任總統選舉。五月二十四日，興奮的群眾湧向總統府，設置在屋頂上的機關槍噴射出火焰。五月二十六日凌晨兩點半，疲憊不堪、疾病纏身的老獨裁者，坐上開往維拉克魯茲的特別火車，離開已經居住數十年的總統府。他在維拉克魯茲登上德國軍艦伊皮朗加號，面對前來送行的心腹維克托里亞諾・韋爾塔（Victoriano Huerta）將軍，留下了墨西哥革命期間最膾炙人口的名言：

「馬德羅把老虎放出來了。我們且拭目以待，他會如何駕馭那隻老虎。在吃盡苦頭之後，他才會明白，想治理好這個國家，只有按照我的方式。」

66

趙章潤一行抵達舊金山港，他們通過浮橋後，進入港口，接受入國審查官的簡單提問。來美國有什麼事？審查官看到臉孔晒得黝黑、身材魁梧的趙章潤時，神情有些緊張。趙章潤光明正大地回答，他經由大韓國民會的安排，即將移民到夏威夷。入國審查官又用西班牙語再次確認，趙章潤回答他們是移民的代表，入境美國是為了辦理移民的各項事宜。審查官看了一眼趙章潤和其他三人，走進辦公室，然後又出來把四人帶到一個空房間裡，並要他們坐下等候。他們在那裡待了六個小時，官員向政府報告他們的入境目的，並等候指示。最終獲致結論，美國移民局不允許以勞動為目的而入境。趙章潤沒有想到，夏威夷農場主協會尚未獲得聯邦移民局的許可。

趙章潤一行被關在移民局的保護機構裡長達四十三天，然後被押上幸運山號，強制驅逐出境。在這期間，夏威夷農場主協會和北美總會都焦急地等候他們入境，並且不斷向有關當局提出入境許可的要求。梅里達的韓人也很關心事件的結果，然而事情沒有任何進展，仍以驅逐出境的方式結束。這個差點被稱為二十世紀出埃及記的大膽計畫，最終如同泡沫破滅。拜趙章潤一行之賜，美國移民局意識到，在墨西哥的韓人移民會大舉進入美國。當時，美國政府正因為華人勞工和白人勞工之間的摩擦傷透腦筋。

他們的滯留費用和船費總共五百八十二美元八十二美分。代表團一行不但浪費了同胞的錢，而且還把事情搞砸了，他們懷著自責感，悄悄回到梅里達。然而，梅里達並不平靜，革命的狂風已經襲往梅里達。

67

一年後，馬德羅當上總統。美國不喜歡馬德羅，政局也陷入混亂。發生了軍事政變，但馬德羅沒有能力控制。單純至極的馬德羅，將鎮壓軍事政變的重任，交給自始至終效忠迪亞斯的韋爾塔將軍。韋爾塔將優秀的將領安置在錯誤的位置，卻命令無能的將領進行毫無章法的突擊，造成大量無謂的人員傷亡。韋爾塔又下令炮擊外交公使館雲集的住宅區，炸死五千多名的平民。有效彈只有兩發，一發射中軍事政變軍躲藏的西烏達迭拉要塞的門口，另一發則擊中總統府的大門。墨西哥城變成人間煉獄，到處堆滿屍體。人們千辛萬苦把屍體拉到公園，澆上石油後焚燒。令人作嘔的味道和煙氣籠罩整個市區。韋爾塔的兵力雖然比叛軍多出五倍，但他總是拖延時間，等待民眾對優柔寡斷的馬德羅怨恨升高。

韋爾塔邀請馬德羅的弟弟兼心腹古斯達沃（Gustavo A. Madero），一起喝白蘭地。韋爾塔在接了一通電話之後，對古斯達沃說，啊！我忘了帶槍來，你的槍借我用一下吧！古斯達沃天真地將佩戴在腰間的手槍遞給韋爾塔。韋爾塔一離開，一群士兵就湧了進去，逮捕古斯達沃。在同一時間，里貝羅中校率領兵力進入正召開內閣會議的會場，宣稱根據韋爾塔將軍的命令，逮捕馬德羅總統。韋爾塔將軍以電光石火的速度發動軍事政變，並以槍斃馬德羅總統的方式結束了第一幕。正如同迪亞斯說過的，猛虎狂奔出柙，暫時還沒有人能將其馴服。

68

革命的烈火持續燃燒，科阿韋拉州州長卡蘭薩（Venustiano Carranza）趕走了韋爾塔，山賊出身的革命軍領袖龐丘．比亞接連擊敗政府軍，已然成為神話。另外，三十歲的埃米利亞諾．薩帕塔藉由游擊戰，將勢力擴展到墨西哥城外，牢牢扯住政府軍的後腿。後來改變墨西哥革命走向，並且成為總統的阿爾瓦羅．奧夫雷貢（Álvaro Obregón），也率領馬雅印第安部隊接連告捷，被譽為常勝將軍。各路英雄出現，各擁一方，彷彿等待墨西哥版戰國時代的到來。墨西哥的產業和經濟卻如同沒有剎車的汽車，拚命下滑。韋爾塔重蹈迪亞斯的覆轍，在維拉克魯茲港登上德國的運輸船。

一九一四年八月十五日，奧夫雷貢的軍隊終於進入墨西哥城。勇猛的雅基印第安部隊敲著鼓，驕傲地排列在隊伍最前方。但是比亞並不承認卡蘭薩，薩帕塔也不能容忍大地主階級的卡蘭薩獲得政權。卡蘭薩和奧夫雷貢在墨西哥革命的兩大勢力夾攻下感到吃力，於是撤退到維拉克魯茲。奧夫雷貢聰明又心思細密，他在撤退時將主要民間人士全部帶走。維持鐵路和通信網的必需人員是優先對象，並且盡可能帶走眾多的神職人員，理由倒不是因為喜歡他們，而是為了把他們拉出墨西哥豪華的大教堂，要他們目睹民眾的慘狀。出發之前，他對神職人員實施身體檢查，結果發現在一百八十名的司鐸中，有四十九人罹患性病，比例達百分之二十七。

薩帕塔的農民軍先發部隊在十一月二十六日進入墨西哥城，沒有勝利的號聲，也沒有嘈雜的遊行，只是安靜地入城。薩帕塔軍隊沒有遭遇任何抵抗，順利接收了警察署等維持秩序的機關。從北部南下的比亞也在十二月四日進入墨西哥城。薩帕塔和比亞，一個曾是農民，一個曾是山賊，兩人的共同點是沒受過教育，幾近於文盲，但都精於游擊戰，並且深受民眾愛戴。兩人彼此仰慕，結結巴巴地開始了第一次會面。這兩位害羞的鄉巴佬領袖批判卡蘭薩的狡猾，並且互相推崇對方的豐功偉業。北部軍和南部軍在兩天後聯合舉行了大規模的凱旋遊行。

行進在雷弗爾馬大道上的北部軍中，有一名東方人吸引了群眾的注意，他就是金二正。二正隸屬於勝利連連的比亞北部軍隊，終於進入墨西哥的中心。經過三年的革命，他已經二十七歲了。比亞的軍隊所到之處都受到民眾的愛戴和歡迎，二正作為其中一員，也受到相同的待遇。如果是這樣的革命軍，其實也不壞。每天都在生死線上徘徊，他偶爾也會想念女人，每當這時，他都會想起妍秀，但他既然加入了革命軍，就不能隨心所欲地離開。

比亞和薩帕塔不同，他一進入墨西哥城，就開始實施恐怖政治，根據事先擬妥的名單，進行監禁和處刑，於是首都陷入極度的混亂。鮮血開始召喚鮮血，就像黑幫的暴力份子一樣，必須熟悉沒有理由的殺人方法。朝著沒有抵抗能力的人後腦杓扣動扳機的事情，每天都在持續。

如同在木板上畫出人臉，然後進行射擊訓練一樣。二正心不在焉地開槍，每當這時，他覺得自己內心的某一部分正逐漸塌陷。他認為地主該死，也相信只有大地主獲利的瓊麻農場制度，應該立刻廢止，用金錢買賣人口的骯髒奴隸制度也一樣。但很奇怪的是，那些支配階層很難抓獲，經常是開槍以後，他才發現對方是和自己差不多的小農或貧民。他們有時被韋爾塔，有時被比亞，有時被奧夫雷貢徵召而參戰，但與他們並沒有任何利害關係。二正蒙上他們的眼睛，對準心臟開槍。命令就是命令。

然而，二正熱愛比亞。比亞打死在農場強姦他妹妹的二地主後，逃到山上，成為山賊。他和薩帕塔一樣，都是文盲，而且個性衝動，天生厭惡國家、制度和法律。他雖然不是無政府主義者，行為卻如同無政府主義者。他對於建設國家之類的事情毫不關心，但這正是他的魅力所在。他憎惡地主和知識份子，並且以行動表示。他曾毫無理由地殺害數百名中國人，雖然過分，但民眾依然熱愛他隨心所欲的作風。

二正在日記上寫道，國家會永遠消失嗎？如果是的話，那又會變得如何？從革命一開始，墨西哥就已經變成沒有國家的地方，各方勢力印刷各自的貨幣，並殺死使用不同貨幣的人。殺戮召喚殺戮，具有武力的人都往墨西哥城進擊，那正是這個漫長革命的開始和終結。已經有數十萬人喪生，這究竟是因為國家的存在才發生的，抑或是因為沒有國家才發生的？過去大韓帝國雖存在過，但我們並不幸福。現在的墨西哥也一樣，無論在何處都充滿血腥味。更強大的國家，像日本、美國，為了支配弱小的國家而發動戰爭，或者支援他們的內戰。

墨西哥士兵米格爾和二正很親近，是個怪異的無政府主義者。他經常像嚼口香糖一樣，咬著廉價的雪茄。他有一次曾經說道，國家才是萬惡的淵藪，可是國家不會消失，我們就算把大地主、把那些軍事領袖趕走，完成革命，還是會有另外一群領袖掌握政權。那該怎麼辦？只能把他們殺死，想持續進行革命惟有如此，這就是永遠的革命。

如果比亞當了總統，你也會朝他開槍嗎？聽了二正的提問，米格爾噗哧一笑說，那是我的信念，政治和信念不同。薩帕塔麾下聚集了許多年輕的馬克思主義者，擔任他的參謀。相對而言，比亞麾下的人比較複雜，其中有從蘇聯、西班牙來的無政府主義者，也有德國出身的浪漫的托洛斯基主義者。二正感到混亂，然而他可以確定的是，他經歷的任何國家，甚至連比亞陣營，都不是他所嚮往的理想政體。

有一天，比亞和薩帕塔邀請各國外交官到總統府。以美國、德國、英國和法國為首的列強，都接受了革命領袖的邀約，另有很多人以生病、休假為由沒有出席。二正和幾名士兵在總統府外站崗。面對首都的華麗，革命軍顯得有些畏首畏尾，縮頭縮腳，而巨大的中央廣場讓穿著老舊軍服的游擊隊員看起來更寒酸。外交官乘坐的汽車開始陸續駛進總統府，二正面無表情地看著他們。不久，有一輛車停了下來，那是新款的福特轎車。前車門開啟，一個男人走下車後，轎車直接開進總統府裡。

是吉田。他穿著燕尾服，遲疑地走向二正，伸出了手。二正將原本握在右手的槍交到左手，和吉田握手。吉田說道，好久不見，真沒想到會在這裡見面。就是啊！他瞥了一眼二正的服裝和其他士兵，說道是比亞的部隊啊？其他士兵一臉神奇地看著用日本語交談的二正。你知道比亞在托雷翁無端殺害了兩百多名中國人嗎？二正點點頭。那你還真厲害，還待在比亞的部隊？二正用西班牙語回答，我不能用日語說關於比亞的事情，那個人，偶爾，會有很瘋狂的時候，但他沒有理由討厭中國人，他原本就很隨興，那是他的魅力。對了，您怎麼會來這裡？

我去日本領事館自首了，領事說沒有辦法逮捕我並押送回日本。他勸我要不要一起工作，所以就這樣待了下來。吉田雙手一攤笑說，怎麼樣？還不錯吧？他隨後低聲說道，我們不認為比亞和薩帕塔的政權會持續太久，你也好好想想吧。

二正面無表情地點點頭說，你說的和我沒關係，反正我是異邦人。吉田問道，是傭兵的意思嗎？二正搖頭，我是自願的，但處境沒什麼不同。總之，見到你真的很高興。吉田的臉上略微露出陰影，我們再也不會見面了吧？二正將握在左手的槍再次移到右手。準備交接的衛兵正走過來，二正向部下比了比準備撤離的手勢。也許吧！可是誰知道呢？世事難料啊！吉田抓住轉身的二正說，對了，你現在也是日本人，也就是說，你的行蹤也是我們的報告事項。你應該知道，居住在墨西哥的所有韓人，從一九一〇年起，全部都改為日本國籍。所以如果有什麼需要的，比方說需要護照，或者碰到什麼委屈的事情，你都可以到日本大使館來找我，因為保護在外國民也是使館的任務。

我還真不知道，我從來沒說過自己要當日本人。聽了二正的話，吉田笑了出來，什麼時候個人選擇過國家？很抱歉，一直都是國家選擇我們的啊！吉田拍了拍二正的肩膀，然後走進總統府。

69

伊科納西歐・貝拉斯克斯做了一個夢。一匹有翅膀的白馬從雲層之間飛奔而來，天馬美得耀眼，看來像似神所擁有的。有個看起來像天使的青年騎在馬背上，向他微笑。天使問俯臥在地上禱告的他，你能為主獻上性命嗎？他激動地連連點頭，當然，如果主願意，我怎麼會在乎這條命呢？請下令吧！主的軍隊即將出征。

他從夢中醒來，汗水浸濕了床單。這個夢太不尋常。他走到祈禱室，跪下禱告。主啊！請您吩咐，我這條性命一定獻上。他確認完農場的狀況後，讀了監工送來的報紙。墨西哥的局勢相當不尋常，驅逐了迪亞斯總統後，情勢更加混亂。喪心病狂的無神論者！伊科納西歐咬牙切齒。這些人不但換了總統，還將矛頭轉向墨西哥的地主階級、教會和神職人員。他召集了農場的士兵，其中包括穿著帥氣靴子的崔善吉。伊科納西歐說，決戰的時刻即將到來。

然而，監工或工頭並不完全同意主人的想法，有些人其實傾向於革命軍，打倒地主階級和教會有什麼不好？伊科納西歐卻堅信這些人的忠誠之心，至少有一個人會充分呼應他的期待，那就是崔善吉。濟物浦小偷崔善吉在不知不覺間，成為他最狂熱的忠僕，只要崔善吉在農場裡現身，所有勞工都會緊張起來。崔善吉的外號叫死刑執行官，他踢翻祭壇，並且鞭打前去參加監理會禮拜的人。

布維納維斯塔農場裡幾乎已經沒有韓人。合約結束之後，離開農場的人中，大部分因為找不到工作，又回到瓊麻農場，但都避開布維納維斯塔農場。由於伊科納西歐和崔善吉依然故我，恢復自由身分的勞工都對該農場避之唯恐不及。有一部分人去了古巴的甘蔗農場，還有人去了墨西哥城、維拉克魯茲和夸察夸爾克斯等大城市。崔春澤和浦項的捕鯨漁夫在夸察夸爾克斯附近的漁村落腳，他們租借漁網和漁船，出海捕魚，女人則將捕到的魚貨拿到市場出售。

石佛朴正勳也去了維拉克魯茲。他恢復自由身之後，仍在農場待了三年，存了一些錢。趙章潤雖然勸他留在梅里達，處理地方會的業務，但他選擇獨來獨往，說自己的性格不適合跟別人相處。他一到維拉克魯茲，就進了一家碼頭附近的理髮店。年邁的黑人理髮師滿臉疑惑地搖搖頭，你是從哪裡來的？從梅里達。你理過髮嗎？沒有，可是我很善於使用刀子和剪刀。黑人理髮師攤開朴正勳的手，仔細看了看問說，你在瓊麻田裡幹過粗活吧？為什麼想學理髮？朴正勳自有理由。理髮可以不用說話，白天安靜地幫別人剪頭髮，晚上回家吃飯、睡覺，這就是他夢想的生活。他說，他不需要酬勞，只是希望能學一門技術。古巴出身的老黑人爽快地接納了他。從那時起，朴正勳開始了理髮師的生活。只過了三個月，他就學會了黑人理髮師的所有技術，他尤其擅長刮鬍子，港口附近已經有他的常客。港口附近的人都叫他啞巴中國人，他在理髮店裡吃、住，還兼打掃和跑腿。

朴正勳領到第一筆薪水，是開始理髮後的第五個月。他在一天工作結束後，到街上閒逛，然後走進注意已久的中餐館，坐了下來。一個女人走過來問他要點什麼，中文不太流利，但比起話語，朴正勳更先聞到她身上的味道。他抬起頭看著女人，只覺得很面熟。女人沒有認出朴正勳，但從他的眼神裡看出了異狀。他從女人飽滿的耳垂、柔軟的汗毛，想起了她是誰。很久很久以前，那個在伊爾福特號的角落裡，安靜坐著的少女。

先開口的是妍秀。您是不是從梅里達……？朴正勳點點頭。妍秀回頭看了看老闆後問道，您住在哪裡？他告訴妍秀自己工作的理髮店位置。她壓低聲音問道，您知道梅里達的消息嗎？我在農場工作到一九一三年，幾個月前來到這裡，如此而已。先前曾經聽說，所有人都要移民到夏威夷，可是不了了之，之後大家都分散了。妍秀紅著臉，拿著抹布在桌上擦來擦去，同時偷偷往老闆方向看去。朴正勳看出她不方便說話。妍秀降低聲音問道，您有沒有聽過金二正這個人？他在伊爾福特號的廚房工作過，也曾經在亞斯徹農場暫時停留過……他當然記得趙章潤幫他取名字的那個少年。我記得，他被賣到我先前待的千切農場，曾經一起罷工過。罷工結束的那天，他拿著我朋友趙章潤給他的錢，往北邊逃走了。我們偶爾也對他的近況感到好奇，啊！對了，從美國來的黃士容和方華中代表，好像在奇瓦瓦州見過他，聽說他即將越過國境，所以他現在可能在美國吧？妍秀的臉色變得黯淡，接著問說，不好意思，您不知道有沒有聽說過我父親李宗道？朴正勳搖搖頭，我不太清楚，啊！妳有個弟弟吧？我聽說妳弟弟過得不錯，原本當翻譯，最近當上了主管，專門給農場介紹勞工，賺取佣金，現在應該還在猶加敦。

朴正勳點了菜，請妍秀也一起吃，她轉頭看了看老闆，胖胖的老闆點了頭。為了能讓她多坐一會兒，朴正勳點了很多菜，兩個人根本吃不完。妍秀覺得這個男人雖然安靜，但思慮很深，慢慢的被他吸引。不，我只是太久沒見到朝鮮人，一時心情高興而已。妍秀起身去了廚房，朴正勳獨自坐著，就著鴨肉喝完一瓶中國高粱酒，然後做了一件他生平從沒做過的事。他假裝去上廁所，擋住從廚房走出來的妍秀。走道很狹窄。妳是不是被賣到這裡的？妍秀點點頭。從瓊麻田離開沒多久的朴正勳，很快就了解所有情況。他說道，自從妻子因病過世後，我從沒有對任何女人動過心，可是見到妳之後，我覺得那些決心都沒有意義。我想和妳一起生活，我理髮的手藝相當不錯，養活妳一個人沒問題。

她一時在兩個男人之間猶豫不決。一個是她深愛的年輕男人，可是幾乎沒有回來的可能，另一個則是站在眼前的這個穩重退伍軍人。不知不覺間，中國老闆來到他們身邊，他雖然聽不懂朝鮮話，但憑著生意人的直覺，很快就掌握了情況。老闆拉著妍秀的手臂，進入餐館裡。

70

猶加敦州長阿爾瓦拉多支持卡蘭薩總統和奧夫雷貢將軍，他得知比亞和薩帕塔的軍隊占領瓊麻田，以之充實軍費的情報。在各種貨幣氾濫成災的地方，瓊麻正如同綠色黃金，也等同於美元現金，只要運送到普羅格雷索港，美國的進口公司立刻會以現金付款。州長毫不猶豫地下令將梅里達、普羅格雷索附近的瓊麻田全數燒毀。地方軍也到了伊科納西歐的布維納維斯塔農場，澆上汽油後點火燃燒。火焰隨西風蔓延到整個農場。巫師的第一個預言終於成真——如果從西邊起風的話，即便是大白天也會遮住太陽。如同預言的內容，因為瓊麻田裡竄起的黑煙，即便在大白天，四周一片漆黑，太陽也變成暗紅色。數百個瓊麻田變成黑色灰燼，勞工成為失業者。

美國農場主和瓊麻進口公司，突然間失去了瓊麻和全部財產，他們向華盛頓請求介入墨西哥革命，於是美國向維拉克魯茲附近增派了軍艦。

71

一個月後，朴正勳向黑人理髮師胡西預支了幾個月的薪資，然後走進妍秀工作的中餐館，和老闆談判。看著朴正勳的臉孔，老闆立刻看出他非常認真，而且直覺告訴他，如果等閒視之，不知道會發生什麼事情。他畢竟是只懂得追求利潤的華僑商人。朴正勳遞給老闆一百五十披索，領走了妍秀。妍秀抽泣說道，我真不敢相信，如果你沒來的話，我真不知道會變成什麼樣。

李妍秀就此展開新生活。她把行李搬進理髮店。胡西彈著吉他，祝賀兩人新的出發。音樂熱情洋溢，連頭腦清醒的人都變得瘋狂。理髮店的常客也蜂擁而至，喝酒、唱歌、跳舞。妍秀在那天第一次喝得酩酊大醉，倒在朴正勳的懷裡。

然而，太久沒有使用的東西都會退化，朴正勳的身體比他的精神遲鈍，對女性肉體完全沒有反應。結果初夜就那麼過去，朴正勳心裡大受傷害，但妍秀並沒有埋怨他，她心想，這是一件好事也未可知。她的身體雖然不是沒有被引發的情慾，但也不是非常迫切。我沒關係，妍秀抱住朴正勳安慰他。大概是酒的緣故吧？當年的神槍手喝著烈酒，沉沉睡去。

他們過得很幸福，以前的生活太過淒慘，如今日常的一切對她而言都是喜悅。她喜歡可以任意行動的自由，也喜歡晚上和朴正勳一起散步，但她還有必須解決的問題。她左盼右盼，終於在某一天開了口，我可以把孩子帶回來嗎？

對了，妳說過有一個孩子吧？有的話，當然要把他領回來。可是必須花錢，才能把他帶回來吧，妍秀咬緊嘴唇。朴正勳平靜地說，別擔心，再過兩個月就可以拿到工資，到時候，我們去一趟梅里達。

不久之後，一個穿軍服的男人走進理髮店，一屁股坐在空位上，看起來像是部下的軍人慌慌張張地跟了進來。留著帥氣黑色鬍鬚的男人說想剪頭髮，還想刮鬍子。朴正勳在他的脖子上圍上圍巾，沉著地拿著剪刀開始剪頭髮。理完頭髮，把臉刮乾淨之後，朴正勳恭敬地低下頭。奧夫雷貢將軍照照鏡子，露出笑容，說對髮型很滿意。他的部下付了錢。將軍離開之後，黑人理髮師胡西走過來，瞪大眼睛說，那個人就是奧夫雷貢將軍，卡蘭薩總統最倚重的人，現在雖被趕到維拉克魯茲，不過等著瞧吧，他一定很快就會回墨西哥城的，比亞這種山賊是贏不了他的。

從那時起，朴正勳就成了奧夫雷貢的專屬理髮師。奧夫雷貢塞給他大把卡蘭薩政府發行的革命貨幣。墨西哥各路革命軍都有自己發行的貨幣，他們禁止占領地使用別人發行的貨幣，所以人民即便擁有各種貨幣，也買不到一個像樣的東西。可怕的通貨膨脹持續著，朴正勳卻踏實地存下奧夫雷貢給的錢。他去那家曾經監禁妍秀的中餐館，拿奧夫雷貢的貨幣換回以前支付的一百五十披索。中餐館的老闆沒有拒絕奧夫雷貢的理髮師，反而再三推辭說，不用給他奧夫雷貢陣營的貨幣。朴正勳沉默地把一百五十披索甩到中餐館老闆臉上，回到理髮店。

有一天，奧夫雷貢路過射擊場時問朴正勳，聽說你原本是軍人？朴正勳回答是，奧夫雷貢隨即把旁邊士兵的美製長槍丟給他說，你打打看。朴正勳推辭說已經很久沒有射擊了，但奧夫雷貢執意要他試試。朴正勳以臥姿射擊了十發，命中一百公尺前方的目標八發。依據奧夫雷貢指示，士兵又給他十發子彈，這次則全部命中紅心。奧夫雷貢把他扶起來說，從現在起，我不用再擔心理髮的問題了。奧夫雷貢很喜歡這個話不多，但理髮技術非常好的東方人。他和雅基印第安人等土著總是維持和睦的關係，因此理髮師的國籍根本不是問題。此外，他和墨西哥沒有利害關係，幾乎不用擔心他會背叛，況且比較困難的對話，他還聽不太懂。朴正勳對奧夫雷貢說，因為有個年輕的妻子，恐怕不能跟隨您前往戰場。奧夫雷貢笑著回答，不會太久的，比亞和薩帕塔都是戰爭的業餘選手，現在雖然在墨西哥城開心笑著，但不會持續太久。你很快就可以回來，帶著年輕的妻子去吃中國菜。

72

崔善吉和伊科納西歐跪在梅里達大教堂的門口，沾著聖水畫十字架聖號。伊科納西歐的同志、耶穌會的司鐸和學生聚集在教堂裡。他們拿著武器，表情滑稽得有些悲壯。梅里達的主教祝福他們，說他們是與無神論者作戰的十字軍。然而，彌撒進行的速度奇快，阿門，阿門，阿門，緊張的情緒充斥著教堂內部。主持彌撒的主教一說完「回去傳福音吧」！隨即退到更衣室，然後從後門溜走。

經由槍眼觀察外面動靜的人既緊張又疲倦，連連打著哈欠。這時，從遠處開始出現火把。火把經過市政府和公園後，突然變多，移動的速度也越來越快。那些傢伙來了！教堂裡的高喊聲就像唱詩班的讚頌歌，在教堂裡迴蕩。裝填子彈的聲音、舉起長椅堆成路障的聲音，教堂裡像市場一樣嘈雜。崔善吉爬上鐘塔，觀察外面的情勢。教堂前面的廣場變成一片火海，開始傳來槍聲。打死地主、沒收教會的財產，火把隨著口號開始湧來。伊科納西歐的槍管冒出火花。這座教堂是摧毀原有的馬雅神殿後就地修建，如同要塞，確實難以輕易攻克。

直到那時，崔善吉才知道像伊科納西歐這種人只是少數的事實。因為他只有在布維納維斯塔農場生活過，不知不覺中，他以為大部分墨西哥人都跟伊科納西歐一樣，是宗教狂熱份子，然而事實並非如此，他們已經陷入困境。

崔善吉從鐘塔上下來，看見祭壇上的十字架，釘在上面的耶穌皺著眉頭，艱難地支撐乾瘦的身體。那時，伊科納西歐正用浸濕的毛巾讓槍身降溫，然後繼續射擊。見多識廣的崔善吉憑預感得知，別說是槍，任何手段都無法抵禦蜂擁而至的火把。他走下地下墓地，天花板和牆壁的交會處有一個歪斜的小洞，光線和空氣得以進入。他將身體擠進僅容一個人通過的換氣口，像蠶蛹一樣前進後，終點是鐵製柵欄。他用力搖晃，但無法打開。外面依然槍聲震天，他只得再次爬回原來的地方。

教堂外面的喊聲越來越大，崔善吉再次回到教堂裡。伊科納西歐正在用沙包堆成的陣地後方禱告，崔善吉在他的身邊坐下。他腦中一片混亂，進來這裡的時候，全然沒有料到情況會演變到如此惡劣的地步，這個地方完全被暴徒包圍了，而且沒有可以逃走的地方。濟物浦的小偷拿起槍，低頭看著伊科納西歐。他所信奉的神，雖然他始終未能理解，但真的趕走了原本跨坐在他肩膀上的老頭。崔善吉即便不相信神，但是相信靈驗，自從遇見伊科納西歐之後，他癲癇的症狀就沒有再發作過。肥胖的伊科納西歐和長癬的神父，在他身上灑過幾滴聖水之後，那個動不動就出現，勒住他的脖子，頻頻呢喃不著邊際的話，還把他帶到奇怪地方的該死老頭，就不見蹤影。

崔善吉經由槍眼，再次查看教堂外面聚集的火海。無路可走了。他握緊槍托，然後朝那些蜂擁而至、破壞他一生中最幸福時刻的人扣了扳機。那一瞬間，他是穿著皮革背心的監工、是主的精兵、也是狂熱宗教份子農場主的養子。給他鞭子、皮靴和墨西哥寬邊帽的是伊科納西歐和耶穌，而不是那些暴徒。伊科納西歐結束禱告，走向崔善吉，遞給他彈藥袋說，他們這些膽小鬼，只要發射幾槍，他們就會高喊聖母、耶穌，然後夾著尾巴跑掉的。別擔心，他們只要敢衝破教堂的大門，你就朝他們開槍。

崔善吉第一次做了誠摯的禱告。耶穌啊！事實上我不認識您，但是這些事情都是因您而起的，請您幫助我。

哐！轟隆隆！教堂的大門被大圓木撞開，人們衝進教堂裡。就如同堤防潰決一般，數百、數千的人潮湧進教堂。占領教堂的十字軍一起扣動扳機，可是後面的人根本不知道前方發生的殺戮，還是不斷湧入，不管再怎麼開槍都沒有用。群眾像德拉克洛瓦的畫作《自由引導人民》一樣，踏過屍體，湧入教堂裡面，只是沒有袒胸露乳的女人而已。褐色皮膚的十字軍撤退到祭壇、詩班等位置較高的地方開槍，但是狂奔而來的群眾速度更快。

路障坍塌，掠奪就開始了。人們搶走聖物、寶物、燭臺和祭衣。暴徒把守護教堂的死守派拖出去，用木棒敲打他們的腦袋。崔善吉的槍雖然打死了三個人，但沒有任何意義。槍栓從槍裡彈出，他把槍丟了，跑向鐘塔，慌慌張張地爬上去。然而，鐘塔上端已經被架上梯子爬上去的暴徒占領，看到沿著螺旋形樓梯爬上來的崔善吉，他們踢向他的胸膛。崔善吉滾了下去，當場失去知覺。

不知過了多久時間，早已遺忘的錐心刺痛和幻覺又出現在崔善吉眼前。沒有形體的陰影說道，我是代替你死去的人，我要你償命。崔善吉拚命擺手，不，誰代替誰死去？你到底是誰？是誰？陰影掐住他的脖子，我是你殺死的人的耶穌。崔善吉掙扎著問道，我犯了什麼罪？因為他們該死，所以我才殺了他們，而且在我殺死他們之前，你在伊爾福特號上就掐過我的脖子。啊，你趕快把手拿開，我快不能呼吸了。陰影說道，我的時間和你的時間不同，罪也沒有先後之分，不知道自己犯了什麼罪，這就是你的罪。

他睜開眼睛，不知道怎麼來到了廣場。肩膀極痛，好像要被扯斷，腳背也像被烙鐵燙過一樣。他環顧四周，嚇了一大跳，他竟然飄在空中！我已經死了嗎？似乎不是，人們在下面抬頭看他。他看向旁邊，伊科納西歐被綁在十字架上，躺在廣場的地上，一個禿頭男人嬉皮笑臉地用錘子朝他的手掌釘釘子。這時，崔善吉才知道為何肩膀會這般疼痛。他雙臂平伸，掛在十字架上，因為重力的緣故，身體總是往下墜。從手掌流出的鮮血沾濕腋下，被鐵釘貫通的腳背極其疼痛，像被凶狠的多足類蟲子挖開肉、撕咬吞噬一般。崔善吉急忙喊道，各位，我不信耶穌，我也不是墨西哥人，我是朝鮮人，我只是來看熱鬧的，放我下來吧！有個人走過來指著他清楚說道，你用鞭子抽打我們、強姦我們的姊妹、殺死我們的兄弟，你應該死。汗水流進眼睛裡。崔善吉認出他來，是布維納維斯塔農場的馬雅勞工。

眾聲喧嘩之際，伊科納西歐已經被釘在十字架上，為了豎起十字架，數十人用繩索拉著。可是憤怒的暴徒失去平衡，伊科納西歐被砸在地上好多次。他像野獸一樣高聲哀號，咬牙切齒地念著聖母頌，只是沒有任何人聽得懂。

看著伊科納西歐，崔善吉為自己方才陷入昏迷感謝神。遠處槍聲嘈雜，阿爾瓦拉多州長的援軍從北側進入廣場。在完成掠奪和處刑之後，暴徒開始跑向南邊的市場，那裡有很多複雜的巷子。有人走近崔善吉，拿槍對準他的腦袋。他閉上眼睛，快點！快點！他哀求道。結局要比想像的短暫。砰！隨著槍聲響起，一切都結束了。崔善吉生平第一次感到這麼舒服，這讓他心情變得很好，沒有痛苦，也沒有憤怒，只是覺得漫長又無聊的旅程終於結束。不知不覺間，他的靈魂升到半空中，俯視著大教堂前廣場的混亂。就像電影的特寫一樣，他清楚看見伊科納西歐的結局。他被釘在十字架，推倒在地上，有人拿刀猛砍他，他就像砧板上的魚，被亂刀砍死。

巫師的第二個預言也終於成真。如果火光四起，聽到雷鳴聲響的話，那就會暴斃啊！暴斃！

73

比亞一邊啃雞腿，一邊專心看地圖。參謀聚在一起開會，被趕到維拉克魯茲的奧夫雷貢部隊繞過墨西哥城，進入克雷塔羅，這令比亞十分反感。包括瓜達拉哈拉在內的哈利斯科地區，是連接比亞北部軍和薩帕塔南部軍的戰略要衝地。奧夫雷貢的意圖很明顯，就是要將他們攔腰切斷。比亞軍團的司令部，設置在毗鄰哈利斯科的伊拉普阿托市，二正根據比亞的命令，結束墨西哥城的殺戮之後，移動到軍團司令部。比亞和奧夫雷貢的部隊相距一百一十公里左右，兩軍展開對峙。

比亞喜歡利用騎兵部隊，發動如暴風般的突擊戰，讓敵軍魂飛魄散，這符合他的性格。為了達到目的，他必須將敵軍引誘到平原。沒想到，愚蠢的敵將奧夫雷貢竟然乖乖地到跑平原上，比亞的自信達到頂點，部隊的士氣也高漲。相反的，奧夫雷貢傾注全力準備大砲和機關槍。奧夫雷貢和比亞不同，他深知不久之前在歐洲發生的世界大戰的教訓。另外，比亞如暴風般的突擊戰威力雖然不容小覷，但根據歐洲的教訓，如果深挖塹壕，在塹壕前面設置鐵絲網，在後面架設機關槍的話，應該可以擊敗比亞最擅長的騎兵部隊突擊。至於比亞認為對自己有利的塞拉亞平原，正好符合奧夫雷貢的構想。平坦的平原上種植麥子，左右遍布著灌溉用水渠，只要把水渠再挖深一點，墊高旁邊的防護牆，那就不亞於軍事用塹壕。奧夫雷貢動員一萬五千名兵力，挖開塹壕，架設十五門大砲和一百挺新式機關槍，做好決戰的準備。

安吉利斯將軍阻止比亞進行決戰，奧夫雷貢正在引誘我們，我們只要切斷他的補給線，拖延時間的話，他一定會投降；他們現在的補給線拉得太長，和薩帕塔部隊一起聯手切斷補給，等待時機，對我們比較有利，希望速戰速決的是對方啊！結果雖然證明安吉利斯的建議是正確的，但很難說服比亞這種人。山賊出身的他，從骨子裡就是個流氓，在流氓的世界裡，他們厭惡卑怯更勝於死亡，因此安吉利斯的忠告只是激發他下定決心而已。他曾經率領八名流氓士兵，越過格蘭河，最後成為率領數萬兵力的將軍。只帶著八名士兵時都沒做的事情，現在要他做？而且比亞很清楚薩帕塔部隊只不過是烏合之眾，在正規戰役中毫無戰力。他讓薩帕塔部隊攻擊維拉克魯茲，他們卻按兵不動，他認為唯有自己才能扭轉墨西哥革命的命運。

一九一五年四月六日，二正和士兵一起檢修槍支。米格爾走過來，請他抽菸。二正點上菸問說，比亞快要下達攻擊命令了吧？米格爾點了點頭，我看到騎兵隊在上馬鞍。二正吐了口煙，問米格爾，你覺得永遠的革命真的可能嗎？米格爾為了搞清楚二正的意思，看了他好一會兒，然後說道，喂，政治都是夢想啊！民主主義、共產主義或者無政府主義都一樣，都是人們為了互相開槍而編造出來的。米格爾拿起槍說，先是有槍，說法是後來才出現的。當然我相信有永遠的革命，就算不相信，除了打仗以外，別的我什麼都不會。我第一次殺人是在十七歲的時候，那時我在薩帕塔部隊裡，現在在比亞麾下，但是對我來說，沒有什麼不同。

拂曉時分，比亞向步兵部隊下達前進的命令。他沒有運用最擅長的騎兵，因為他看到了奧夫雷貢陣營綿長的塹壕、鐵絲網，以及閃閃發光的機關槍槍身。他知道那意味著什麼，機關槍的射程距離比步槍短，精準度也比較差，一開打他的軍隊會占優勢。他的軍隊把奧夫雷貢部隊趕出塞拉亞市，從而進入市中心。二正的部隊成為先鋒，他的一名部下終於掌控塞拉亞市的教堂鐘塔，爬上去興高采烈地敲鐘。清朗的鐘聲傳遍整個戰場，比亞部隊的士氣更加高漲。

突如其來的鐘聲，嚴重破壞了二正的節奏，也攪亂了他內心深處的寧靜。直到那時，他才領悟到他的沉靜和冷漠，其實都源自於戰爭。拜戰爭所賜，他才能隱藏、壓抑內心的所有慾望和矛盾。射擊、移動和指揮所要求的緊張感，讓他從過去解脫。任何人都不會責備他的地方，正是戰場。塞拉亞突然響起的清脆鐘聲，卻讓他的內心出現動搖。在子彈紛飛的鐘塔之下，他想起春楚庫米爾農場火焰模樣的拱門，以及妍秀熾熱的身體。他還想起第一次、第二次的殺人，他扣動扳機時手的抖動。如果不是米格爾過來碰了碰他，他可能還站在那裡緬懷過去。米格爾說，喂，金，情況不對，奧夫雷貢好像會馬上反擊，他撤退得太快了。

朴正勳站在奧夫雷貢的旁邊，一起注視著戰況。他和奧夫雷貢一起聽到了塞拉亞的鐘聲。奧夫雷貢並不吃驚，命令加強兵力，準備強行推進。他把機關槍射手配置到前面，壓迫比亞的步槍手。奧夫雷貢的兵力占優勢，包括朴正勳在內的奧夫雷貢直屬部隊，朝比亞的部隊掃射。對朴正勳而言，這是他久違的戰鬥。他身為弱小國家的軍人，有時聽從日本，有時接受蘇聯的指揮，將槍口瞄準自己國家的游擊隊。與之相較，這裡的戰鬥讓他心裡感到舒暢。無論是比亞或是奧夫雷貢，都與他沒有關係。只是從奧夫雷貢的人品來看，他若能成為墨西哥的領袖，一定相當不錯。

他以傭兵才有的超然心態，沉著應戰。朴正勳與奧夫雷貢的部隊進擊到塞拉亞的鐘塔，他沉著地瞄準在鐘塔上遂行偵查任務的敵方士兵。那個士兵能左右部隊的士氣，必須儘快將他擊斃。他的子彈命中鐘塔裡的鐘，噹，尖銳的摩擦音在鐘塔裡迴響。那個士兵連忙趴下，在他為了觀察敵情抬起頭來的那一瞬間，第二發子彈貫穿他的前額。鮮血噴出，染紅鐘塔的白色牆壁。其後，二正的部隊放棄鐘塔，開始撤退。朴正勳爬上塞拉亞市內的一棟建築物三樓，瞄準正在撤退的敵方部隊。突然間，一個十分面熟的臉孔映入他的眼簾，雖然留著鬍子，但分明是朝鮮人，這個人正是二正。曾經的少年已然變為青年。朴正勳沒有扣動扳機，看著敵方部隊通過。

奧夫雷貢和比亞部隊的攻防戰徹夜持續，離開塞拉亞市之後，在外地持續的戰鬥直到隔天傍晚才結束。比亞部隊撤退到本部所在地的伊拉普阿托市，進行兵力重整。對比亞來說，那是個恥辱的日子，但是奧夫雷貢也沒有過多的喜悅，他的目標是完全剿滅比亞部隊，而不只是勝利。如果這次不把他們的咽喉割斷，比亞精於游擊戰和正規作戰，未來一定會成為令他頭痛的後患。

比亞為了打破停滯不前的戰況，終於決定要使出自己最擅長的騎兵突擊戰，期盼能橫掃敵軍。從哈利斯科和米卻肯州出發的支援兵力已經到達，比亞的總兵力逼近三萬人，比敵軍多了將近兩倍。比亞認為騎兵戰力完整，兵力又是敵軍的兩倍，只要繞過鐵絲網應該就沒問題了。四月十三日，比亞向騎兵隊下達突擊命令。墨西哥革命史中的傳說，北部軍的騎兵隊隨著號角聲向前奔去。然而，馬匹在鐵絲網前躊躇不前，那一瞬間，奧夫雷貢部隊的機關槍開火，配置在部隊後方的朴正勳也用步槍頻頻射擊。失去騎手的馬匹，以及失去馬匹的騎手，同時在鐵絲網前不知所措之際，奧夫雷貢累積豐富戰果。相反的，狂妄的比亞下令待命中的第二批、第三批部隊繼續突擊。奧夫雷貢的部隊在鐵絲網和塹壕後方，好整以暇地殲滅了比亞最引以為傲的騎兵部隊。這場盲目的突擊戰持續了一整天，比亞犧牲了三千至三千五百名的騎兵。

十五日，奧夫雷貢派遣塞薩利奧．卡斯楚將軍的七千名騎兵到比亞部隊的後方。即使在最不利的時刻，奧夫雷貢都捨不得動用這支軍隊。比亞僅存的步兵部隊，如同秋風掃落葉，被卡斯楚的騎兵殲滅殆盡。二正第一次聽到七千名騎兵奔馳而來時，發出何等聲音，就好像是巨人力拔山河、無情搖晃時所發出的聲音。如此的怪音和地面的震動，已經讓大部分的步兵喪失鬥志，開始逃竄。騎兵猶如天兵一般縱橫戰場，從高處揮舞著利刃，砍下步兵的頭顱和臂膀。二正衝向比亞本部，心裡想著本部會是支撐最久的地方。他的判斷正確，奧夫雷貢的騎兵在往中心推進時，遭遇不小的抵抗。忠心耿耿的士兵冒著生命危險守護比亞，二正最終與往南邊逃竄的部隊會合。

比亞部隊曾經多次寫下不敗的神話，卻在最擅長的騎兵戰中，遭到殲滅。比亞不斷撤退，奧夫雷貢則追擊到最後一刻。比亞的領土一個接一個落入奧夫雷貢的手中。比亞在六月三日的戰鬥中，雖然取了奧夫雷貢的一條手臂，但也付出全軍覆沒的代價。北部軍司令官比亞，再次回到山賊身分。

我想回維拉克魯茲，吃中國菜的時間好像已經到了。朴正勳給左臂被砍斷，綁著繃帶的奧夫雷貢圍上圍巾，如此說道。奧夫雷貢豪放地笑著點點頭，並交待副官拿東西過來。副官打開箱子，裡面裝滿印有卡蘭薩總統頭像的粗糙紙幣。你把這個拿回去吧！你老婆一定會很高興的。朴正勳雖然婉拒，但奧夫雷貢十分堅持。如果您來維拉克魯茲，我會免費為您理髮。奧夫雷貢笑說，如果你想當軍人，就來找我吧！奧夫雷貢前額的頭髮，隨風飄揚。我連將軍的手臂都保護不了。奧夫雷貢用右手抓住朴正勳的手臂說，我們好歹不是勝利了嗎？

朴正勳帶著裝滿巨額紙幣的箱子，回到維拉克魯茲的家。黑人理髮師跟以前一樣，慢條斯理地幫客人剪頭髮。他張開雙臂擁抱朴正勳。朴正勳悄悄地觀望理髮店的內間，裡面沒有動靜。我老婆去哪裡了？黑人理髮師表情嚴肅地搖搖頭，她不在。朴正勳憂傷地問道，誰來找過她？老黑人大笑說，嚇壞了吧？她去市場了，馬上就會回來。朴正勳這才放下心，走進房間裡打開行李。房裡洋溢著妻子的味道，那是軍隊同僚稱之為鹿血的味道。他直接躺下，沉沉睡去。

隔天早晨他一睜開眼睛，發現妍秀正低頭看著他。幾天後，兩人整理好行李，前往梅里達。胡西幫他們準備了便當。

74

朴正勳和李妍秀抵達亞斯徹農場的拱門入口。他們走進去時，被農場警衛攔了下來。沒見過你們。妍秀問他農場裡還有沒有韓人，警衛說有。妍秀說是來見他們的，於是警衛要他們跟著他走。兩人跟著警衛去了倉庫旁邊的辦公室，那是熟悉的會計室。有一名會計依稀還記得妍秀，他說韓人幾乎都離開了，只剩下幾個人。過了一會兒，會計想起妍秀自始至終不曾工作的孤傲父親，以及沒有活力的母親。

李宗道合約到期的那一天，被兒子帶走了，至於去了哪裡並不清楚。妍秀小心翼翼地詢問他的夫人怎麼樣了？會計和一名監工交談片刻，翻看了像似帳簿的筆記本，然後撓著頭，不自然地笑了笑。怎麼了？妍秀握緊了手絹。會計說道，農場主換人了，還好這裡沒有被放火，可以種瓊麻，而且因為革命的緣故，瓊麻的價格飆漲，很多人搶著買。他悄悄瞥了帳簿一眼，再次說道，嗯，翻譯支付了妳的贖身費用。妍秀問道，我母親到底怎麼了？會計笑說，她過得很好，在你們合約到期前不久，妳可能不會相信，不過她和馬雅監工結婚了，現在住在附近的其他農場，要幫妳聯絡嗎？不，不用了，妍秀舉起手阻止。監工說道，他們過得很幸福。那真的是因為女兒做了翻譯的妾，連話都不想跟她說的母親嗎？她並非不能理解母親，她有充分的理由可以這麼做，也許這是一件好事也未可知。回不去的祖國、丈夫無能、女兒墮落、兒子離去，妍秀突然覺得那漫長的歲月是可惡的謊言。

妍秀接著進入正題說，以前這裡有個名叫瑪麗亞的女人。男人皺起眉頭，叫瑪麗亞的女人實在太多了……她曾經跟叫做權容俊的翻譯住在一起，還帶著一個孩子。另一個監工插嘴說，瑪麗亞出去工作了，幾個小時以後才會回來。那個，我能不能去看一下瑪麗亞住的房子？他們紛紛搖頭說，這不可能，新的農場主不喜歡這種事。妍秀坐下來，和朴正勳一起喝對方端來的茶。孩子長多高了?他是一九〇六年出生的，現在已經十歲了吧。當初我為什麼不拚命從中餐館逃走呢?可是就算我回來了，也沒有錢帶走兒子啊!自責和打擊，讓她的內心混亂不已。

幾個小時之後，從遠處傳來人聲。一個帥氣的男孩跟在和他個子差不多高的馬雅女人身後，正朝這裡走來，一眼就能看出像極了二正。女人皺紋雖然多了一些，但分明就是瑪麗亞。男孩扭扭捏捏地躲在瑪麗亞身後。瑪麗亞張開雙臂，兩個女人緊緊相擁，流下眼淚。瑪麗亞指著孩子，孩子抓著她的裙角鬧彆扭，他說的不是西班牙語，也不是朝鮮語，而是馬雅話。妍秀剛開始用朝鮮話，然後用西班牙語跟孩子搭話，但孩子似乎聽不懂，只叫了聲媽媽。孩子總是躲在瑪麗亞的裙子後面，瑪麗亞似乎也很無奈，不住搖頭。做錯事的人不是瑪麗亞，而是妍秀自己，但她還是覺得委屈，眼淚不住地流下來。這份委屈變成對母親的憤怒，她竟然和馬雅人結婚，離開了農場。我一輩子都不會原諒妳的，如果母親妳幫我照顧這個孩子，他也不至於像現在一樣聽不懂我說的話。

監工把一個路過的馬雅人警衛帶過來，他能說西班牙語和馬雅語，可以充當翻譯。瑪麗亞問，為什麼現在才來?妍秀說自己也沒辦法，接著向她道謝，問能不能把孩子帶走?瑪麗亞露出微妙的表情。瑪麗亞用馬雅語說了什麼，孩子就跑回家去。瑪麗亞向擔任翻譯的監工說了好一會話，監工頻頻點頭，聽完之後才向妍秀轉達，她說那個孩子是她的孩子。妍秀懷疑自己是不是聽錯了，她抓住瑪麗亞的手，可是瑪麗亞不理睬她。妍秀高聲喊叫，這不可能，並且質問監工。監工翻著帳簿說道，這裡寫的是瑪麗亞的孩子。孩子又跑進來，拉著瑪麗亞的裙子圍住自己的身體。瑪麗亞緊閉嘴唇，眼角泛著眼淚。我不是不能理解，但是……

一直安靜地站在後面的朴正動出面了。她走到陷入恐慌的妍秀身邊，在她耳際說悄悄話，直到這時，妍秀才如大夢初醒，睜大眼睛。瑪麗亞從妍秀身上感受到不祥的預感，退後幾步，抱緊了孩子。妍秀走近監工問道：

需要多少錢？

監工看了瑪麗亞一眼，朝妍秀伸出十個手指頭。因為通貨膨脹……他撓撓頭。朴正動拿出兩張印有卡蘭薩頭像的五十披索紙幣，遞給監工。就在那時，瑪麗亞抱著孩子開始逃跑。騎馬的監工立刻衝上前去，用鞭子鞭打瑪麗亞。妍秀高喊，不行，不要打她。瑪麗亞倒下，監工抓回孩子，交給了朴正動。妍秀跑向瑪麗亞，把她扶起來。瑪麗亞甩開她的手，癱坐在地上，對著天空舉起雙手，用馬雅語詛咒他們。朴正動走過去，遞給瑪麗亞一百披索，她卻像瘋子一樣，不住地傻笑，然後把紙幣揉成一團，塞進嘴裡。監工跑過來制止，但瑪麗亞始終不肯張嘴。她執拗地嚼著紙幣，最後吞進肚子裡。監工火冒三丈，用腳踢瑪麗亞。朴正動揮拳打了監工的臉，然後從口袋裡掏出手槍，對準他們，監工和會計都舉起手。朴正動帶著孩子和妍秀離開了農場。

他們來到梅里達。孩子以為這個初次見面的沉默男人就是父親，很喜歡他穩重的模樣，一直討好他。他們在大教堂附近氣派的格朗酒店過夜，雖然語言不通，但朴正動的溫暖態度很快就贏得孩子的好感。加上從孩子的眼裡看來，朴正動是一個大富豪，可以在梅里達最高級的酒店吃飯和睡覺。從來沒離開過亞斯徹農場的他，很喜歡梅里達華麗的夜景，怎麼也不肯睡覺。每次吃東西的時候，都會吃到撐不下為止。妍秀一口都沒吃。

朴正勳把孩子和女人留在酒店，獨自去五百公尺遠左右的梅里達地方會，和趙章潤、金錫哲、徐基中等軍隊同僚見面，他和久別重逢的戰友喝了個酩酊大醉，用母語訴說自己的遭遇。直到凌晨，他才回到酒店。隔天早晨，他帶著孩子和女人回到維拉克魯茲。

75

普羅格雷索港沒有變化。讓人聯想到海水浴場的白色美麗沙灘，筆直伸向大海的棧橋，還有停泊在遠方的巨輪和來往於碼頭的小船。二正想起十年前第一次到達這裡。過去這一段時間當中，他成為比亞部隊成員，殺死數不勝數的人。他的話越來越少，傷痕則越來越多。他舉起手來一看，這雙手雖比在瓊麻田裡工作時柔軟，但握槍的右手已長出厚厚的老繭。

如同十年前的那天，他在普羅格雷索車站坐上火車。火車穿過被燒黑的瓊麻田，三十分鐘後，他在梅里達下了火車。阿爾瓦拉多州長不久前下達放火令，梅里達的氣氛十分冷清。他在那裡再次搭上前往亞斯徹農場的車，與想像的不同，當他站在農場前面時，竟然沒有任何感觸，只覺心境平靜，也許是因為他不認為妍秀還會待在農場裡。他走進農場，坐在辦公室裡的會計看到他以後笑了笑說，又有什麼事？二正反問道，什麼又有什麼事？最近三天兩頭，就有韓人過來，你也是來領孩子的嗎？二正搖搖頭，什麼孩子？不是的，我是來找一個女人。二正描述了妍秀的情況，年紀、容貌、家人關係等。會計好像看到什麼神奇的動物一樣，一直瞧著二正，聳了聳肩膀。

那個女人上星期來過這裡，和一個男人，然後把孩子帶走了。二正為了集中思緒，眉間緊蹙說，到底是怎麼一回事？會計沒有再說下去，也沒有什麼可多說的。二正回到梅里達，見到趙章潤，距離上次見面已經過了七年。趙章潤驚訝地看著英姿煥發的二正，然後緊緊擁抱他，撫摸他的頭髮。你還活著啊！我們都以為你去了美國。二正摸了摸鬍子，我差點就去了。

趙章潤和金二正通宵達旦地聊著這段期間發生的事情。二正聽到了維拉克魯茲、朴正勳、李妍秀和孩子的情況。二正把頭埋在膝蓋之間，真的發生很多事。我得去維拉克魯茲看看她。

趙章潤說道，別去了，你可以相信那個人，聽說他成了奧夫雷貢的理髮師。就算不是這樣，他也是不會讓老婆、孩子挨餓的人。你就忘了那個沒見過面的孩子吧！朴正勳會好好撫養他的。

76

二正在梅里達停留了幾天，如同趙章潤所說的，去維拉克魯茲這件事似乎不是好主意。可是自從他聽了塞拉亞的鐘聲之後，很奇怪地，只要一閉上眼睛，腦海裡就會浮現妍秀的臉孔。他被戰爭和革命弄得疲憊不堪，也許他需要的是有人能撫慰他的身心。那是從趙章潤等人身上不可能得到的，他突然羨慕起朴正勳的幸運。

就只是去看她一眼吧！他不確定妍秀是否會歡迎自己，逕自坐上開往維拉克魯茲的船。按照趙章潤給的地址，他找到了理髮店。他在門口徘徊良久，客人進進出出，賣食物的商人頂著籮筐來來去去。人們理髮、刮鬍子，還吃著玉米餅。別說妍秀，連朴正勳也沒看見。遠處傳來教堂的鐘聲，不知道是不是教堂附設學校下課了，孩子唧唧喳喳地蜂擁而出。不一會兒，有個孩子打開理髮店的門，走了進去，是東方人的臉孔。孩子走進連接理髮店的中庭，嘩啦嘩啦地玩水。又過了一會兒，影子變長了，一個女人走到理髮店外面。那個緩緩走向市場的女人，二正十分熟悉。她雖然穿著墨西哥女人的服裝，但走路的姿勢毫無疑問是妍秀。臉頰雖變得瘦削，下巴的線條變尖，但分明是她沒錯。孩子跟出來，抓住她的裙襬，女人板起臉責備他。妍秀以朝鮮語說，小燮！媽媽是不是說過不能這樣？孩子以馬雅語耍賴了一陣，再次走回理髮店裡。雖然是在責備孩子，妍秀的臉卻因為幸福而逐漸舒展開來。

妍秀的身影消失了，二正慢慢走進理髮店。胡西正在給客人理髮，跟二正打了聲招呼，似乎對這個陌生人的到訪有些緊張。經過戰爭的洗禮，曾經無謂殺人的男人臉上，殘留著改變不了的陰霾，也許只有二正自己不知道。二正坐在理髮用椅子上，正往燒著熱水的爐子裡添加煤塊的男人脫掉手套，拍拍手背後，走向二正。他習慣性地給客人圍上圍巾，然後才和鏡子裡的二正對視。

朴正勳用西班牙語問道，要怎麼剪？關於理髮的用語，他從來沒有用朝鮮語說過。打從一開始學習理髮，他就使用西班牙語。二正也用西班牙語回答，請幫我剪短。朴正勳噴了一點水之後，開始沉默地剪起頭髮。孩子從中庭跑過來，抬頭看父親在做什麼，但很快就失去興趣，再次回到院子。二正沒有說話，朴正勳也一樣，胡西用眼睛餘光偷瞄兩個東方人之間的怪異沉默。兩個男人之間圍繞著緊繃的氣氛。二正看到牆上掛著奧夫雷貢的肖像，用西班牙語打開了話匣子，革命看起來也快結束了。

聽說是這樣。奧夫雷貢將軍很偉大吧？

這時，老胡西插話說，他曾經是奧夫雷貢將軍的理髮師，還參加過塞拉亞戰役呢！

二正閉上眼睛，啊，是嗎？當時我也在那裡呢！

剪刀剪空了，胡西悄悄看著朴正勳的剪刀，那是老練理髮師的銳利眼神。突然，朴正勳用朝鮮話問道：

你是哪一邊的？

比亞那一邊。

死了好多人。

戰爭都是這樣的。

聽說最近在大肆搜捕比亞那邊的人。

誰都不知道局勢什麼時候改變，您為什麼加入奧夫雷貢那一邊？

他來過這裡，然後把我帶去戰場。

只是這樣嗎？

朴正勳停止剪髮，在二正的臉上塗了泡沫。

我對那些事情毫不關心，只是想帶著老婆、孩子在這裡安靜地過活。你呢？你是真心喜歡比亞，所以才追隨他的嗎？

是的，因為血是熱的。

朴正勳拿著剃鬚刀抵住二正的左臉頰，往上刮鬍子。

現在呢？

二正猶豫了一下。

事實上，現在也一樣。

朴正勳指著蹦蹦跳跳的男孩。

他是你的兒子，你如果不介意的話，不，就算你介意也無所謂，我想撫養這個孩子，一直到你的血冷卻為止。

剃鬚刀滑過二正的耳朵底下。

……我不會把他帶走的，我的情況養不起他。

如果你無意帶他走，那你最好現在就離開這裡。

……？

孩子他媽馬上就要回來了。

朴正勳理完頭髮，將沾在二正脖子上的髮絲拍掉。二正想要付錢，但奧夫雷貢的理髮師執意不收。

我會好好撫養孩子，如果奧夫雷貢發生了什麼事，導致我受到牽連，到時候再請你照顧我的妻子和孩子。多保重身體吧！不管怎麼樣，這都是別人國家的革命。不管結果如何，都應該讓他們自己決定。

二正走到外邊，四周雖然還很明亮，但已經看不見太陽。朴正勳站在理髮店門口，看似若無其事，卻像獵狗一樣守護自己的家。他的眼裡雖然充滿笑意，神色卻很緊張。二正走向碼頭，遠遠地，他看到妍秀從市場回來的身影，朴正勳面無表情地把她帶回店裡。二正回到梅里達，耳邊再次迴響起塞拉亞的鐘聲。

第三部

77

一天，一個男人帶了一群人走進梅里達地方會，他說自己是馬雅原住民，名字是馬里歐。他氣度非凡，眼神犀利，表情卻很柔和。馬里歐向趙章潤和金錫哲講述了有趣的故事。

猶加敦半島的南部屬於瓜地馬拉，和墨西哥的坎佩切州接壤。越過國境，進入瓜地馬拉，就會看到廣袤的叢林地帶。馬雅文明很早就在這片原始林的各處開花結果，但現在只不過是一片熱帶雨林。帝國主義者在地圖上標畫界線之前，馬雅人在猶加敦半島全境建立了許多小國，並且反覆歷經興亡盛衰。有人說，以猶加敦半島的特性而言，不可能出現中央集權國家，因為那裡的水量和物產豐富，不像中國擁有巨大的河流，所以並不需要專司治水的中央集權制統一國家。

馬里歐說，他在猶加敦半島的南部、瓜地馬拉的北部叢林中，對抗曼努埃爾．埃斯特拉達．卡布雷拉（Manuel Estrada Cabrera）總統的獨裁政權。卡布雷拉從一八九八年開始獨裁統治，凶惡的程度連波費里奧．迪亞斯總統都望塵莫及。迪亞斯總統至少促成了墨西哥的現代化，卡布雷拉卻做了許多荒唐事，比如將自己和母親的生日指定為國慶日。此外，他為了讓美國農產品大企業獲利，不惜讓瓜地馬拉全國陷入絕對貧困的泥沼。一言以蔽之，他無疑是瓜地馬拉人民的公敵。不僅如此，不同於墨西哥以馬斯提佐人為中心，瓜地馬拉依賴以白人為中心的支配體系，這意味著必須殘酷鎮壓混血與馬雅原住民。占有人口絕大多數的馬雅原住民，一直面臨卡布雷拉政權的殘酷鎮壓與不公平待遇，這自然帶動了馬雅人在全國掀起革命。

尤其馬里歐所在的提卡爾地區位於瓜地馬拉的北部，距離首都瓜地馬拉城最遠，而且完全沒有連絡外界的道路、港灣、機場等交通設施，非常適合進行游擊戰，問題在於兵力。

聽說猶加敦的韓人中，有很多是軍人出身，我們需要戰鬥經驗豐富、懂得操使武器的壯丁。馬里歐又說，我們會支付三百萬美元。卡布雷拉政權藏匿了巨額財富，只要革命成功，就會有龐大的金錢落入革命軍手裡。況且，對於卡布雷拉政權的憤怒和民心的背離已經達到頂點，他們絕對撐不了多久。

聽到三百萬美元的巨款，所有人不禁瞠目結舌。不是三百萬披索，而是三百萬美元！是讓參與戰爭的人都成為暴發戶還有餘的金額。這筆錢不僅可以充當崇武學校、韓文學校的營運基金，還可捐助海外獨立運動。他們一想到夏威夷集體移民計畫所需的費用是五千美元，三百萬美元讓他們不敢想像。趙章潤詢問，是否可以先派遣幾十人過去，以後再增加人數？馬里歐同意了。

趙章潤緊急召開梅里達地方會，因為瓊麻田被焚毀而失業的年輕韓人，表現出很大的興趣。猶加敦也刮過革命的狂風，年輕人已經對無節制的暴力如痴如醉。此外，二正曾是比亞軍隊成員的各種傳聞，也刺激了他們。二正的事蹟其實被誇大不少，但他仍成為韓人之間的傳奇性人物。二正這段時間一直過著平淡、安靜的生活，這次也一樣，他對瓜地馬拉沒有什麼興趣，趙章潤試圖說服他。

你一定得去，你不但戰鬥經驗豐富，西班牙語還說得很好。

我這次不想去，不就是別的國家的革命嗎？

你說的固然沒錯，但三百萬美元不但能改善我們的財政狀況，還能作為海外獨立運動的資金，你不能只是袖手旁觀。

對不起，我對這方面也沒什麼興趣。

二正頑強地拒絕趙章潤和金錫哲的提議。最後，趙章潤大發雷霆，你怎麼能只考慮自己？你打算就這樣無所事事，每天賴在會館吃飯嗎？

趙章潤是幫他取了名字，猶如父親一般的人，二正最終改變了心意。雖然他再也不想介入別人的革命戰爭，但的確沒有辦法，而且他一無所有，連吃飯都有問題。二正前往梅里達搜集關於瓜地馬拉的情報，馬里歐說的沒錯，瓜地馬拉幾乎是無政府狀態，墨西哥和美國都很關注沒有權威和正當性的卡布雷拉政權何時倒臺，只是三百萬美元的數額讓二正覺得懷疑。

梅里達地方會決議參戰。以崇武學校學生為中心，四十二名男人志願加入第一批傭兵，其中包括趙章潤、金錫哲和金二正。另有幾名到墨西哥時還是孩子，現在已經是將近二十歲的小伙子。二正最高興的，就是見到了石錫。七年不見，石錫頻頻摸著二正的臉頰，大為吃驚地說，你完全變了一個人！石錫和馬雅女人在農場結了婚，但沒能把女人和孩子帶出來。他去農場鬧事，後來被關進監獄。黃士容和方華中來的時候，好不容易才把他弄出來，但是那以後還是進了監獄好幾次。二正問道，為什麼？石錫舉起自己的手說，手賤。

趙章潤的軍隊同期徐基中，那個夢想回朝鮮買地的人也回到梅里達。他在坎佩切州四處流浪，做過五金生意，最後還是以失敗告終。最後到達的人是太監金玉仙，將近五十歲的他，是志願者中年紀最大的，他說這是人生最後的機會，懇切地央求，讓大家無法拒絕。他的夢想是從瓜地馬拉回來以後，在梅里達開旅館和餐廳，並且在自己的餐廳裡為客人演奏他最近學會的吉他樂曲。他在猶加敦第一次接觸到吉他這種樂器，但他不愧是雅樂部的太監，馬上就學會了，並且能彈奏出只有他才會的獨特旋律。他在平均律中，不著痕跡地加入其他音階演奏，那種奇妙的不和諧音律，讓聽者更覺哀傷。伴隨著金玉仙獨特的音調，既不是西洋的短調，也不是朝鮮的界面調[29]，所吟唱的猶加敦和朝鮮民謠可說是千古絕唱。

二正勸他別去，那地方是叢林，到處都是毒蟲和猛獸，戰爭不適合您這種細皮嫩肉的人，更何況您也沒有開過槍。然而金玉仙非常倔強。我說我要來墨西哥的時候，所有人都勸我不要來，你現在看看，在環境那麼惡劣的瓊麻田裡，我還不是輕鬆地活下來了，在鬧革命的時候，我也照樣吃喝過日子。拜託你了，帶我一起去。這次如果不去，我在墨西哥就再也沒有賺大錢的機會了，瓊麻的景氣不也結束了嗎？

幾天後，瓜地馬拉革命軍派人到梅里達，跟移民簽訂契約書。內容中明確載示：服從指揮官的命令，直到卡布雷拉政權傾頹的那天為止，一定要獻身服務；革命軍進入瓜地馬拉城，剷除獨裁者之後，立即支付三百萬美元。四十三人各自填寫了契約書，另外還有革命軍司令官和梅里達韓人會長署名的契約書，趙章潤和馬里歐分別簽了名。簽名結束，他們正要踏上征途的時候，又

29 韓國國樂中一種哀怨欲絕的曲調。

有一人趕到，他是朴光洙。他靠補鍋維持生計，偶爾到梅里達替人算命和驅魔，雖然瘦巴巴的，但臉色看起來還不錯。有人告訴他農場主伊科納西歐在大教堂被釘死在十字架上，他回答早已知道。又有另一個人跟他打了招呼，問道聽說巫師死了？

一九一六年七月，由退伍軍人、太監、小偷、游擊隊員、勞工、孤兒、破戒神父等四十四人組成的韓人傭兵，跟隨瓜地馬拉革命軍的嚮導，越過猶加敦州的邊境，經過坎佩切州，順利通過墨西哥和瓜地馬拉的國境。叢林地帶沒有任何顯示國境的標示，他們過了好一陣子才知道已經進入瓜地馬拉境內。從梅里達到他們的目的地提卡爾地區，以直線距離計算不過四百公里，但行經的路途十分險峻。

在叢林裡的第一次野營，預示他們未來即將經歷的道路有多艱險。那裡和猶加敦完全不同，非常潮濕，撲面而來的昆蟲狠毒異常，猶加敦根本無法與之相較。水蛭撲上人的身子吸血，蚊子能鑽進衣服裡。還有一些蟲子即便身首異處，還能留下頭部，鑽進人的身體裡面。馬雅人嚮導熟練地揮舞著馬切鐵彎刀，開拓出野營地。在這裡，朝鮮人也必須重新學習。

嚮導指著一棵高聳入雲的大樹說，我們用這種樹木和神溝通，樹名叫做木棉，樹幹是白色的，直入雲霄的樹枝則像神的住處，呈現不可思議的紅色。嚮導在木棉樹前面做了短暫的禱告，然後砍斷周邊的藤蔓，做成捆綁阿馬卡吊床的繩索。叢林裡有當地獨特的生活方式，有些時候，巨大的蟒蛇在他們頭上悠然自得地睡覺，還有些時候，猴子會丟東西攻擊人。

最終，他們到達了革命軍的根據地，佩滕地區的提卡爾。提卡爾擁有瓜地馬拉境內最雄偉的馬雅文明遺址，但他們到達當時，巨大的金字塔等被生命力旺盛的樹木和泥土所掩蓋，看起來就像是聳立在平原上的小山丘。朝鮮人歷經千辛萬苦才到達，他們當中沒有任何人知道該地是歷史悠久的馬雅文明遺址。偶爾有人覺得叢林裡四處滾動的怪異砌石、頭部被砍掉的石像非常奇特，但也沒有再做過多臆測。金二正和趙章潤立刻察覺到該地是易於防禦的地形，一千年前建造的幾座金字塔，既是可以俯瞰半徑數十公里區域的瞭望台，也是天然的堡壘。和埃及金字塔不同的是，這裡的金字塔頂端設有祭堂，可供主祭人寄居、舉行祭祀，堅固的程度更可作為碉堡使用。

樹齡很老的樹木高聳入雲，羽毛顏色鮮豔的鸚鵡在林間飛來飛去，發出嘈雜的聲音。叢林裡非常陰暗，即使是大白天也需要點燃燈火。叢林裡面並不安靜，青蛙在四處鳴叫，聲音之大讓人在晚上無法入眠。那樣的夜晚，蛇吞掉別的蛇，青蛙吃掉別的青蛙。

到達提卡爾的當天，趙章潤召集了大家，他興奮地說道，我們來到這裡，沿路沒有任何阻擋，看來這個地方確實是無主之地。我從很久以前就在思考一件事，就是建立一個國家。拿到他們的錢以後，想回去的人儘管回去，要留下來的人我們一起在這裡建立國家吧。國號就叫做新大韓，像美國一樣選舉總統。還有，我們要將這個消息傳遞給日本、美國和朝鮮，向世界宣布大韓仍舊存在的事實。你們在來的沿途也看到了，這裡雖然有很多蟲子和野獸，但果實豐碩、土地肥沃、水源充足，非常適合像我們這樣勤勉的人居住。失敗的「出埃及記」記憶一直在他的腦海盤旋。這裡不比夏威夷差，何況我們即使去了夏威夷，還是得去甘蔗農場做工，聽從別人使喚，但在這裡擁有自由。我們可以在獨立的國家理直氣壯地活著，還可以把分散在美國和墨西哥的同胞全部叫來，一起種田、做生意。還要去哪裡找渤海國[30]嗎？這裡正是渤海國啊！

然而，他的主張沒能獲得多少共鳴，大家只是禮貌地點點頭，心裡決定只要一拿到錢，就要回去猶加敦。趙章潤持續他的偉大構想，新國家人人平等，政體是共和國，馬雅人如果願意也可以加入，但必須受我們支配。

金二正問道，為什麼？趙章潤以這麼理所當然的事情為什麼要問的語氣反問道，不然我們要接受他們的統治嗎？二正不服輸地追問，您為什麼認為必須由一邊統治另一邊呢？一直默默不語的朴光洙無力地說道，為什麼？不就是害怕我們會消失嗎？我們是少數，馬雅人則數不勝數，和他們混合在一起，到最後我們恐怕會消失得無影無蹤。話說回來，反正我們全部都得死。

有人吐口水，打斷朴光洙的話，你個臭巫師，專講一些觸霉頭的話。

趙章潤為了籌畫國家體制，辛勤地忙碌著。金二正擔負起軍事方面的責任，他檢查武器，並且和馬雅人司令官馬里歐一起勘查附近的地形，教導未曾接受過訓練的士兵射擊和隊形概念。

不久之後，發生了幾次零星的戰鬥，馬雅游擊隊員攻擊位於佩滕湖的政府軍基地。政府軍起而反擊，迂迴繞過湖水，攻擊在提卡爾外圍的游擊隊營地。大部分韓人跟隨游擊隊加入戰鬥，但政府軍的氣勢要比想像中強大許多。金二正採用在比亞巴下學到的戰術，攻擊政府軍的後方，擔心退路被斬斷的政府軍撤退到佩滕湖。部分政府軍經過趙章潤等人停留的小金字塔周邊，展開猛烈攻擊。

30 西元六九八年，大祚榮在朝鮮半島北部區域和滿洲之間建立的國家。

趙章潤被槍林彈雨的氣勢嚇破了膽，政府軍的子彈把金字塔頂端打成蜂窩，幸好最後撤退了，但他覺悟到，這場游擊戰不會像馬里歐所說的那樣輕易結束。再加上，除了二正以外，其餘的年輕人都是沒有戰鬥經驗的菜鳥，金錫哲和徐基中也有十多年沒摸過槍了，何況大韓帝國的軍隊，根本就不是為了在叢林裡打游擊戰而創設。經過幾次的交手之後，趙章潤不得不承認，和自己一起作戰的韓人傭兵只是烏合之眾，而馬雅原住民承諾的三百萬美元根本不可能實現。

隔天一早，二正從睡夢中醒來，突然覺得四周安靜得出奇，營地裡似乎少了什麼。他走到外面去，不動聲色地清點人數。他叫住經過身邊的石錫，問他趙章潤和金錫哲的行蹤，但石錫也不知道。他敲鐘召集所有隊員，依然不見兩人蹤影。翻找之後，發現兩人的行李也不見了，兩人的腳印沿著泥路，延伸至叢林的方向。

前一天夜裡，趙章潤悄悄起身，走到外面。他還有很多事情要做，最重要的就是活下去，絕對不能死在這裡。他必須準備進攻本土，還得進行海外獨立運動。思來想去，在叢林裡建立臨時政府只不過是春秋大夢，即便真的在這裡建立了國家，誰又會知道呢？他悄悄向金錫哲吐露心事，錫哲也同意他的看法。我們當初實在太天真了，這裡可是好端端的人都會喪命的叢林啊，如果政府軍湧來，我們都會白白送死的。趙章潤捶胸頓足，真是太可惜了，那我們說服大家一起回去怎麼樣？金錫哲搖頭，我們先前拿到的錢怎麼辦？革命軍一定會到梅里達來，把我們全都殺死。我們先回去，把這個事實告訴韓人會，得到指示後再回來吧！如果都死在這裡，那實在太冤枉了。

他們在天亮之前離開了營地，如果被發現，根據合約書的內容，他們也許會被馬雅革命軍槍斃。想到這裡，他們更加留心自己的腳步。那天夜裡，帶領大家來到這片叢林裡的兩個主謀，就這樣往北方沒命竄逃。

二正心情鬱悶，抽起了捲菸，某種命運似乎嘲弄地向他慢慢靠近。好吧！都來吧！二正用力吸菸。其他人都怒不可遏，我們還相信他們是領袖呢，把我們推進這個火坑，自己竟然逃走了。我們現在就去追趕他們，把他們槍斃，有人大喊道。然而，他們當中沒有人受到的衝擊比得上二正。利比亞敗戰之後，二正之所以前往梅里達，甚至來到這裡，都是因為趙章潤的緣故。

二正沉穩地安慰他們，和馬雅人的合約我來負責。他們的離開雖然令人不愉快，但也許是一件好事。如果拿到三百萬美元，那筆錢就全歸我們了。什麼梅里達地方會，什麼北美總會，我們把那些人的政治把戲都忘了吧！那筆錢是留在這裡的四十二個人的，活下來的人會得到所有的一切。大家都點點頭。二正說道，如果大家都同意的話，就按上指紋吧！從現在開始，我會處決背信忘義的人，唯有如此，所有人才能夠活著回去。大家爭先恐後在白紙上寫下自己的名字，並按上指紋。二正咬破手指，在下方寫道「逃跑者，格殺勿論！」

可是當天晚上就出現逃跑的人。聽到衛哨兵的喊聲，二正立刻起身，拔槍衝進叢林。逃跑的有兩人，也許是因為擔心獨自一人難以通過叢林所致。經過追擊，兩人都被抓回營地，其中一人是趙章潤的同期同學徐基中，另外一人是十八歲的朴範錫。徐基中看到二正，卑怯地笑說，我們不是想逃跑，只是想去去就回來。相反的，朴範錫渾身發抖，一把眼淚、一把鼻涕地跪著磕頭。

二正從口袋裡掏出按有紅色指紋的誓約書給兩人看，然後把他們拉到金字塔外面的蓄水池。

蓄水池旁邊有很多水坑，直到那時，很多人還以為只是要嚇唬嚇唬他們以正軍紀，但二正拿槍抵住徐基中的後腦杓，瞄準之後開槍。徐基中在最後一瞬間，預感到自己即將面對死亡，於是拚命掙扎，但只消一槍就栽倒在地。十八歲的朴範錫也迎接了相同的命運，他比徐基中沉穩，從沒去過寺廟的他，突然留下一句話說，我只祈求輪迴的業力結束，然後閉上眼睛。二正這次也毫不留情地扣動扳機。

從那天以後，再也沒有人逃跑。想逃的話，必須先殺掉二正。戰鬥的次數也減少了，政府軍遭到馬雅革命軍的夾擊，撤退到南方的高原地帶。二正的部隊接受熟悉地形地物的馬雅指揮官指揮，埋伏攻擊了撤退的政府軍，獲得若干戰果。

過了三個月，除了一個感染傷寒而死的二十歲青年以外，沒有任何人死亡，大家過著平穩的日子。二正坐在雙子星金字塔的頂端，全神貫注地思考。也許趙章潤的構想並非痴人說夢，比亞哪有什麼厲害的，他只是打死二地主，成為山賊後趕上革命的狂潮，做了將軍，最終掌控了墨西哥城而已。當然，他後來被奧夫雷貢趕走，但奧夫雷貢當初也只是個不起眼的毛頭小子罷了。瓜地馬拉正陷入無政府狀態，情勢比墨西哥還要嚴峻。這樣下去，在提卡爾地區建立一個小國並不困難。馬雅人建立馬雅人自己的國家，我們在這裡，在這個以提卡爾為中心，可以自給自足的地方，建立一個雖小但強盛的國家不就可以了。反正我們是異邦人，根本不會有像奧夫雷貢一樣壯大的可能性。

在下一個戰鬥期間，二正向馬雅革命軍指揮官試探該構想的可行性。如果趕走了卡布雷拉，你們也會趕走白人，建立你們自己的國家，對吧？指揮官說是的。那你們應該會去四季如春、適合生存的高原地帶，例如安提瓜或瓜地馬拉城，是吧？那我們以提卡爾為中心，建立一個小國家，應該沒有什麼大問題吧？指揮官豪放地笑道，建立一個更大的國家也沒關係。他舉瓜地馬拉北部的伯利茲為例，說那裡曾經有非洲出身的黑人奴隸建立的國家，不是和你們的處境類似嗎？二正說，因為我們在太平洋彼岸的國家已經滅亡，這對我們來說，是非常重要的問題。革命軍指揮官無關痛癢似的點點頭，他的表情很明顯地表達，你們只有四十個人，究竟能做什麼呢？

突然，他語氣嚴肅的改變說法。不過，提卡爾恐怕不行，為了幫助我們，你們可以暫時停留在這裡，可是這裡是神聖的土地，南方的佩滕湖邊，或者更北邊的叢林地帶都沒關係，就是提卡爾不行。

二正回去之後，召集了剩下的三十八人，傳達自己的構想。有人反對，當然，也有人嘲笑他，沒有人爽快同意他的意見。

我們只不過是傭兵，他們的革命成功，我們拿到錢之後，回去就行了。回去？回哪裡？我們有可以回去的地方嗎？反正不能在叢林中生活。為什麼不行？這裡沒有農場主，也沒有州長，只有我們和馬雅人而已。馬雅人現在雖然需要我們，等到他們革命成功，一定會把我們趕走的。這裡不是他們的聖地嗎？不一定非要這裡。瓜地馬拉北部也有很多好地方。好，就算是這樣吧，有沒有國家，跟我們有什麼關係？

二正好像在思考什麼，然後開口說道，由我們來建立一個國家不行嗎？

大家都陷入短暫的沉默。也許我們所有人明天就會死，你們當中有沒有人希望自己死的時候是倭寇，還是中國佬？我不想那樣，二正斷然說道。那乾脆不要有國籍，怎麼樣？石錫說道。二正搖搖頭，死人不能選擇無國籍，我們都是作為某個國家的國民而死，所以我們應該要有自己的國家，就算不能作為我們建立的國家的國民而死，至少，我們可以選擇死的時候不是日本人或中國人。

二正的論述很難理解，他用熱忱說服大家，而不是邏輯，況且他的熱忱很奇妙，那並不是要成為什麼，而是不要成為什麼。

一個月後，他們在神殿廣場成立了提卡爾歷史上最小的國家，國號是新大韓。他們知道的國號只有大韓和朝鮮而已，所以沒有什麼選擇的餘地。馬雅革命軍指揮官送來一頭紅色公牛，二正向他表示謝意，並且告訴他，雖然在這裡建國，但馬上就會遷移到佩滕湖畔，要他們放心。朴光洙身為巫師，安靜而謙恭地敬告上天新國家的誕生，金玉仙站上最高的地方吹奏笛子。告示結束後，二正說，這個國家是沒有階級、貴賤區分的新國家，現在在這裡的我們要負起責任。我們要把這個消息告訴墨西哥和朝鮮，讓他們也能參與這個新國家的建設。然而，幾乎沒有人認真思考這個建國宣言。

他們的國家從那時起，在提卡爾的叢林裡生存了一年多。新大韓首先禁止逃兵和偷竊。僅過了一個月，就有士兵和馬雅女人結婚。國家於是禁止早婚和納妾。幾個月後，與馬雅女人結婚的新大韓人越來越多，馬雅游擊隊員對此並不在意。婚禮以馬雅式和朝鮮式混合舉行，男人在婚禮兩天前騎馬進入馬雅人的村落，按照他們的方式舉行結婚前的儀禮。他們在男人的頭部塗上泥土、唱歌，接著非常認真地威脅要殺掉男人，或者讓男人喝下奇怪的藥，使其陷入幻覺狀態。在婚禮當天，他們祝賀新郎、新娘成婚，敲鑼打鼓歡送兩人前往提卡爾。女人到達提卡爾後，舉行簡單的朝鮮婚禮，雖然沒有華麗的珠冠，也沒有綁住雙腿的公雞，但兩人相對行禮、喝交杯酒，然後送進新的帕哈，度過新婚初夜。

石錫也找到了伴侶，是個父母都被政府軍殺害的十六歲少女。兩人雖然語言不通，但看起來相當幸福。只要一到晚上，男歡女愛的聲音都會傳到外面，直到天明。在帕哈裡沒有祕密。

二正沒有找伴侶，雖然有人要他以身作則，但他大部分的時間都在偵察提卡爾一帶的地形，思考進攻和撤退的動線。二正和會說西班牙語的馬雅人嚮導，一起勘察提卡爾的每個地方，察覺那裡實在不是普通之地。嚮導說，這裡是神聖的土地，你看。他手指的每一個地方都能看到石墳。他用手拉起藤蔓，泥塊嘩啦啦掉落，石造建築映入眼簾。嚮導說，按照西洋人的計算法，在西元七百年左右，新國王阿可可（Ah Cacao）崛起，這個外號叫「巧克力王」的國王擁有絕對的權力，他下令在這裡建設巨大的建築。他死後埋葬在第一神殿。西元九百年，附近的馬雅帝國相繼滅亡時，提卡爾仍處於鼎盛期。在這之前，有許多渡海而來的人在提卡爾建立王國。據說從西元前七百年開始，王國反覆興衰更迭，一直到六世紀時，人口達到十萬名。亦即提卡爾雖然被叢林所覆蓋，但統治者一眼就能看出戰略價值。

第一神殿和第二神殿像是駱駝的雙峰，高高聳立，彼此對望，如果先行占領該地，敵軍在經過下方時，會感覺到極大壓力。此外，以該地為中心，四周有許多山丘（事實上是被掩埋的遺址），便於埋伏和撤退。走過第一神殿和第二神殿後，左邊有個小蓄水池，沿著該處前行，第三神殿形成了另一個陡峭的山丘，可發揮防禦線的功能。如果在這裡仍無法擊退敵軍，可以撤退至約兩百公尺之外的第四神殿，展開最後的決戰，然後順著東北方向的小路逃走。

令人意外的是，迷你國家的太平盛世竟然很長。卡布雷拉總統忙於處理首都附近的問題，無暇顧及遙遠的北部叢林。二正指定了物資管理和法律問題的負責人，戰鬥則由自己指揮，沒有另外任命他人。每天的日子都過得很平靜。新年到了，馬雅人和新大韓人用瓊麻捆成的繩索，在村落的廣場舉行拔河比賽，剛開始二正一方領先，但最後由馬雅人獲勝。他們舉行慶典，每天都很愉快。他們也舉行騎馬打仗遊戲，三個人當馬，一個人坐在上面，分成兩邊對抗，這項遊戲由二正他們獲勝。女人分成兩邊，為男人加油。他們製作棍棒當成骰子，由人當棋子，玩起擲柶遊戲，另外還舉辦馬雅式摔角比賽。

馬里歐高興地說，現在中部地方的馬雅—梅斯提索聯合革命軍正威脅首都，卡布雷拉的氣數已盡。駐紮在佩滕湖邊的政府軍高高地堆起木柵，全力進行防禦，短期內幾乎沒有進行激烈戰鬥的可能性。二正問馬里歐，我們為什麼不進攻南邊？不就是因為這個目的才雇用我們的嗎？馬里歐說，因為這裡是最後的根據地，如果這裡空了，那後果不堪設想，而且這裡是神聖的土地，如果不能守住這裡，馬雅人會一敗塗地。

一天晚上，二正在考慮很久之後給朴正勳寫了信。我和三十多名同胞現在在瓜地馬拉的提卡爾，我們在這裡建立了小國，國號是新大韓。這裡的叢林物產豐富，應有盡有，雖然比猶加敦炎熱，但經常下雨。在這裡，沒有人會壓榨別人。我們雖然每天抱著槍支入睡，但內心很舒坦。請轉告夫人，我過得很好，而且很健康。請務必轉告她，我真心希望她能和您一起平安度日。

他把地址都寫好了，卻沒有寄出去。第二天，他為了去見馬里歐，離開了帳篷。負責收集信件的人隨手拿起他的信，交給要前往坎佩切的馬雅人騾車。二正回來以後，發現自己的信已被寄出，也沒有太過驚慌，心想妍秀就算看了信，也不會來這裡，更不會拋下朴正勳和孩子。

他索性也寫信給在墨西哥城日本大使館工作的吉田，信件內容寫道，請將這封信轉交給大使。日本自從強占大韓帝國以來，朝鮮民族就沒有自己的國家。一九一六年九月，我們在地球另一邊的瓜地馬拉提卡爾建立了新的國家，請將這個事實告知貴國政府。正如同承認墨西哥的革命政府一般，我們期待貴國政府也能立即承認這個小國。

二正將這封信給所有認識字的人傳閱，並且大聲朗讀。各用韓文和漢字寫成的兩封信也交給騾車，寄送到墨西哥。士兵都大聲歡呼，二正則非常平靜。他雖然把信寄出去，但並不指望真的能獲得國際社會的承認，因為他很清楚，這個國家不會存在太久。正如朴光洙所說的，這個炎熱、潮濕的叢林就像熔爐，終究會融化掉所有的一切，人、合約、民族、國家，甚至於悲傷和憤怒。二正認為他有必要正式記錄他們在這個叢林裡發生過的事情，日本外務省最應該看到，因為他們在面對被自己併吞國家的幽靈時，絕對無法超然自適。

半年又過去了。在示威隊和革命軍夾擊下，仍順利保住政權的卡布雷拉總統，下定決心要掃蕩在北部低地帶叢林裡蠢蠢欲動的馬雅游擊隊。美國支持他的決定，並提供資金和武器支援。數萬名討伐軍在佩滕湖南邊集結。政府軍分成三路縱隊，如同在溪邊撒下漁網捕魚一般，展開將叢林裡的游擊隊徹底掃蕩的作戰。

當然，馬雅革命軍對政府軍的動態瞭若指掌，分散在各地的馬雅人都是革命軍的情報員。可是就算他們知道，在面對大規模政府軍時也是束手無策。幾個革命軍部隊偷襲了政府軍營地，政府軍則以機關槍回射。幾天後的拂曉時分，政府軍開始攻擊，游擊隊雖在各地抵抗，但根本抵擋不了將一個個區域蠶食鯨吞的政府軍，只得節節敗退。二正的部隊也在苦惱，究竟是要放棄提卡爾，還是堅守對抗政府軍。二正在最後一刻決定撤退，往北邊走。馬里歐率領的馬雅人部隊，稍早也決定相同的撤退路線，二正的部隊因為猶豫而落後，馬雅嚮導跟隨自己的部族，已經先行離開。二正的部隊放火燒掉營地，逃往北方，但北邊已經被政府軍占領。

那往東邊走吧！政府軍的一個大隊一直緊追改變方向的二正部隊。二正派幾個人進行埋伏，但還沒等到敵軍靠近，埋伏隊員就慌慌張張地和主要隊伍會合。這個事件再次證明，這些人只是烏合之眾，能夠相信的士兵只有十餘人。退路幾次被切斷，二正部隊失去了三名士兵，最終又回到提卡爾的第一神殿。他命令幾名士兵埋伏在令人意料不到之處，分散政府軍的注意力。他計畫自己和二十名隊員留在第一神殿，其餘人員配置在對面第二神殿，伏擊通過該地的政府軍。在這過程中，二正的部隊又失去了兩個人。

瓜地馬拉政府軍聽到中央廣場周邊的小規模雙子星金字塔傳來槍聲，懷疑有游擊隊埋伏，於是轉向第一神殿。為了比游擊隊先占領有利的位置，政府軍迅速爬上第一神殿和第二神殿，但是那裡已經被二正的部隊占領。二正一直等到敵軍接近頂端的最後瞬間，才下令同時進行掃射。為了高舉神的榮光，神殿從一開始就設計得十分陡峭，加上被泥土覆蓋，攀爬相當困難。大部分的政府軍被從天而降的子彈擊斃，其餘的人為了躲避射擊，慌忙逃竄，從神殿上滾了下來，因而負傷。第二神殿也獲得相同的戰果。政府軍撤退到神殿廣場周邊區域，重新整頓部隊。二正僅率領八人進行追擊，顯示自己還充滿戰鬥意志。飽受驚嚇的政府軍則丟棄彈藥和物資，撤退到提卡爾外圍。

但在幾天後，政府軍試圖進行更大膽的攻擊。他們在與第一、第二神殿高度相當的建築物頂端架設機關槍，進行掃射。在機關槍的掩護下，政府軍所屬步兵終於爬上神殿。二正部隊雖然割斷繩索，並用步槍掃射，但仍力有未逮。二正決定撤退到周圍完全沒有任何建築的第四神殿。新大韓國僅存的三十餘名兵力一起沿著西側斜面滾下，然後全力奔向距離原有位置兩百公尺遠的第四神殿。幾名士兵躲在樹上掩護，阻止政府軍的攻擊。汗水流進眼睛裡，衣服濕漉漉地貼著身體。還有人手腳受傷，鮮血直流。所有人都按照二正的指示，爬上第四神殿陡峭的斜面。年長的朴光洙和金玉仙落在最後面，同僚用繩索綁住他們的腰部，硬拉上去。朴光洙躺臥在頂端的小神殿上，看著天空。喂，太監大人，用笛子吹首曲子來聽聽吧！汗水滴落在滾燙的槍身上，冒起一股熱氣。金玉仙笑了。朴光洙把槍放在身體的右側。金玉仙說，再忍耐一下吧！不是說卡布雷拉要垮臺了？

金玉仙拿出笛子，吹將起來。聽著清亮的笛聲，二正用繩索將幾天前從政府軍繳獲的德國製機關槍，拉到六十四公尺高的第四神殿頂端。士兵突然都陷入鄉愁之中。

從金字塔頂端往下俯視，周邊的叢林地帶就像巨大的綠色毯子。這個金字塔建於西元七四一年，從側面看像是巨大的白蟻窩，四面的斜度極其陡峭。和其他空蕩蕩地建在原野上的馬雅金字塔不同，提卡爾的金字塔高高聳立在平坦的叢林間，讓人感到好像是另外一個世界。他們汗流浹背地爬上金字塔，大家都祈求政府軍最好直接路過，追擊往北逃逸的馬雅革命軍主力。為了將政府軍的主力部隊引誘到北邊的遺址地帶，二正命令四名士兵一邊對空開槍，一邊往北奔跑。

然而政府軍沒有上當，他們立刻察覺另一個金字塔──第四神殿，是戰略要衝地。主力部隊全速集結，包圍第四神殿，開始激烈的攻防戰。政府軍的戰術是夜間不作戰，只要太陽一落山，就僅維持包圍網，向後撤退。可是一到早上，他們又再次湧來。二正部隊的彈藥已經所剩無幾。接著政府軍改變戰略，進行攻城戰。二正決定利用多雲的夜晚殺出重圍，彈藥固然嚴重不足，最糟糕的是第四神殿沒有水。回防的石錫分隊呼應突擊，攻擊政府軍的尾翼，二正的部隊順著北側的斜面，像溜滑梯似的，從陡峭的斜面滾下。政府軍向身處黑暗的二正部隊進行掃射，二正瘋狂奔跑，咻，咻，他的耳畔響起子彈飛過的聲音。

二正終於跑到目的地的蓄水池，有五人已經先行到達。在外圍支援的石錫和另外四名隊員，也氣喘吁吁地趕到。砰，砰，子彈從四方飛來。就在此時，冰涼的東西滴落在二正的胸口，嘈雜的槍聲越發接近。

是敵軍！所有人都蹚過深及膝蓋的池水，四處散開。二正一邊跑，一邊摸著脖子，鮮血從子彈掠過的傷口中流出來，應該不是致命傷。政府軍向四方散開，追逐他們。跑在最前面的石錫向大家高喊，這邊。石錫指的方向是有三個人高的小山丘，在其下方有個洞口。那應該是非常久遠以前興建的馬雅文明建築，說不定是某個偉人的墳墓。剩下的十一人依序進到裡面，最後進去的人則用藤蔓偽裝洞口。汗味、血腥味和強烈的霉味混合在一起。他們以洞口為中心，槍口一致對外，摒住呼吸，等待政府軍經過。

過了一會兒，最晚逃出的金玉仙拖著槍，氣喘吁吁地出現在他們的視野中。二正攔住想跑出去的石錫，就在那一瞬間，政府軍的子彈貫穿金玉仙的心臟。尾隨而來的瓜地馬拉政府軍瞄準倒下的金玉仙頭部，沉著地補了幾槍。大韓帝國雅樂部的太監金玉仙就此結束了一生。政府軍丟下金玉仙的屍體，維持小隊隊形，繼續前進。政府軍一離開，三隻老鷹就揮舞著翅膀，停在金玉仙身上。一隻老鷹先啄向他的胸口，鮮血噴出，染紅了老鷹的喙角。

二正留下一名哨兵，命令所有人深入倒塌的建築，心想也許地下有其他出口。一到地下，意外地出現寬闊的空間，可是沒有其他出口。大家臉色沉鬱，稍微放鬆略作休息。一個年幼的傭兵問說，我們都會死吧？脖子上留下的鮮血讓二正心思不寧，石錫扯斷隨身攜帶的粗布，像繃帶一樣包裹住二正的脖子。血雖然已經止住，但傷口仍然刺痛。二正發現形狀像是椅子模樣的豹型雕塑，豹的後背形成椅面，頭部權當扶手。不僅如此，山洞裡到處都是馬雅人留下的貴重石雕和陰刻的象形文字。但是對二正他們來說，那些都是毫無意義的石雕罷了。二正想起歷史上在提卡爾建立的眾多王朝，那些王朝都已經滅亡，心情變得更憂鬱。

二正沉著地在洞裡等待黑夜來臨。叢林陷入黑暗之後，二正到山洞外邊觀察敵情。太渴了。他感受不到政府軍的動靜，埋伏並非敵軍的強項，他小心翼翼地排除這個可能性。他們先確定東邊的方向，一步一步靜悄悄地前進。如此前進一公里之後，緊張的情緒開始稍微緩解。他們認為政府軍必定撤退到宿營地，二正雖反覆提醒了幾次，但這些幾乎是死裡逃生的年輕人完全控制不了興奮之情。突然，樹上的猴子吱吱叫著跳來跳去。好像有什麼東西，猴子從二正的右邊跳到左邊。已經熟悉叢林生活的二正部隊士兵，全部跑向猴子逃竄的方向。砰，砰，子彈比聲音更快飛來，擊倒了幾個士兵，接著傳來好像在炒豆子的槍聲。二正對於自己的輕率感到後悔，不應該一天就從隱身處出來。藤蔓無情地劃破他的臉，他把包裹脖子的繃帶摘掉。掠過耳際的槍聲不斷，當他跑到北邊低矮的雙子星金字塔時，身邊只剩下三人。二正喘著粗氣，裝填子彈。然而，就在他們整頓好隊形之前，從雙子星金字塔下來的政府軍士兵，已經將他們團團包圍。

二正把槍丟掉，舉起雙手。政府軍軍官下令將他們捆綁起來，讓他們走在前面，一直走到沼澤旁邊，才命令他們停下來。他們的身後，政府軍的槍支依次發射，似乎很享受這樣的時刻。二正最後倒下，他的膝蓋、臉和肚子依序陷入沼澤。

朴光洙始終沒有逃離第四神殿，他從一開始就喜歡上那裡。他看著夕陽西沉。從北側斜面和蓄水池方向傳來的、如同炒豆子的槍聲停止了。政府軍在清點戰果時，幾個士兵設置繩索，攀爬到第四神殿的頂端。他們看到好端端坐著的朴光洙，嚇了一大跳，他就像屍體一樣，安靜地坐著。

在確認朴光洙沒有攻擊的意圖後，士兵用軍靴踹了一下他的身體。朴光洙像不倒翁一樣左右搖晃，伸展雙手笑著站了起來。政府軍士兵也笑著瞄準他的頭部，扣下扳機。他的屍體掉進神殿。士兵搜他的身，發現了陳舊且褪色的證件，幾乎一碰就會粉碎。那張證件上依稀用漢字寫著「全羅道蝟島生二十八歲朴光洙」，並且蓋著大韓帝國的官印，只是現場沒有任何人看得懂。

尾聲

好不容易才成功逃出提卡爾的十餘名傭兵，回到了梅里達，然後很快分散到墨西哥的各個地方。

趙章潤和金錫哲回到梅里達之後，向韓人說明瓜地馬拉遠征的經過，他們主張是遭受馬雅原住民欺騙。趙章潤繼續留在梅里達，擔任韓人的領袖，金錫哲則去了坎昆附近的奇琴伊察，參與挖掘和復原馬雅遺址的工作。

權容俊在舊金山一帶生活，染上鴉片毒癮。錢都花光後，淪落為臨時工。日本攻擊珍珠港後，他被誤以為是日本人，遭到逮捕，後來在收容所因肺癌過世。

唐・卡洛斯・梅內姆在墨西哥革命期間，失去了包括瓊麻農場在內的許多財產。他雖然多次參加猶加敦州長選舉，但都敗給阿爾瓦拉多州長。他晚年進入瓜達拉哈拉地區的修道院，皈依宗教，並將所剩不多的全部財產奉獻給教會。

一九一九年高宗去世之後，李宗道聽說朝鮮舉國上下發起萬歲運動，一度幻想王朝興復的日子已經不遠。他傾注心血，奮力執筆寫作，只是還沒完成，就因腦中風死亡。李鎮佑將父親所有遺物全部燒毀。

李鎮佑到一九二〇年代末為止，一直在猶加敦的農場擔任主管和翻譯。他結婚以後，有了兩個孩子。瓊麻景氣每況愈下，他前往古巴的甘蔗農場重操舊業，賺了很多錢，後來做起服裝生意。他曾在哈瓦那擁有大宅邸，以及幾家企業，但隨著巴蒂斯塔政權垮臺，卡斯楚和切．格瓦拉領導的古巴革命成功，他身無分文地逃到佛羅里達，在那裡結束一生。

瓜地馬拉的獨裁者曼努埃爾．埃斯特拉達．卡布雷拉總統在一九二〇年的革命中下臺，逃往外國。馬里歐在叢林中被其他游擊隊擊斃。

一九一七年秋天，朴正勳收到蓋有坎佩切州郵戳的信件，那是二正在一年前寄出的。幾乎在同一時期，墨西哥城的監理會宣教士金正善前來拜訪，轉告了二正和其他三十四人的消息。金正善一離開，朴正勳就帶著妻子前往碼頭。他跨坐在原木長椅上說道：

我收到消息，聽說那個朋友，死在瓜地馬拉。

朴正勳把信交給妍秀，她剛開始緊閉雙唇，聽丈夫說話，看了信以後，開始哭泣。

原來他來過。

朴正勳點點頭。

我給他剪了頭髮，還幫他刮了鬍子。

她咬著指甲，再也沒哭。三年後，朴正勳在理髮時因為心臟麻痺突然去世。妍秀用丈夫留下來的錢開始放高利貸，幾年之間就成為維拉克魯茲無人敢小看的富豪。後來她去了墨西哥城，買了幾間劇場兼酒家，雇用多名舞女。她成為娛樂場所的巨頭，不參與任何慈善事業，也不信奉任何宗教，只是專注於賺錢。警察和行政當局雖然多次以涉嫌媒介賣淫起訴她，但都沒有成功。她在墨西哥城活到七十五歲，所有遺產由兒子朴燮繼承。

現在，猶加敦半島的主要產業是觀光業，每年有數百萬名觀光客前去觀覽分布各地的馬雅遺址。瓊麻農場幾乎完全消失，成為荒蕪之地，只有幾個農場變身為博物館，迎接觀光客的到來。

直到一九五六年，相關機構才開始對遭叢林覆蓋的提卡爾馬雅遺址，進行正式的研究和調查。賓夕法尼亞大學和瓜地馬拉政府，也開始考古學的研究和復原工作。一九九一年，瓜地馬拉和西班牙政府決定將被樹根和泥土掩蓋的第一神殿、第四神殿恢復原貌，研究小組在神殿的頂端和周邊發現幾具遺骸，將之送到博物館。然而，曾經存在那裡的傭兵，以及他們建立的簡陋小國的痕跡，卻沒有被發現。

【解說】

流浪的人，世界的個人

徐希遠（文學評論家）

1、「黑色花」或時間的幽靈

一九〇五年四月五日，一千零三十三人在濟物浦搭乘英國商船伊爾福特號前往墨西哥。他們大多是一般農民和勞工，也包括兩百餘名大韓帝國的退伍軍人、沒落的貴族階層（俞吉濬的叔叔俞鎮泰等）、巫師、神父、太監，還有許多被大陸殖民公司半強迫搭船的小偷、乞丐和流浪兒。他們與墨西哥的瓊麻農場簽訂四年合約，但在簽約之前，他們得知的合約條件大部分都是謊言，於是他們在墨西哥只能過著形同奴隸的生活。即便在契約結束之後，他們仍無法回到祖國。故鄉太過遙遠，旅費昂貴無法負擔，就算回到故鄉也沒有賴以生活的方法。最具決定性的原因是，他們日夜思念的國家，已經消失在歷史的灰燼之中，變成日本的殖民地。

成為墨西哥勞工的這群人當中，後來有人捲入墨西哥革命的漩渦，成為革命軍；有人再次參與交易，成為一九一六年瓜地馬拉革命軍的傭兵，在無政府狀態的叢林裡建立新大韓，然後又迅即在歷史中消失。一九二一年，適逢古巴蔗糖貿易鼎盛時期，當時住在墨西哥的韓人中，有兩百八十八人輾轉前往古巴，擔任勞工。他們之中有一些人和卡斯楚、切・格瓦拉一起參加革命，獲得成功；有些人因為躲避革命而逃往美國。這些人，仍居住在當地。

墨西哥移民的故事中，象徵性地呈現二十世紀韓國人所經歷的苦難和人生流轉，這段歷史強烈震撼許多韓國作家的心靈。金相烈的戲曲《瓊麻》（1988）、金善英六冊的大河小說《瓊麻》（1990）、金鎬善的電影《瓊麻》（1997），以及近年宋一坤拍攝的電影《時間之舞》（2009）等均屬此類。其中也包括接下來要探討的金英夏小說《黑色花》（2003）。

這個故事究竟擁有什麼魅力，足以讓這些作家為之心醉，繼而試圖擦拭超越百年的塵封歷史？以金英夏個人而言，他曾說過：「我總是被那些遠赴他鄉，然後消失無蹤的人所牽動，這次也不例外。那些在一九〇五年離開濟物浦，到達地球彼端的馬雅遺址後，在叢林中於焉蒸發的人，他們始終吸引著我，於是我開始翻閱資料。」然而，如果不仔細檢視金英夏的話語，必定會存在無法讀出的細節。稍微誇張一些比喻的話，就如同《羅傑・艾克洛命案》的敘述者詹姆斯・夏波所說的「收到信的時間是八點四十分，我反覆說服他讀那封信而感到疲累，從那個書房出來的時間是八點五十分」，在那短暫的時間差與呈現的因果之間，隱匿了殺人的情節。

無論是如何勤奮的小說家，都無法將吸引自己的所有內容寫進小說裡。因為「被吸引」可能在一瞬間出現，但書寫小說，尤其是長篇小說，是持續一段期間的精神集中以及生活的勞動。在被吸引與書寫之間相互對抗的空白，或者透過瞬間的想像使已然消失的時間持續到現在，都需要一個連結的階段。但金英夏不留痕跡地加以省略，然而我們不需對此感到失望，因為在文學史的任何一處，都存在能回答此類問題的大師。正如馬塞爾．普魯斯特。

對於普魯斯特而言，「過去」並非是無聊老人向人解說神祕生命的某一個段落，而是讓在過去的歲月中努力過的人說出自己的話，然後將之與現在連接在一起。普魯斯特的小說《追憶似水年華》裡有著呈現這種想法的情節。乘著馬車奔馳的普魯斯特，看到三棵樹木佇立的模樣是那麼的熟悉，沉浸在「自從貢布雷[31]以後，未曾感受到的深深幸福感，尤其是類似馬爾坦比爾鐘塔所給予的幸福感。」這些樹木不知是出現在自己已然遺忘的幼兒期，或者不知何處讀過的小說場面，抑或是在昨晚的夢境中，他陷入混亂，卻無法輕易找出實體。這種幻覺記憶讓他感覺到「過去的幻影、我小時候的好朋友、漸次消失的朋友們」正在呼喚自己。他從這三棵像亡靈一樣的樹木，彷彿聽到要自己把它們帶走、還給它們生命的聲音。這個「神祕幽靈的出現」企圖藉由他所傳達的話語為何？他聽到樹木傳達這樣的訊息：「我看到樹木盡全力搖擺手臂，漸行漸遠。它們好像想告訴我，你今天沒有從我們身上學到的，你永遠都不會知道。」

普魯斯特對於樹木想傳達的訊息，曾經出現在自己哪一個陰暗的記憶中，以及這些訊息如何將他與現在的自我連接在一起，並沒有給出明確的答案，只是描述他感受到過去「精神的努力」帶來的喜悅，並且清楚地說道「如果執著於這種喜悅的唯一實體，真正的生命才能得以開始。」

31 法國的鄉村小鎮，普魯斯特的童年時期，全家人經常在夏天或節日到貢布雷渡假。

對於金英夏而言，似乎也存在一些連接過去與現在，連接現在的自我和生命真實的幽靈，並且迷惑了他。金英夏用自己命名的小說書名，清楚告訴我們這些事實。以自然界並不存在的「黑色花」來作比喻，正如同「活死人」這個詞一樣，只是意味著想像性組合，實際上並無存在的可能。「黑色花」在象徵的意味上雖然存在，實際上卻是無法存在的形象，亦即幽靈的另一名字。

《黑色花》一開始描繪，記憶中的形象映入金二正即將閉上的眼睛，因為是「非幻覺記憶」的顯現，因之可稱為幻影或幽靈。「那是發生在濟物浦，原本以為早已遺忘，但往事依舊歷歷在目。吹著笛子的太監、逃亡中的神父、一口內斜牙的巫師、身上泛著鹿血氣味的少女、貧窮的王族、飢餓的退伍軍人，以及身為革命家的理髮師，這些人面容開朗，聚集在濟物浦山丘上的日式建築前，等候著二正。二正緊閉雙眼，為何一切事物都如此鮮明？他太過訝異而睜開眼睛，所有的景物於焉消失。」這個風景並非如同照片一樣，留存在金二正的腦海中。這個場面交織著活人、死人和消失的人，各種不同時間點出現的形象，例如飢餓的退伍軍人及革命家理髮師等，共存在一起，也許這就是吸引金英夏進行時代探求的最原始形象。

《黑色花》講的是現在與過去之間連結的故事，那些以為已經遺忘，其實並沒有消失，張開眼睛一看一切又再次消失的過去，以及在瀕臨死亡的那一剎那，記起並想抓住，卻又再次忘卻的記憶幽靈，經由多樣人物的身體敘述的現在故事。

2、歷史與現在糾纏的「現實性」

正如在定義現代性時，都會使用遷移、永遠的不安以及不斷變化等用詞，對於現代人而言，「現在」似乎就是不安、無法預測的時間的連續。如果寄希望於宗教，不去思考未來，則未來絕對不會有絲毫寧靜，看來就像是進入無限的黑暗。與此相較，「過去」十分清楚而確實。有些人認為「過去」是固定的，與絕對無法更改、磨滅的史冊一般。過去的生命是以與現在不同的存在方式和信念為基礎，當時的人就像是從遠處眺望的風景裡的人物一般，既熟悉卻又陌生。用廣泛使用的話語形容，過去就如同陌生的國度。以前的電影、音樂、服裝等成為流行商品，從熟悉的歷史事實中過濾出浪漫或幻想，結合人物和敘事，如此創作出的虛構小說或連續劇讓大眾瘋狂自屬必然。這種歷史的加工物，提供給不安的現代人各種去除苦痛的記憶，這些記憶正如沒有咖啡因的咖啡，或者不會上癮的毒品。企業家企畫並銷售過去的鄉愁，盡全力讓事物出現歲月的痕跡，教導穿上古裝的演員使用從前的話語，讓他們看起來就像身處當時的場所。由此看來，閱讀歷史小說可說提供讀者一種到陌生國度旅行的感覺。

金英夏《黑色花》的第一個場面，是瀕死的金二正視網膜中看到的昔日記憶。讀者在金英夏的敘述下，跟隨太監吹奏的哀怨笛聲，回到一九〇五年濟物浦的時空。然而，一句如同尖銳匕首的文句刺進讀者柔軟的皮膚，阻斷了投入閱讀的集中力：「髒水和浮游生物湧進他的肺裡」。浮游生物雖存在於所有自然的液體中，但是憑肉眼無法確認，僅能以科學技術證明存在的微生物。

知道浮游生物湧進金二正肺裡的，自然不是金二正本人，亦非穿著軍靴踩住他後頸的瓜地馬拉政府軍，而是敘述者告知的事實。「浮游生物」一詞將敘述者傾注心血，用「太監」、「內斜牙」、「鹿血」等單詞建構的、幽暗深邃的過去氛圍，在一瞬間毀滅殆盡。正如原本流瀉伽倻琴哀切音色的民俗村體驗過程中，突然響起手機鈴聲一般，「浮游生物」一詞妨礙了讀者的投入，讓讀者確切了解到閱讀這本小說的時間和場所究竟在何處。這並非小說家的無心之過，而是他在討論歷史時的明確意圖。

歷史小說的敘述者比起現代的詞彙或語法，更常使用敘事背景當時的詞彙或語法，應合閱讀小說的讀者視角，佯裝不知道進行事件的結果或登場人物未來的命運，由此讓讀者產生閱讀的樂趣和投入。金英夏的態度卻完全不同，他只是隱藏成為敘事核心要素的幾位人物的未來，積極介入、說明大部分的事件和場面，並加以評論。他並不想把讀者帶到過去的某一時空，相反的，他只是將過去和現在加以連結。《黑色花》中最重要的並非讓讀者感知遙遠時空發生的事件，而是經由這些事件，讓讀者學習到這個事件對現在自我的意義，據此，將此回音和自我生命要求的思維和行動加以連結。

從那時起，趙章潤開始向周邊人士傳播自己擘畫的崇武思想。他在猶加敦農場想像出的新國家模式，比較接近一九六〇年代朴正熙少將建立的軍部政權，以及與阿拉伯勢力不斷鬥爭的以色列。以同時代而言，有些類似在中國出現的袁世凱等軍閥政治。國家由具有權威領導能力的軍人或退伍軍人統治，全力培養自主的軍事能力。在全民皆兵的制度下，所有國民都必須擔負國防義務。言論應該受到妥善的控制（他想起只會上疏的白面書生）。首先應集中全力，擊退以日本、俄羅斯為代表的周邊強大國家，只能依賴外交的高宗一黨，實在太過天真。

贊同趙章潤觀點的人越來越多。合約到期，我們離開農場之後，就合資辦個學校吧！崇尚武德，對，就叫崇武學校吧！還有，必須成立軍隊。武器呢？我們先把編制建立好，武器的問題慢慢就能解決的。美國也有可能和日本發生戰爭，不是嗎？日本都能跟俄羅斯打了，誰知道哪天就跟美國打起來了。如果這樣的話，美國會提供武器給我們，誰會比我們更清楚咸鏡道和平安道的山川江河呢？我們作為美國軍隊的成員，光明正大地回到故鄉，把日本鬼子統統幹掉。

在大韓帝國工兵下士李根永的主導下，移民到墨西哥的韓人實際上於一九〇九年設立了崇武學校。在小說中，則是以假趙章潤之名設立。金英夏在構思這所學校時，大致敘述了亡國人趙章潤想像的國家模式，並提及這和朴正熙的軍事政權類似。這些評論在小說後半部描述趙章潤為了三百萬美元，將二正等韓人帶到瓜地馬拉的叢林中，導致他們最終死於該地，他自己卻成功逃走，成為「韓人的指導者」。這個形象很容易讓人聯想到，朴正熙接受美國的經濟援助，承諾派遣韓國軍隊參加越戰的歷史性決定。這也讓人想起，在日本殖民統治末期，曾經想讓韓人作為美國軍隊的一員，回到祖國驅除日軍、從事獨立運動，於是訓練在中國的光復軍和在美韓人，企圖投入韓半島，最終卻壯志未酬，只留下美國老鷹作戰計畫[32]和NAPKO作戰計畫[33]。金英夏在說明趙章潤的國家構想時，並不僅止於從韓國的近、現代史中找出期待和絕望，更與以色列和袁世凱等在現代世界史中登場的國家或軍閥做比較。在小說的後半部中，趙章潤宣布要在瓜地馬拉的叢林中建國，名為「新大韓」，並說：「新國家人人平等，政體是共和國，馬雅人如果願意也可以加入，但必須受我們支配。」這裡出現的「平等」與「支配」的反諷，加之以金英夏的評論，雖然模糊，仍透露出若干怪異的形體。受帝國主義的影響而離散，或者經由殖民經驗而誕生的國家，並未反映出壓迫或苦痛的經驗，反而加入追求支配、壓榨的行列，結果仍意圖成為統治殖民地的近代國家的雙胞胎，回歸到世界史的模式之下。

在與以往的歷史小說做比較時，金英夏認為讀者會對自己的敘述方式感到生疏，他稱之為「與貝托爾特·布萊希特（Bertholt Brecht）的間離效果不同」，將小說作家、人物和讀者之間的距離進行「自己獨有的實驗」。對於將虛構的成分轉換為清楚的故事，進而吸引讀者的做法，金英夏認為是「老舊的虛假現實」。他認為導出敏感讀者思維和疑問的「現實與感情移入」，蘊含自我「創作觀」的新文體是必須的。「這是一百年前的故事，也是數十人十多年間的故事。現在的讀者很難理解當時的情況，我想用一本小說加以傳達。」為了解決這種「技術的問題」，他研究出敘述

32 一九四五年初，大韓民國臨時政府與美國中情局的前身戰略服務辦公室，在中國祕密籌畫的特種作戰，是韓美首次結盟的作戰計畫，但最後因日本無條件投降而無功。

33 上述計畫的一部分，主力為美洲地區的朝鮮人。

者必須發揮「類似盤索里[34]唱者的功用」。

金英夏說在自己的「其他短篇或長篇小說裡」也進行了實驗。為了了解他的「創作觀」，我們必須更加細密地從《黑色花》的小說形式，以及從之後的小說裡觀察到更具完成度的形態，進而了解其創作的重要特性。《黑色花》的敘述者金英夏不只對墨西哥移民的歷史和政治脈絡了解透徹，而且對人物經歷的事件在世界史的定義、人物長距離移動所帶出的近代世界體系博學多聞。他告訴讀者，夏威夷和古巴的大農場是「按資本主義大量生產的精神設計，以黑人奴隸為中心的農場」，與此不同，墨西哥的農場很大成分上是「封建式」的形態。對於墨西哥革命的發端和展開也一目了然地加以說明。

金英夏將伊爾福特號的船艙形容為「像神話裡的怪物內臟」，在不斷晃動的太平洋海面上，他象徵性地表現出韓國傳統秩序為之崩潰，近代式的新秩序宣告誕生。這裡所說的「神話」，自然不是在韓國民族史中根深蒂固的檀君神話之類的故事，船艙裡的神話包括：不同身分與性別的人；病患被汙染的血液、從無法盥洗的肉體流出的汗液、孕婦的羊水、不分場所滿溢出來的排泄物，垂涎十字架的小偷，對近親產生無法壓抑的情慾，這些情景充斥在船艙裡，因而誕生出只顧及肉體、官能性的卑劣新人。金英夏藉此喚醒讀者了解「肉體明顯的動物性」，也印證米歇爾・傅柯為首的現代哲學主張。猖獗的傳染病和航行在茫茫大海的貨輪，如此封閉空間裡「受死亡的恐懼所控制的群眾」，跟隨巫師的聲音和太監的「笛子散曲」搖擺身體、痛哭、狂笑、放歌的場

34 朝鮮的傳統曲藝形式，表演時一人坐以擊鼓，一人立以說唱，以唱為主，說為輔。

面，讓讀者聯想到米哈伊爾．巴赫京（Mikhail Bakhtin）的詞彙——「嘉年華似的熱力」。被強迫降神的神父朴光洙，回想自己被熊牛渡口的巫女綁架時，出現「神明的憤怒」一詞，農場主人伊科納西歐看到驅魔儀式而震怒，於是使出暴力，朴光洙倒下時脫口而出「他們不知道自己在做什麼」，從這些句子中，可聯想多樣文本。或者是米格爾這位如同義式西部電影中的人物形象，「像嚼口香糖一樣，咬著廉價雪茄」，向金二正說明自己的想法：「國家才是萬惡的淵藪」、「想持續革命」只能進行「永遠的革命」的「怪異的無政府主義者」。

金英夏的《黑色花》不囿於以哀傷的筆調書寫墨西哥移民苦難的民族血淚，小說中充滿對於文化創意商品的知識與理解，正如同人類目前為止產出的歷史、詩歌、小說、電影、文化理論、音樂等。金英夏以這些知識和理解為基礎，獨創出相異的敘事、場面和人物，脫離枯燥的典型性格，創造出別具一格的場面、不尋常的人物、突發性的事件以及具特色的敘事。金英夏用這種方式提供給讀者的，不再是「似乎自己成為主人公一樣，經歷過老舊的虛假現實，並對此感到悲傷」，而是以小說的形式、文體思考虛構和現實，最終提供給讀者思考我們生命的全新「現實性」。這種現實性不局限於我們生活的同時代的空間，在時間的層面也被擴張到極致，從集約的知識與慾望、生產與消費的辯證法熔爐中，不斷噴發、移動。

很早以前，馬克思就曾強調資本主義世界創造出的文本性格，並命名為「世界文學」。為了避免誤會，我必須事先說明，馬克思說的「世界文學」並非評斷文本價值的單詞，而是指包含於其內的慾望、知識、流通的市場範圍等。

古老的地方式、民族式的自給自足情況已經過去，各民族相互間的全面交流與全面依存為之登場。而且這在物質的生產或精神的產出都一樣。個別民族的精神創作變成共同資產，民族的單面和限制性變得更不可能。許多民族、地方的文學也形成一個世界文學。

當我們遇見某個突發事件或形象時，會覺得過去的事物和時間在瞬間一股湧現。現在的這一瞬間包含在此之前的所有時間，只有活在現在、思考著現在要超越國家、超越時間的文本的人，才能到達過去生命的核心。對金英夏而言，歷史的「現實性」並不是在於重現過去消失的瞬間，而是不斷地將過去與現在的瞬間、場面做連結。真正的現在思維，就如同在名為過去的土壤中，突然混亂綻放的花朵。

3、流浪者的孤單，也只不過是一個個人

一九〇五年四月四日從濟物浦港出發的伊爾福特號，在五月十五日到達墨西哥南部的薩利納克魯斯港。在太平洋波濤上不斷搖晃的船艙裡，所有搭乘的韓人漸次從嚴格束縛他們的制度中解脫。民族、身分、文化、宗教等歸屬與秩序，在搖晃的航海過程中彼此糾纏，捲成一團奇妙的存在，最終於焉蒸發。德國和英國人船員、日本人廚師和韓國人乘客，共同存在於伊爾福特號，意味著

韓國在二十世紀被編入近代的列國體制，誠如作家所言，是「一個世界」。在身分、性別決定的貴賤制度消失的船艙裡，韓人認知到自己具有「肉體明顯的動物性」，誕生為新的個人。作家雖把這裡指稱為「如同神話中怪物內臟的船艙」，但正確而言，那裡只不過是將韓人載往墨西哥的船隻，肉體的慾望著床於價值消失的胚胎，那是全身沾滿血、汗、羊水、排泄物的全新近代人類誕生的女性腹部，亦即子宮。

所有渴望、期待、生命意義的價值混淆而顛覆。離開濟物浦，到達墨西哥的所有韓人，與過去的自己或預期改變的理想完全不同，變成了另外一個人，並且存活下去。他們起初期望自己擁有田地，成為自耕農，但事與願違，他們的生命變得與奴隸並無二致。企圖尋找新的權勢，前往墨西哥的皇族，成為復興亡國的夢想家。神父朴光洙成為巫師，翻譯權容俊變成鴉片上癮者。竊取十字架的小偷崔善吉成為狂熱信奉天主教的農場主的幫手，最終被淒慘地釘在十字架上死亡。砲手出身的神槍手朴正勳成為墨西哥革命將軍的理髮師。還有賤民孤兒金二正與皇族閨秀李妍秀。金英夏在《黑色花》中，把無數登場人物的敘事，和金二正與李妍秀連結在一起，這正是他意圖表現的人生流轉。

少年很早就失去父母，由小販一手養大，在伊爾福特號遇見退伍軍人趙章潤，並且獲得金二正這個新名字。對他來說，墨西哥只是一個為了前往美國的取道之地，他的目的是要「帶著名字和金錢回來買地，在地上種稻」。在伊爾福特號裡，他經驗了比自己單純的願望更根源、更強烈的肉體渴望。一個是經由與李妍秀的見面知曉的「對於女人的渴望」，另一個則是在奇妙的船艙廚房裡充滿男性氣息的世界，亦即「鋒利金屬的原始魅力」。

到達墨西哥農場後的金二正，與其說是想成為什麼樣的人，或者在生命中成就什麼意義，倒不如說朝向讓他的肉體為之沸騰的三個指向點而逃離農場，不停地移動，包括朝向文明的理想，朝向異性的情慾，以及男人世界的「單純喜悅」。在這三個指向中，金二正的旅程不斷出現轉折。幾經波折之後，他終於與李妍秀重逢，並短暫相處，卻又被賣到其他農場，後來逃出農場，踏上前往美國的路程。但在企圖越過國境之時，遭到美國國境守備隊的槍擊而受傷，後來成為墨西哥革命軍的成員之一。在那裡，金二正生平第一次握槍，並且被興奮感所眩惑，「那和在吉田的廚房裡體驗到的滋味一樣，是一個只屬於男人的世界，不需擔負世上所有義務。他們骯髒、汙穢、嘈雜，卻有某種舒適感。」然而，他變成了「傭兵」和「異邦人」後，射擊的目標不是支配階層，而是「和自己沒有不同的小農或貧民」。他認為革命的混沌正是國家所引起的，他雖然曾想像「國家會永遠消失嗎？如果是的話，那又會變得如何？」但他依舊無法脫離政治的屠殺場。金二正從不斷爭奪國家主權的「夢」裡覺醒的契機，正是塞拉亞市教堂響起的鐘聲。

突如其來的鐘聲，嚴重破壞了二正的節奏，也攪亂了他內心深處的寧靜。直到那時，他才領悟到他的沉靜和冷漠，其實都源自於戰爭。拜戰爭所賜，他才能隱藏、壓抑內心的所有慾望和矛盾。射擊、移動和指揮所要求的緊張感，讓他從過去解脫。任何人都不會責備他的地方，正是戰場。塞拉亞突然響起的清脆鐘聲，卻讓他的內心出現動搖。在子彈紛飛的鐘塔之下，他想起春楚庫米爾農場火焰模樣的拱門，以及妍秀熾熱的身體。

金二正聽趙章潤說李妍秀帶著自己的孩子嫁給朴正勳後，前往維拉克魯茲的理髮店，但看到一家人過著恬靜而安定的幸福生活後，更加確定自己仍充滿熱血，於是沒有與李妍秀見面，就離開了維拉克魯茲。後來金二正成為傭兵，進入瓜地馬拉的叢林，並在那裡迎來了死亡。死亡之前，雖在提卡爾的神殿建立名為「新大韓」的國家，但他之所以建立國家，並不是為了建立新生活所必要的過程，而是在死亡之前修葺自己的安息處。對他而言，國籍只是墓誌銘上的意義。「我們都是作為某個國家的國民而死，所以我們應該要有自己的國家。」金二正和韓人傭兵在「新大韓」的聖地上陷入幻覺，或與馬雅人做愛，或像孩子一樣玩遊戲，等待最後的戰鬥。金二正在「終究會融化掉所有一切」的「炎熱、潮濕，像熔爐的叢林」裡與政府軍作戰，最終自己的肉體噴散出熱血而死去。

高宗皇帝的侄女李妍秀，認為臨近美國的墨西哥一定有「發展到某種程度的文明」，她期許自己好好學習，從捆綁自己的身分和女性的「桎梏」中解脫出來，因而登上伊爾福特號。然而，李妍秀「我要為自己而活」的抽象思維在「吃、喝、排泄」的肉體迫切需求之前完全崩頹。她無法漱洗的身體散發出「彷彿浸泡在鹿血裡的麝香味道」，「只要她從身邊經過，睡著的人會起身，孩子會停止哭泣，數年間未曾勃起的男人都會夢遺，年輕的男人會睡不安穩。」身體的體味說明了女性的慾求，李妍秀於是和金二正發生了性關係。在墨西哥的農場裡，再次與金二正相會的李妍秀懷了他的孩子，為了守護孩子，她選擇承受成為翻譯權容俊小妾的恥辱。她在這些過程中，放棄了過去的理想和價值，被家庭和共同體驅離。她忍受家人和同胞露骨的輕蔑，和馬雅女人瑪麗亞一起以權容俊的女人活下去。在如此屈辱的生活中，她知曉了生命中全新的真實。

權容俊表情平靜地射了精，性器離開妍秀的身體，精液順著陰道流下來的那一瞬間，她只覺得過去幾年的所有事情，都經由自己肉體的洞口流瀉而出。這些想法讓她如釋重負，就在那時，她不自覺地放了一聲響屁。這個意外的騷動嚇了兩人一大跳，權容俊呵呵大笑，躺倒在床上，她也倒在容俊身上，掩住臉孔。他掌摑妍秀的屁股，於是她又放了一個屁。這給妍秀帶來奇異的舒適感，彷彿兩人之間起起伏伏的恩怨情仇，猶如一場鬧劇一般。她身體裡緊繃的某種東西，似乎完全鬆綁。她第一次哈哈大笑，盡情享受自己肉體的戲劇性。

這個事件讓李妍秀從美好、高尚、道德性的理想價值中解放，體會到嘉年華式的肉體經驗，於是禁不住大笑，帶給她的生命新的活力。她在與家人斷絕關係後，跟隨權容俊離開農場。在預計前往舊金山的維拉克魯茲港，她趁權容俊喝醉酒後，偷了他的錢和衣服逃走，卻成為中國商人的奴隸。在朴正勳將她救出來之前，她一直在中餐廳工作。經由朴正勳的幫助，她把兒子小燮從農場接出來。在接到金二正最後一封信之前，她一直是理髮師的妻子。得知金二正的死訊後，李妍秀的生命如下：「她咬著指甲，再也沒哭。三年後，朴正勳在理髮時因為心臟麻痺突然去世。

妍秀用丈夫留下來的錢開始放高利貸，幾年之間就成為維拉克魯茲無人敢小看的富豪。後來她去了墨西哥城，買了幾間劇場兼酒家，雇用多名舞女。她成為娛樂場所的巨頭，不參與任何慈善事業，也不信奉任何宗教，只是專注於賺錢。警察和行政當局雖然多次以涉嫌媒介賣淫起訴她，但都沒有成功。她在墨西哥城活到七十五歲，所有遺產由兒子朴燮繼承。」

金英夏用不帶任何感情的冷峻筆調敘述李妍秀的餘生，而李妍秀也過著適合以此種筆調記述的單調無味生活。李妍秀不笑也不哭，對他人沒有一絲同情，對靈魂和死後世界沒有任何猶豫，放高利貸、媒介賣淫。她無法挽回任何已經失去的東西，似乎下定決心不再被搶走自己擁有的東西，所以她拚命賺錢，卻也沒有忘記「母性」這個最少的動物本能，把所有遺產交給兒子朴燮繼承。在自然界裡，擁有這種習性的動物，只有在近代世界體系誕生的資本主義人類而已。李妍秀對於任何共同體都不存在歸屬感、感情、宗教和教友關係，在世界這個空間中，以極端個人的存在孤單地死去。從同一條船裡離開的金二正和李妍秀，他們的人生流轉究竟為何？

幾年後，他展開墨西哥的地圖，計算自己往北部前進的速度。從梅里達到北部國界的華雷斯，他在四年期間移動了三千四百公里，也就是一天平均移動兩公里。

（……）

墨西哥真的沒有希望。大農場的主人賺得飽飽的，其他國民只能忍受飢餓和重度勞動。這裡的國民都已經如此，更何況是外國人，哪有我們容身的餘地？我們真是來到不該來的地方。

逃出瓊麻農場的金二正在前往美國之際，計算出自己行經的距離與期間。他在各個農場停留至少六個月以上，一步一步地走向美國，過著每天「平均移動兩公里」的生活。成為革命軍之後，他移動的速度應該越發增加。李妍秀的生命與之並無不同，她從京城經濟物浦，到達墨西哥的薩利納克魯斯，其後又經歷過猶加敦半島、維拉克魯茲的生活，最後到達墨西哥城。她雖然出發前往自己想去的地方，但中間迷失了道路，去到不知名的地方。金二正的人生流轉以每天「約兩公里」的速度進行，但這不僅是他，也不僅是李妍秀，而是從濟物浦到墨西哥的一千零三十三人共同經歷的漂流速度，也是二十一世紀所有人類經歷的生命速度。

現代人在自己的理想、情慾、肉體的慾望指向的方向之間，彼此對抗、流轉、蔓延、徘徊、孤單地活著。在這個過程中，人類雖會突然醒悟自己的錯誤，但也只是給予一句孤獨的回答而已：「我們真是來到不該來的地方。」這個時代的所有價值都為之流失，「人生流轉」則是留給活在這個時代的人唯一的生命真實。

4、奧菲斯的憂鬱

金英夏在〈作者的話〉中提到，在小說結束後，圍繞自己的感覺之一是「憂鬱」。「在寫下這篇文章之前，我才決定小說的題目，然後突然變得憂鬱起來。沒有任何一件事情可以挽回，這些過程終告結束。從現在起，我得再思考下一本小說。」

這段話讓我想起久遠神話的一段內容。這個故事是敘述一位音樂家在失去妻子之後，為了尋找她而闖入地獄的段落。奧菲斯的妻子歐利蒂絲在婚禮結束後被毒蛇噬足而亡，為了把妻子帶回來，奧菲斯闖入陰間，用音樂表現自己的遭遇。聽到悲傷音樂的冥王黑帝斯，答應奧菲斯將妻子帶回陽世，可是冥王告誡奧菲斯，在離開地獄之前絕對不可回首張望。歐利蒂絲跟隨奧菲斯的七弦豎琴聲，瘸著被蛇咬傷的腿，踏上森嚴的上坡。奧菲斯在接觸到陽世的空氣和陽光的瞬間，抑遏不住胸中忍耐已久的焦慮，轉身確定妻子的安危，卻因此永遠失去了歐利蒂絲。羅馬詩人奧維德曾如此吟唱這個場面：「第二次死亡時，歐利蒂絲並沒有埋怨丈夫。當然了，受到這麼真心實意的關愛，自然沒有抱怨的理由。歐利蒂絲向丈夫道別，但奧菲斯並沒有聽見……奧菲斯雖想再次跨越冥河，但卻徒勞無功。」

期望已然死亡的存在能再次復活的詩人奧維德，必須像奧菲斯一樣停止時間的流動，動身前往充滿過往痕跡的生命彼岸。在那裡，他必須竭盡全力，讓陰間的所有幽靈都能聽到他的聲音，進而引領它們。然而，時間的幽靈瘸著腿，跟隨詩人的招魂歌可以到達的那個地方，是陽世與陰間的邊界，正是精神不再集中於過去的地點。詩人想已經快到了，可是在現實的門檻轉身時，死去的存在放開他的手，再次消失於黑暗的遺忘之中，再也看不到它們的形象，也聽不見它們的聲音。

對於只要是時間的旅行者，任誰都能體驗的深深憂鬱和絕望，普魯斯特曾如此形容：「我剛失去了我的同伴，或者我自己死去，或者說不知道是哪一具屍體，或者讓哪一位神靈震怒一般。」金英夏坦率吐露的「憂鬱」是在準備、書寫小說的過程中，感覺「現在這一瞬間我是一九〇五年生」，一部分自我消失的事實，問題是即便悲傷，卻再也不能回到那一時刻。

就個人而言，我覺得《黑色花》最美的場面是金二正與朴光洙悲慘死去後，接續簡略說明小說部分登場人物後續生命歷程的「尾聲」段落。

在「尾聲」中，人們被捲入連痕跡都遍尋不到的忘卻空間裡，也被撒入過去所有生命的空間。好不容易才成功逃出提卡爾的十餘名傭兵，分散到墨西哥的各個地方。趙章潤說被馬雅原住民欺騙，成為韓人的領袖。一起逃走的金錫哲參加了馬雅遺址挖掘和復原工作。權容俊成了鴉片上癮者，在美國因肺癌過世。農場主梅內姆雖然多次參加各種政治活動，但都敗北，最終皈依宗教。皇族李宗道幻想王朝有朝一日能復還，卻因腦中風死亡。李妍秀的弟弟李鎮佑去了古巴，賺了很多錢，後來為了躲避古巴革命，逃到佛羅里達，並在那裡結束一生。瓜地馬拉的獨裁者曼努埃爾．埃斯特拉達．卡布雷拉總統下臺，革命軍馬里歐則被其他游擊軍擊斃。朴正勳在理髮時，因心臟麻痺突然去世。李妍秀放高利貸，媒介賣淫，後來孤單死去。一千零三十三名韓人工作過的猶加敦半島成為觀光地，金二正等人葬身的提卡爾馬雅遺址，進行正式的研究和復原工作，後來成立博物館。他們生活過的痕跡卻風化而消失。

對於吸引自己的幽靈，任何一個小說家都無法畢生持續關注。在中斷的瞬間，費盡心思引導的故事結尾的瞬間，所有的一切都四散到黑暗的遺忘彼端。如同《黑色花》的所有人物在「尾聲」

中如風一般，消失在他們居住的時空中。金英夏雖盡了全力，讓《黑色花》綻放，花朵仍無可奈何地凋零、死亡。植物子房中殘留的種子，隨風再次飄散至時間的大地，直到其他詩人讓其開花之前，它都會被埋在地裡。過去曾牽引它們的精神歷史，成為自然的歷史。反向而言，小說家初次擁有時間幽靈之時，不就是轉身淒涼地望著它們永遠離開的那一瞬間？雖然聽不到告別的聲音，也無法再回到那個地方。人類的形而上學，要用何種詞彙表現這個回返自然唯物論的憂鬱且美好的瞬間？

如果是達爾文的話，一定會把這一瞬間稱為進化。達爾文在《物種起源》一書中用「變異相應的遺傳」來代替「進化」一詞，而且只在該書結尾使用了一次。這是因為「進化」這個詞彙已經成為蘊含當代漸進發展的概念，並且成為說明歷史哲學上人類發展敘述的學術用語，亦即成為「進步」的同義詞所使用之故。

達爾文在這本敘述自己對個體的生殖與繁衍、物種的變異和自然生存競爭的研究結尾如此寫道：「在這個行星按照引力的既定法則繼續運行的時候，最美麗的和最奇異的類型從如此簡單的發端——過去——曾經而且現今還在進化著；這種觀點是極其壯麗的。」如同達爾文的表現，《黑色花》登場人物孤單的人生流轉，那些離開遙遠地方，卻又消失無痕的人的故事，其實都蘊含對現在生命的某種壯麗。如同作為自然史的歷史告訴我們的，進化並非進步，而是多樣性的增加。在《黑色花》中，偶然在歷史的塵埃中開花的人物，在每一個生命的敘事中多彩綻放。

現在剩下最後一個問題了。一切都結束之後，曾經停留在憂鬱裡的小說家怎麼樣了？是否如同奧菲斯一樣，陷入深沉的喪失和絕望中，迎接死亡？其實還無法確定，可以確定的是他的旅行曾去到一九〇五年，又再次回到二〇〇三年，這個旅行不僅只具有往返的意義；探討該意義時，由於這篇評論不是和金英夏的小說同時完成，而是過了十年之後才加以撰寫，因此不能拐彎抹角地說：「金英夏的旅行如果是留存在他靈魂裡的明顯痕跡，則他以後的小說將會回答這個答案。」可是我想我可以這麼說，我們在《光之帝國》（二〇〇六）、《殺人者的記憶法》（二〇一三）裡讀到的，正是該旅程的後話，因為結束漫長旅行的人再次展開的全新旅行會更寬廣、更深入；再次出發的旅人行囊會比以前小，但更加堅實，因為行囊裡只會裝進最必要的東西。

黑色花
검은꽃

作　　者　金英夏
譯　　者　盧鴻金
封面圖像　楊忠銘
封面設計　朱疋
行銷企劃　李蔚萱、劉育秀
行銷統籌　駱漢琦
業務統籌　郭其彬、邱紹溢
特約編輯　謝麗玲
責任編輯　吳佳珍
總 編 輯　李亞南
發 行 人　蘇拾平
出　　版　漫遊者文化事業股份有限公司
地　　址　台北市 105 松山區復興北路 331 號 4 樓
電　　話　（02）27152022
傳　　真　（02）27152021
讀者服務信箱 service@azothbooks.com
漫遊者書店：www.azothbooks.com
漫遊者臉書：www.facebook.com/azothbooks.read
發行或營運統籌 大雁文化事業股份有限公司
地　　址　台北市 105 松山區復興北路 333 號 11 樓之 4
劃撥帳號　50022001
戶　　名　漫遊者文化事業股份有限公司

初版一刷　2020 年 3 月
定　　價　台幣 390 元

國家圖書館出版品預行編目 (CIP) 資料

黑色花 / 金英夏 著 ; 盧鴻金譯 . -- 初版 .
-- 臺北市 : 漫遊者文化出版 : 大雁文化
發行 , 2020.03
304 面 ; 14.8X21 公分
譯自 : 검은꽃
ISBN 978-986-489-379-9(平裝)

862.57　　109001876

This book is published with the support of the Literature Translation Institute of Korea (LTI Korea).

I S B N　978-986-489-379-9（平裝）